ullstein

Das Buch

Teddy Kis ist wahrhaftig nicht zu beneiden: Sie arbeitet in einem winzig kleinen Schuhladen, obwohl sie Schuhe hasst, ihre Mutter hätte selbst Attila dem Hunnenkönig Angst gemacht und ihre Schwester würde auch bei Heidi Klum Minderwertigkeitskomplexe auslösen. Teddys Hüften sind dagegen nicht einmal von zwei übereinander getragenen Miederhöschen unter Kontrolle zu bringen. Und als wäre das alles nicht genug, ist Teddy auch noch Jungfrau. Mit 32! Warum? Für Teddy ist das sonnenklar: Sie ist zu dick, zu doof, nicht gut genug. Ihr einziger Trost ist der Pirat, der Buchhändler mit der Augenklappe, ihre heimliche große Liebe. Bisher hat sie ihn mehr so aus der Ferne angehimmelt, aber jetzt erwacht Teddys Kampfgeist. Glück und Liebe sind ja wohl nicht nur für die anderen da! Ab sofort ist Schluss mit Selbstmitleid, jetzt gibt es nur noch ein Ziel: den Piraten erobern! Zum ersten Mal nimmt sie ihr Leben selbst in die Hand, und plötzlich passieren aufregende Dinge, der attraktive Zahnarzt Dr. Strohmann umschwärmt sie, und sie findet sogar den Mut, ihrer Mutter die Meinung zu sagen. Dumm nur, dass sie auf dem Weg zum Piraten keinen Fettnapf auslässt …

Die Autorin

Nora Miedler, Jahrgang 1977, ist ausgebildete Schauspielerin, lebt in Wien und ist bereits erfolgreiche Krimiautorin. Grund genug, jetzt auch einmal etwas anderes zu schreiben, über Teddy Kis, eine rundum unperfekte Frau. Ein zweiter Teddy-Kis-Roman ist bereits in Arbeit.

Nora Miedler

Aschenpummel

Roman

Ullstein

Besuchen Sie uns im Internet:
www.ullstein-taschenbuch.de

MIX
Papier aus verantwortungsvollen Quellen
FSC® C006701
FSC
www.fsc.org

Originalausgabe im Ullstein Taschenbuch
1. Auflage März 2012

Umschlaggestaltung: semper smile, München
Titelabbildung: © Kirsten Ulve/Corbis
Satz: LVD GmbH, Berlin
Gesetzt aus der Apollo
Papier: Pamo Super von Arctic Paper Mochenwangen GmbH
Druck und Bindearbeiten: CPI – Ebner & Spiegel, Ulm
Printed in Germany
ISBN 978-3-548-28342-5

1

Mein Leben war ein Phänomen, denn ich hatte einfach alles. Einfach alles, was eine Frau nicht brauchen konnte.

Ich hatte eine Schwester mit Doktortitel und Miss-Universum-Körper, eine Mutter mit Verfolgungswahn und sadistischer Ader, einen mies bezahlten Job in einem verschwindend kleinen Schuhladen, und jede kulinarische Sünde sichtbar verewigt an den falschen Stellen meines Körpers.

Außerdem hatte ich Liebeskummer. Und die herausragende Gabe, sämtliche Fettnäpfchen in meiner Umgebung aufzuspüren, um mich darin zu wälzen.

Und dann hatte ich noch etwas. Es war winzig klein, ging aber trotzdem nie verloren – obwohl ich ansonsten eine Meisterin im Verlieren war. Doch dieses Kinkerlitzchen wurde ich einfach nicht los, und so wie die Dinge standen, würde es mir noch im Tod die Treue halten.

Ich sah die Szene schon vor mir:

Meine kalte Leiche auf dem Tisch. Darüber gebeugt zwei Pathologen. Der eine: »Immer diese Hundertjährigen. Da bleibt man beim Untersuchen in jeder Falte hängen.«

Der andere: »O mein Gott, du wirst nicht glauben, an was ich jetzt *hängen geblieben bin. An ihrem* Jungfernhäutchen*!«*

Der eine: »War sie Nonne?«

Der andere: »Nö, die war einfach nur hässlich.«

Okay, vielleicht war das übertrieben. Wahrscheinlich würde ein einziger Pathologe reichen, um mich zu untersuchen. Es sei denn, Mama beschloss, mein Ende ein paar Jahrzehnte vorzuverlegen und mich am Sonntag zu ermorden, bei Mord müssen sicher zwei ran. Grund genug hätte sie. Bei dem Gedanken brach ich in Schweiß aus. Aber ich durfte nicht schwitzen! Ich musste bildschön oder zumindest trocken aussehen, denn in zehn Minuten würde ich hinüber ins Buchgeschäft gehen und meinem Traummann gegenüberstehen.

Höchste Zeit, den Laden dichtzumachen. Ächzend bückte ich mich und sammelte acht Paar Sportschuhe, Größe 27, ein. Weiße mit blauen Blümchen, silberne mit Glitzerstreifen, rote mit gelben Sternen, der Rest in fünf verschiedenen Rosaschattierungen. Und trotzdem hatte die kleine Melli wie stets nur die Nase gerümpft und ihr Schokoladeneis auf meinem Hocker verteilt. »Ich will aba Prinzessinnenportsuhe!«

Wie sollten die aussehen? Mit Stöckel drunter und Krönchen drauf?

Ich balancierte die Schuhschachteln hinter den Vorhang und pfefferte sie ins erstbeste Regal, in dem noch Platz war. Das machte ich immer so. Bonnie-Denise zuliebe. Sie war ganz versessen aufs Ordnen und Schichten.

Ein letzter Blick in den Spiegel. Nicht gut. Ich sah absolut scheiße aus, mehr noch als sonst. Ich nahm die Brille ab und beugte mich so weit vor, dass ich mit der Nase gegen den Spiegel stieß. Einmal dem Piraten so nahe sein … Ich setzte die Brille wieder auf und rubbelte mit den Händen über meine Wangen, um wenigstens dort ein bisschen Farbe zu bekommen. Es war Ende August, Ende eines Jahrhundertsommers, und ich war weißer als der weiße Hai, fast so schlimm wie in den Wintermonaten, in denen ich weißer war als das kleine Gespenst.

»Keine Farbpigmente, das Kind, fast ein Albino«, hatte meine Mutter jahrelang jedem, der nicht schnell genug war, zugeflüstert. »Ich hab doch braune Haare und braune Augen«, hatte ich aufbegehrt, woraufhin mir Mama einen Blick zuwarf, der zwischen »Was weißt du schon?« und »Wer weiß, wie lange noch!« lag.

Ich reckte das Kinn hoch. Mein Hals immerhin hatte Farbe. Aber leider nicht die gute Sorte: rote, kreisrunde Flecken, die sich auf den Wangen sicher ganz reizend ausgenommen hätten, überall anders aber nach Ausschlag aussahen. Ich schnappte mir eines von den Seidentüchern, die wir verkauften, und wickelte es mir um den Hals. Ich dachte sogar daran, es so zu knoten, dass das Preisschild zwischen Hals und Tuch verschwand. Das olivfarbene Leinenkleid, das ich trug, hing wie ein Sack an mir herunter – und trotzdem zeichneten sich die Schenkel links und rechts als Beulen ab. Ich kramte das Reservemiederhöschen aus meinem Rucksack und quetschte meine Hüften hinein.

Zwei juckende Miederhöschen übereinander. Das war ich. Teddy Kis.

Auf dem Weg zum Mann meiner Träume. Zum Piraten.

Vor vier Monaten war er mit all seinen Büchern in den Laden nebenan eingezogen. Er hatte in bunten Lettern die Worte *Libri Liberi* auf ein Schild gemalt und saß seither wochentags von zehn bis neunzehn Uhr zwischen den ganzen abgegriffenen Heften und Büchern und verkaufte sie für zwei Euro und weniger das Stück.

Jeden Abend kaufte ich bei ihm ein Buch. Ich ließ mir

beim Aussuchen Zeit, erst, wenn ich die allerletzte Kundin war, ging ich zur Kassa. Beim Zahlen sah ich ihn nie an – was natürlich unsinnig war, aber ich hatte nicht viel Vertrauen in mich, was das Unterdrücken von hysterischen Kicheranfällen betraf. Dafür drückte ich ihm den Schein so in die Hand, dass wir dabei Hautkontakt hatten. Ich zahlte immer mit einem Schein. Das Wechselgeld, das ich von ihm bekam, legte ich in der Nacht unter mein Kopfkissen. Und am nächsten Tag in den Schuhkarton, der unter meinem Bett stand. Um die achthundert Münzen lagen darin. Er war voll. Kein Platz mehr für weiteres Wechselgeld.

Das war aber nicht der Grund, warum der heutige Besuch beim Piraten der erbaulichste jemals werden musste. Der Grund war wie immer Mama. Und dass sie mir am Sonntag endgültig den Kopf abreißen würde. Und dass heute schon Freitag war!

»Mach dir keine Sorgen, Teddy. Ich beschütze dich. Kein Sonntag der Welt kann dir etwas anhaben, denn du bist eine schöne und starke Frau, die Frau meiner Träume, und ich werde dich auf Händen durch alle Widrigkeiten dieser Welt tragen. Ich liebe dich.«

Ich schloss die Augen. Wenn der Pirat diese Worte tatsächlich zu mir sagen würde, dann könnten mich wahrhaftig sämtliche Widrigkeiten an meinem Hintern lecken. Den Gedanken, dass die Widrigkeiten recht viel zum Lecken hätten, verdrängte ich rasch wieder. Stattdessen ließ ich den Piraten weitere Liebesworte flüstern: »Ich habe noch nie eine Frau wie dich gekannt, Teddy. Du bist einzigartig, und die Tatsache, dass du noch Single bist, muss bedeuten, dass alle anderen Männer auf dieser Welt blind sind.«

Als ich die Augen wieder öffnete, zeigte mir mein Spiegelbild erbarmungslos, dass die anderen Männer wohl eher nicht blind waren, wenn sie mich verschmähten, und dass ich außerdem wieder mal meinen Handrücken knutschte. Ich bückte mich, um den CD-Player auszuschalten, doch dann zog ich meinen ausgestreckten Finger zurück und richtete mich auf. Diesen Song konnte ich nicht unterbrechen. Er war *mein* Song.

»I traveled each and every highway …« Denn er gab mir das Gefühl, genauso zu leben zu dürfen, wie ich wollte, und am Ende einfach schmettern zu können: »Scheißegal! I did it my way!« Natürlich würde ich erst mal damit anfangen müssen, so zu leben, wie ich wollte, um am Ende meiner Tage mit vollem Anrecht mitsingen zu dürfen, aber in dem Text lag so viel Kraft und Selbstvertrauen, dass ich mich allein schon beim Zuhören stark, ja beinahe todesmutig fühlte.

Seit fünfzehn Jahren arbeitete ich hier, fast die Hälfte meines Lebens, und nie war auch nur ein Tag im Schuhladen vergangen, wo wir nicht vom Aufsperren bis zum Absperren Sinatra gehört hätten. Weil Hans, der ehemalige Besitzer des *Schuh-Bi-Dubi-Du,* »Ol'Blue Eyes« ja persönlich gekannt und verehrt hatte wie kein anderer. Und es erfüllte mich mit Stolz, seit Hans' Tod vor drei Jahren persönlich dafür zu sorgen, dass die Tradition aufrechterhalten wurde. Auch wenn das einige Kämpfe mit Bonnie-Denise bedeutete, die viel lieber Katy Perry, oder »wenn schon so was Vorsintflutliches, dann wenigstens Shaggy«, gehört hätte.

Es war so weit. Ich schaltete den CD-Player ab, reckte das Kinn vor und straffte die Schultern. Ich würde jetzt da rübergehen und den Piraten mit meiner unwiderstehlichen Anziehungskraft umhauen. Das konnte doch nicht so schwer sein. Ich musste es nur schaffen, ein bisschen Liebreiz, Anmut und Stolz auszustrahlen. Ich würde es ganz einfach my way tun. Jawohl.

Ich schloss die Tür ab und sah Batman auf der anderen Straßenseite. Er gähnte. Als ich ihm zuwinkte, stand er auf und fing an, aufgeregt hin und her zu tänzeln. Ich signalisierte ihm, indem ich auf mein uhrloses Handgelenk deutete, dass ich heute leider keine Zeit für ihn hatte. Auf der Stelle nahm er wieder seinen Platz ein. Batman war der Einzige, der mich immer verstand.

Ich holte tief Luft, dreimal hintereinander, bis mir schwindelig wurde, dann marschierte ich los. Liebreizend und anmutig. My way. Es sind exakt zwölfeinhalb Schritte vom *Schuh-Bi* zum *Libri Liberi*. Ich wusste nicht warum, aber ich zählte sie jedes Mal. Und heute, wo es besonders wichtig war, zählte und ging ich mit geschlossenen Augen. Zehn, elf, zwölf, zwölfeinhalb.

Ich fand es wahnsinnig romantisch, dass ich den Weg so gut kannte, dass ich ihn sogar blind fand, blind nach der Türklinke greifen konnte … ich fasste ins Leere, denn die Türe war bereits geöffnet. Ich stolperte die kleine Stufe ins Geschäft und riss in meiner Panik beinahe den erstbesten Bücherständer um. Das Ganze verursachte einen unglaublichen Lärm, Quietschen meinerseits inklusive.

Der Pirat saß hinter seinem Schreibtisch und sah mich an.

»Oh«, sagte er. Und dann: »Guten Abend.«

»Guten Abend«, flüsterte ich, ließ den Ständer los und verschwand hinter einem Regal. Dort biss ich mir erst einmal auf alle zehn Fingernägel zugleich. So lange bis mir klar wurde, dass das Geräusch, das meine Zähne dabei machten, in dem kleinen Laden widerhallte wie ein Lachanfall in der Kirche. Ich zog die Finger aus meinem Mund und blickte mich vorsichtig um. Niemand sonst war zu sehen, der Pirat und ich waren alleine. Verdammt, Teddy! Liebreizend und anmutig? Shiti!

Doch ich ermahnte mich sofort, wieder Haltung anzunehmen, schließlich kann auch die anmutigste Frau mal ein kleines bisschen ins Stolpern geraten. Jetzt war es an der Zeit, mich auf mein eigentliches Ziel zu konzentrieren: endlich den Piraten zu verführen.

Abgesehen von ein paar Drehständern gab es nur drei lange Regale im *Libri Liberi*. Es war mir schleierhaft, wie der Pirat von seinen Einnahmen leben konnte, aber gleichzeitig fand ich die Vorstellung, dass er ein völlig armer Schlucker war, irrsinnig romantisch. Die Reihenfolge der Bücher in den Regalen kannte ich in- und auswendig. Jeden Abend hätte ich ganz genau sagen können, welche fehlten und welche neu dazugekommen waren. Zu den Ständern ging ich nie – zu exponiert. Auch zwei Miederhöschen bewirkten keine Wunder.

Ich blieb also auch jetzt hinter meinem Regal. Zog ein paar Bücher heraus und stellte sie wieder hinein. Dann zog ich die nächsten heraus. Ein kleines bisschen gleichmäßigen Lärm machen, das war gut, um keine peinliche Stille entstehen zu lassen. Ich schob einen *Gebrüder-Grimm*-Sammelband zurück ins Regal und behielt einen *Duden* in der Hand. Ganz vorsichtig bewegte ich mich an den Rand des Regals. Ich streckte den Kopf vor und lugte in Richtung Schreibtisch. Der Pirat hielt den Blick gesenkt und las in einem vergilbten Heft.

Sein schwarzes Haar schimmerte. Er sah so schön aus, dass es wehtat. Alles, alles würde ich für ihn tun. Sein rechter Zeigefinger schob sich unter die Augenklappe. Ich schluckte. Prinz Charles fiel mir ein, der einst Camillas Tampon hatte sein wollen. Die Welt hatte das komisch gefunden, doch ich verstand ihn – oh, könnte ich nur die Augenklappe des Piraten sein …

Ich sank hinter das Regal zurück. Wenn nur heute nicht schon Freitag wäre. Wenn nur in zwei Tagen nicht schon wieder Sonntag wäre. Wenn nur letzten Sonntag nicht die Sache mit dem Auto passiert wäre. Wenn Mama nur nicht Mama wäre und vor allem ich nicht ich! Ich konnte vor Kummer schon nicht mehr schlafen, die letzten Nächte hatte ich mich nur mehr im Bett gewälzt. Oder ich hatte dagelegen wie ein Käfer, der sich tot stellt, weil er weiß, dass er gefressen wird, sobald er sich rührt. Doch jede Nacht hatte mich der Gedanke getröstet, dass ich den Piraten am nächsten Tag wiedersehen würde.

Aber heute war das anders. Heute war Freitag. Und samstags hatte das *Libri Liberi* geschlossen. Ich lehnte mich mit dem Rücken gegen das Regal. Die Angst vor Mama trieb mir die Tränen in die Augen. Die Kehle tat mir weh, so sehr musste ich plötzlich ein Schluchzen unterdrücken. Rotz lief aus meiner Nase und bildete eine Blase unter dem linken Nasenloch. Unwillkürlich schnaufte ich, und es hallte so laut in dem stillen Raum wider, dass ich vor Schreck die Augen aufriss. Ich räusperte mich vernehmlich und schlug hektisch den *Duden* auf und geräuschvoll wieder zu.

Wenn ich das Wochenende überstehen sollte, dann brauchte ich jetzt ein Wunder. Unbedingt. Von mir aus auch nur ein ganz kleines. Oder, oder zumindest ein Zeichen, von irgendwoher ein Zeichen … bitte …

Der *Duden*! Ich blätterte ihn irgendwo auf, schloss die

Augen und tippte blind mit dem Zeigefinger auf ein Wort. »Beatmen« stand da. Und »med: besondere Gasgemische in die Atemwege einführen«. O Gott, Gasgemische, was für Gasgemische? Ich *sollte* also sterben? Das war mein Zeichen? Das war eine Frechheit!

Ich hörte, wie der Pirat den Stuhl zurückschob. Er stand auf. Wollte, dass ich ging, damit er das Geschäft absperren konnte. Nein, nein, bitte noch nicht – halt! Jetzt hatte ich es! Nicht »Gasgemische«, »beatmen«, das war mein Zeichen! Also los! Ich wankte hinter dem Regal hervor, beide Hände aufs Herz gepresst. Aus meinem Mund drang ein schauerlicher Laut. Es klang erbärmlich, dilettantisch, doch es gab kein Zurück. Der Pirat stand hinter dem Schreibtisch und starrte mich mit seinem einen Auge an.

»Aaaaaaaahhh«, machte ich gequält, kniff die Augen zu, knickte in den Knien ein, vollführte eine halbe Drehung und ließ mich auf den Hintern und schließlich auf den Kopf fallen. Es war dermaßen peinlich, dass ich mich fast darüber freute, wie weh das tat.

»Frau Kis!« Beinahe hätte ich die Augen wieder aufgerissen. Er wusste meinen Namen. *Er – wusste – meinen – Namen!*

Die Hand, die meine nahm, war kühl. Ich fühlte ein Streicheln auf der Wange. Oh Shiti, ich hatte vergessen, die Luft anzuhalten. Jemanden, der wie eine Dampflok schnauft, braucht man nicht zu beatmen. Mit flatternden Lidern öffnete ich die Augen. Er war über mich gebeugt. Er sah wunderschön aus.

Ich musste was sagen. »Gasgemische«, flüsterte ich.

2

Ich flog. Aus der Sieveringer Straße hinaus, die ganze Billrothstraße entlang und schließlich hinunter in die Liechtensteinstraße. Ich flog fast bis zum Franz-Josefs-Bahnhof. Ein paar Häuser davor setzte ich zur Landung an. Ich lehnte mich mit dem Rücken an die Haustür und spürte das Lächeln auf meinem Gesicht. Ein dummes, verklärtes Lächeln, das meine Nasenflügel beben, meine Wangen zittern und mich wahrscheinlich insgesamt wie ein aufgeregtes Walross aussehen ließ.

Nicht dass der Pirat und ich uns noch lange unterhalten hätten. Nur darüber, dass er die Rettung rufen wollte und ich das leicht panisch abgelehnt hatte. Aber es hatte sich etwas verändert. Ab jetzt war ich nicht mehr einfach nur die verrückte Schuhverkäuferin von nebenan, die jeden Abend ein Buch kaufte und nicht redete. Ab jetzt war ich *Frau Kis,* die einen dramatischen Schwächeanfall gehabt und das mysteriöse Wort »Gasgemische« gesagt hatte. Ich war die Frau, deren Namen er kannte, deren Wange er berührt hatte und zu deren Rettung er die Rettung rufen wollte. Das war Wunder genug, um den Sonntag zu überstehen. Verdammt, das war Wunder genug, um ein ganzes Leben zu überstehen!

So leise wie irgend möglich schlich ich die Wendeltreppe hoch. Ganz innen, wo die Stufen am schmalsten waren. So hatte ich es schon als Kind gemacht, vermutlich um den inneren Balanceakt, den »nach Hause kommen« für mich bedeutete, auch äußerlich nachzuvollziehen. Meine Wohnung lag im fünften Stock und der Lift, der uns seit zwanzig Jahren versprochen wurde, war noch immer nicht gebaut worden. Ich hatte es unbemerkt bis in den ersten Stock geschafft, aber das war noch kein Kunststück. Jetzt. Jetzt wurde es kritisch.

»Du bist spät, Thaddäa.«

Ich stieß einen spitzen Schrei aus. Warum erschreckte ich mich eigentlich jedes Mal? Es war doch ohnehin jeden Abend dasselbe Spiel. Ich schaffte es nie, wirklich nie, mich an Tür Nummer drei vorbeizuschleichen. Oh ja, sie war gerissen. Sie liebte es, mich erst in Sicherheit zu wiegen. Nie riss sie die Tür auf, wenn ich direkt davorstand. Manchmal ließ sie mich noch vier Schritte daran vorbeigehen, dann wieder nur einen.

»Ja, Mama«, sagte ich.

»Ja, Mama«, äffte sie mich nach. »Als ob sie dir in diesem Schuhladen das Sprechen verbieten würden. Das ist doch kein vollständiger Satz. ›Ja, Mama‹. Herrgott, und das bei meinem schwachen Herzen. Wozu die ganze Erziehung?«

»Das ist auch kein vollständiger Satz«, platzte es aus mir heraus.

Meine Mutter griff sich an die Brust. So wie ich zuvor im *Libri Liberi,* ich hatte eben von der Besten gelernt. Diese Geste war Mamas Paradenummer. Sie signalisierte einerseits einen drohenden Infarkt und andererseits ein durch die versagende Tochter gebrochenes Herz.

Hätte ich es nicht schon so oft gesehen, ich hätte Szenenapplaus gegeben.

»Brauchst du noch irgendwas?«, fragte ich stattdessen.

»Gesellschaft«, krächzte der sterbende Schwan. Auch das war kein vollständiger Satz.

»Mama … ich bin müde.«

Sie hatte dunkelblauen Lidschatten bis hinauf zu den Augenbrauen aufgelegt. Die Haare, die nach dem Versuch sie blond zu färben, gelb waren, fielen ihr spröde auf die Schultern herab. In ihrem weißen, bodenlangen Nachthemd sah sie aus wie Bette Davis als *Baby Jane*. Zum Fürchten.

»Hat meine kleine Thaddäa ihre Mama nicht mehr lieb?«

Ich warf einen besorgten Blick auf die angrenzenden Wohnungstüren. Es war acht Uhr abends, meine Mutter stand in ihren Plüschpatschen im Treppenhaus und wollte Grundsatzdiskussionen führen.

»Mama –«

»Komm mir nicht mit Mama. Seit du da oben alleine wohnst, weiß ich gar nicht mehr, was du den ganzen Tag tust.«

»Ich war arbeiten, Mama.«

»Länger als sonst.«

»Ich hab nur ein bisschen länger gebraucht, weil ich zu Fuß nach Hause gegangen bin.«

»Ha! Sie vergnügt sich, während ihre alte Mutter einsam ist und ihr weiß Gott was passieren kann. Was, wenn mich eine rumänische Einbrecherbande überfallen hätte?«

»Mama, ich hab doch gesagt, du sollst nicht immer die *Jetzt* lesen.«

»Die einzige Zeitung, die es in Wien gratis gibt, und meine Tochter verbietet sie mir. Und das, nachdem ich meine beiden Mädchen alleine großgezogen, keinen Schilling Unterstützung von eurem Vater erhalten habe und noch jetzt jeden Groschen, den ich besitze, in euch stecke. Da gestatte deiner Mutter doch bitte die Lektüre einer Gratiszeitung.« Gekonnter Griff an die Brust. »Mama wird noch sterben aus Gram über dich.«

»Mama –«

»Scht!«, befahl meine Mutter. »Geh! Lass mich doch allein. Ich will dich nicht mehr sehen.«

»Ja, Mama.« Ich huschte zur Wendeltreppe.

Tür Nummer drei knallte zu. Von innen hörte ich meine Mutter: »Und wehe, du bist am Sonntag nicht pünktlich!«

Mein eigenes Reich. Vier Stockwerke über meiner Mutter. Zwei Zimmer ganz für mich allein.

Ich hatte die Wohnung vor vier Jahren gemietet. Trotz des Versprechens, das ich Mama gegeben hatte. Sie nie, nie, niemals alleine zu lassen.

Einen Tag bevor ich achtzehn wurde, zog meine Schwester Tissi aus. Mama weinte vierundzwanzig Stunden durch. Ich begriff sehr wohl, dass sie daher keinen Nerv hatte, an meinen Geburtstag zu denken, doch ich wollte sie aufheitern, wollte ihr zeigen, dass das Leben weiterging und kaufte trotz allem einen Kuchen und ein paar Kerzen.

Als ich die Kerzen anzündete, schluckte Mama Schlaftabletten. Vier Stück auf einmal. Zum Glück direkt vor meinen Augen. Niemand weiß, ob sie sonst überlebt hätte. Im Krankenhaus meinten sie zwar, in der Regel bräuchte es schon mehr als vier Stück, um jemanden von Mamas Konstitution umzuhauen, aber ich war trotzdem fürchterlich geschockt. Und natürlich versprach ich ihr, sie nie, nie, niemals im Stich zu lassen. Solange ich lebte. Tissi mochte gehen und kommen und wieder gehen wie sie wollte, aber auf mich durfte Mama sich verlassen.

Und das durfte sie tatsächlich. Die nächsten zehn Jahre lang. Bis ich die Enge in Hals, Brust und Wohnung nicht mehr aushalten konnte. Da hatte ich dann die Wohnung im fünften Stock gemietet. Heimlich. Ohne dass Mama je davon erfahren sollte.

Was sie auch nicht tat. Die nächsten dreieinhalb Jahre lang. Ich erzählte ihr, dass Hans beschlossen hatte, den Schuhladen bis halb acht geöffnet zu lassen – und genoss die tägliche halbe Stunde Freiheit in meiner Wohnung im fünften Stock. Damals konnte ich mich noch an Tür Nummer drei vorbei schleichen, ohne bemerkt zu werden.

Natürlich war es ein Riesenspektakel gewesen, als sie mir auf die Schliche gekommen war.

»Thaddäa! Was hat Frau Zenz aus dem fünften Stock mir wohl berichtet?«

»Ich … ich weiß nicht, Mama.«

»Ich kann es nicht glauben, dass mein eigenes Kind mich derart hintergeht! Mein Herz! Es fühlt sich plötzlich ganz schwach an. Wahrscheinlich brauche ich ein künstliches. Du bist schuld, Thaddäa, wenn sie mir ein Schweineherz einsetzen. Ich will kein Schweineherz in der Brust! Hast du jemals daran gedacht, was die *Leute* sagen werden, wenn sie erfahren, dass ich ein Schweineherz – oh Gott, hast du auch nur einmal an mich gedacht, Thaddäa?«

»Mama –«

Viermal war die Rettung mit Blaulicht und Sirene gekommen und hatte eine Halbtote ins Krankenhaus gebracht. Viermal hatte ich am Krankenbett gesessen und mich »Mörderin« schimpfen lassen.

Ich habe als Kind oft darüber nachgedacht, ob mein Vater uns verlassen hat, weil meine Mutter so erstickend klammerig war, oder aber, ob sie so geworden war, eben weil er sie mit zwei kleinen Kindern sitzen gelassen hatte.

Tissi war naturgemäß anders mit dem Verrat des Vaters und der Reaktion unserer Mutter umgegangen. Die kleine Prinzessin, von Geburt an hübsch und begabt, hatte mir die Schuld an der ganzen Misere gegeben: *Weil Thaddäa so ungeschickt ist, hat Papi sich ärgern müssen. Er wollte sie nie wieder sehen, drum ist er weg. Mami ist Thaddäa böse deswegen.*

Und die ungeschickte, bebrillte Thaddäa hatte die Rolle der Schuldigen akzeptiert. Ich könnte nicht sagen, welche ihrer Töchter Mama mehr Kummer bereitete. Die eine, die es im Leben zu nichts gebracht hatte und ihrer Mutter stets vor Augen führte, dass sie in der Erziehung versagt haben musste. Oder aber die andere, deren Attraktivität und beruflicher Erfolg ein Mahnmal waren für all das, was ihrer Erzeugerin niemals gegönnt war.

Was hatte sie uns nicht alles mit diesen unsinnigen Vornamen mitgeben wollen. Thaddäa, das sollte für Stolz stehen. Für Eleganz und Überlegenheit. Hatte ja super geklappt. Und meine Schwester Tirza sollte Schönheit und Phantasie mit auf den Lebensweg bekommen. Gut, schön war sie ohne jeden Zweifel. Aber so phantasievoll wie Fräulein Rottenmeier. Dafür hatte sie einen Doktortitel. Und dokterte tatsächlich an den Seelen anderer Menschen herum.

Und ich wusste, ich musste sie heute Abend noch anrufen. *3 verpasste Anrufe* stand anklagend auf dem Display meines Handys. Und darunter *Tissi*. Die ersten beiden waren von 19:10. Der letzte von 19:11. Typisch Tissi.

»Hallo, du«, begrüßte sie mich.

»Hallo, Tissi«, grüßte ich zurück.

»Du warst ja *unerreichbar* heute Abend. Und dein Rückruf kommt auch reichlich spät.«

»Tut mir leid, ich hatte das Handy auf lautlos.« Mist. Wann würde ich endlich aufhören, mich automatisch für alles zu entschuldigen? »Was wolltest du denn, Tissi?«

»Wäre es ein Notfall gewesen, wäre ich jetzt bestimmt schon tot. So spät, wie du zurückrufst.«

Sie wurde immer mehr wie Mama. Und genau das hätte ich ihr sagen sollen. Sicher, sie hätte sich den nächsten Besen geschnappt und wäre zu mir geflogen, um mich zu vierteilen, denn nichts, aber auch gar nichts fürchtete Tissi so sehr, wie irgendwann zu werden wie Mama. Doch sie wurde es. O Gott, hoffentlich werde ich nicht auch noch so, durchfuhr es mich.

»… nennen. Okay?«

»Okay«, wiederholte ich mechanisch.

»Also, wie sollst du mich nennen?«

»Ähhh …«

»Hast du mir nicht zugehört?«

»Doch!«

»Na, dann sag!«

Ich hielt die Luft an. Ach, es half ja doch nichts. »Kannst du mir bitte nochmal sagen, was ich sagen soll?«

Sie explodierte. »Als Strafe sollte ich einfach das Gespräch beenden und dir nie sagen, was ich vorhin gerade gesagt habe!«

Und was genau wäre daran die Strafe?

»Bitte Tissi …«

»Exakt darum geht es«, zeterte sie. »Tira heiße ich ab heute! Tira! Das habe ich dir vorhin gesagt. Tissi ist gestorben. Tira ist geboren!«

Sie beendete das Gespräch und machte damit den angenehmsten Teil ihrer Drohung wahr. »Tira«, murmelte ich.

Ob ich mich beim nächsten Telefonat wohl trauen würde, nach dem Grund der Namensänderung zu fragen?

Ich schlüpfte aus dem Leinenkleid und warf es auf mein Bett. Ich schälte mich aus den Miederhöschen, aus dem unbequemen Bügel-BH und zog mir ein übergroßes T-Shirt an, das mir fast bis zu den Knien reichte. Es war so heiß, dass ich ohne weiteres nackt hätte herumlaufen können, doch hatte ich Angst, dass Greenpeace sofort die Wohnung stürmen würde: »Ein Wunder! Moby Dick lebt! Los, zurück ins Meer mit ihm!«

Das Schlafzimmer sah ähnlich farblos aus wie ich. Noch. Irgendwann würde ich es ozeanblau streichen. Und über das Bett käme ein rotes Boot mit weißem Segel. Ich liebte das Meer. Jedes Meer auf der Welt. Und irgendwann würde ich ein echtes Meer sehen, es war mir ganz egal, welches.

Das Wohnzimmer war jetzt schon sonnengelb gestrichen. Mama fand, dass es aussah, als hätte ein Drogensüchtiger meine Wände vollgepinkelt. Und mein Sofa nannte sie Kommunistencouch, weil es rot war. Sie setzte sich nie darauf.

Umso genüsslicher ließ ich mich jetzt drauffallen. Im Fallen griff ich nach der Fernbedienung, und noch bevor mein Körper die Kommunistencouch berührte, hatte ich schon den Fernseher eingeschaltet. Das waren so die kleinen Tricks, die ich beherrschte.

Mein Zeigefinger zappte durch die Kanäle. Doku, Wirtschaftsjournal, zwanzigste Wiederholung von Scrubs, zweihundertste Wiederholung von den Simpsons, die gleiche Southpark-Folge wie gestern Nacht und vorgestern Nacht, Discovery Channel – mein Finger stoppte, als ich die beiden Löwen sah. Mein Gott, das war … okay, die war jetzt eindeutig keine Jungfrau mehr … das musste echt *wehtun* … Ich kniff die Augen zusammen, zappte weiter.

Neue Protagonisten, neue Kulisse, gleiche Tätigkeit. Eigentlich brauchte ich nicht mehr hinzusehen. Ich wusste genau, was da ablief. Jahrelange Fernseherfahrung. Ich wusste, wie man sich bewegen musste, was es für Positionen gab und dass es jedes Mal mit einem doppelten und gleichzeitigen Hurra endete.

Und mittlerweile wartete ich die Hälfte meines Lebens darauf, dass *es mir* passierte. Was war ich anfangs stolz gewesen, dass ich mich für den Richtigen aufhob, während Tissi sich »an jeden x-beliebigen Dahergelaufenen verschenkte«, wie Mama es nannte. Und was war Mama froh gewesen, dass wenigstens ihr kleines Mädchen brav und sittsam zu Hause blieb, während die Große »sämtliche Rückbänke sämtlicher Automarken durchwetzte«. Ja, Mama konnte manchmal ganz schön derb sein.

Doch es half, um mir einzutrichtern, dass der Verlust der Jungfräulichkeit nichts Erstrebenswertes war. Und so gingen die Jahre ins Land. Und irgendwann war ich keine sechzehn mehr, sondern zwanzig. Und irgendwann war ich keine zwanzig mehr, sondern fünfundzwanzig. Und hätte einen Mord begangen, um irgendeine Rückbank irgendeiner Automarke durchwetzen zu können. Und in vier Wochen war mein dreiunddreißigster Geburtstag und *es* war noch immer nicht passiert. Nicht *es* und auch nicht das ganze andere, was man zu zweit tun konnte.

Wenn mir vor fünfzehn Jahren irgendjemand gesagt hätte, dass mir all das Zeug, von dem ich heimlich in der *Bravo* las, nie geschehen würde, dann … ja, was dann? Ich hätte es vermutlich nicht geglaubt. Ich hätte nicht glauben *können,* dass etwas, das alle Welt tat, mir nie vergönnt sein würde. Warum ich? Warum ausgerechnet ich?

Und was würde sein, wenn es mir doch endlich vergönnt war, womöglich sogar mit dem Piraten vergönnt war, und ich kläglich versagte? Der Mensch hat bekanntermaßen ein paar Urängste. Ich hatte ziemlich viele. Und seit vier Monaten war das eine davon. Was, wenn ich den Piraten tatsächlich rumkriegte und dann nicht gut genug war? Ich wusste ja nicht *wirklich,* wie das ging.

Ich strich mir über die Wange, die er berührt hatte. Ganz sanft nur, damit ich die Berührung ja nicht abwischte. Heute war der erste Abend seit vier Monaten, an dem ich kein Buch gekauft hatte.

Ein Abend, der in die Geschichte eingehen würde, ein Abend, der für einen Neubeginn stand, ein Abend, an dem ich endlich einmal *nicht* mein Handy nehmen würde und – ich holte mein Handy.

Ich starrte es an, biss die Zähne zusammen, und tippte schließlich doch die Zahlenkombination ein, die ich längst im Schlaf kannte. Fluchend, weil ich so wütend war auf meinen absoluten Mangel an Selbstbeherrschung. Ich hielt das Handy ans Ohr und lauschte mit angehaltenem Atem dem Freizeichen.

Es war ein Ritual. Vor vier Monaten eingeführt und nicht einen Abend ausgelassen. Unbegreiflich, aber ich konnte mir tatsächlich immer noch einreden, dass er nicht wusste, dass ich es war.

»Hallo?« Die Stimme des Piraten klang heiser.

Ich schwieg. Natürlich schwieg ich.

»Haaaallo«, das klang jetzt schon etwas ungeduldig.

Ich presste das Handy fester an mein Ohr und schwieg weiter.

Da – was war das? Ich hörte eine Stimme im Hintergrund. Eine Frauenstimme! Er legte auf. Ich starrte auf das Display. Die Worte: »Verbindung beendet« verschwammen vor meinen Augen. Er hatte eine Frau bei sich! Und ich Idiotin, ich hirnverbrannte Idiotin, glaubte tatsächlich jeden Tag aufs Neue, dass er sich in mich verlieben könnte.

»Wie kann man nur so beschissen dämlich sein!«, brüllte ich den Fernseher an.

Die nächsten vierzig Minuten heulte ich in mein gelbes Sofakissen. Ich konnte gar nicht sagen, was genau mich dermaßen aus der Fassung brachte. Ich hätte mir doch denken können, dass er eine Freundin hatte. Oder sogar eine Frau. Aber nie, nie hatte ich es derart hautnah mitbekommen.

Was für eine Vorstellung, dass ich den ganzen Heimweg lang »beflügelt« war wegen der popeligen paar Worte, die er mit mir gewechselt hatte, während er jetzt mit irgendeiner Schönheit zugange war und sich womöglich noch lustig machte über die dicke, ungeschickte Frau Kis, die in seinem Geschäft wahrscheinlich wegen akuter Unterzuckerung umgefallen war, weil sie sich zur Abwechslung mal keinen Schokoriegel reingezogen hatte! Denn so wie die aussah, war es ja wohl klar, dass sie den ganzen langen Tag nichts anderes tat, als sich Schokoriegel reinzuziehen! Aaaaarrrrrrr! Ich riss an meinen Haaren, ich biss ins Kissen. Ich hasste mich! Ich hasste mich so sehr, dass ich mich am liebsten auf der Stelle in Dr. Tissis Behandlungsstuhl geschmissen und anschließend freiwillig in die Klapsmühle begeben hätte.

Den Mund weit aufgerissen, schleppte ich mich zum Fenster. Ich stieß es auf. Ein warmer Schwall Luft strömte mir entgegen. Ich lehnte mich weit hinaus und versuchte mir vorzustellen, was der Pirat empfinden würde, wenn er von meinem zerschmetterten Körper erfuhr.

Ich hoffte bei Gott, dass es ihn für immer verfolgen würde. Er hatte Frau Kis an jenem Abend gehen lassen und sie hat sich aus dem Fenster gestürzt. Ja, das tat gut. Wie schuldig sie sich alle fühlen würden. Der Pirat, Mama, Tissi. Alle, alle wären sie schockiert, dass ich es tatsächlich getan hatte. Ich stellte mich auf die Zehenspitzen und streckte mich noch weiter hinaus.

Und dann noch einen Zentimeter mehr. Und noch einen. Ich schloss die Augen. Ein Stückchen noch, dann würde die Schwerkraft den Sieg davontragen. Einen Sieg auf meinem zertrümmerten Rücken.

Von unten hallten Schritte herauf. Ich blinzelte. Ein alter Mann ging mit seinem Dackel Gassi. Der Hund blieb stehen und hob das Bein. Er pinkelte an die Laterne unter meinem Fenster und trippelte dann weiter.

Ich starrte ihm nach. Wenn ich jetzt hinuntersprang, würde ich mitten in der Dackelpfütze landen. Was für ein ungeheuer ironisches Ende für ein verpisstes Leben. Ich sank auf die Knie und stützte die Arme auf die Fensterbank.

In meinen Ohren rauschte es. Der alte Mann und sein Hund, die würden morgen noch leben. Der Pirat würde noch leben. Die ganze Welt würde sich einfach so weiterdrehen, nur ich wäre nicht mehr da.

Da weinte ich gleich wieder. In Sachen Selbstmitleid war ich schon immer recht talentiert gewesen, und an diesem Abend übertraf ich mich selbst. Aufs Tiefste betrübt, bejammerte ich meinen eigenen Tod. Und als ich mir klarmachte, dass wahrscheinlich niemand so sehr um mich trauern würde wie ich selbst, da jammerte ich gleich umso lauter. Doch als ich mir wiederum klarmachte, was das zu bedeuten hatte, da wurde ich plötzlich stumm.

Hallo! Ich konnte mich doch nicht aus dem Fenster werfen, wenn ich das selbst so schade fand. War ich denn komplett verrückt?

Glaubte ich wirklich, dass ein Sonntag mit Mama und dem kaputten Auto schlimmer war als da hinunterzuspringen? Fand ich tatsächlich, dass ich in einen Sarg unter die Erde gehörte, obwohl es ja noch nicht mal zweifelsfrei erwiesen war, dass der Pirat eine Frau hatte? Vor Empörung über mich selbst blieb mir die Luft weg. Ich hustete und röchelte, war plötzlich voller Panik, dass ich ersticken könnte. Sterben könnte! Ich hängte mich erneut aus dem Fenster und als ich endlich wieder Atem geschöpft hatte, schrie ich in die Nacht hinaus: »Ich will leben!«

Keine halbe Minute später kam die Antwort. Aus einem Fenster vier Stockwerke unter mir: »Thaddäa!! Du bringst mich noch ins Grab!«

Ich lag im Bett, hörte die schönsten *Love Songs aller Zeiten* im Radio und spürte dermaßen intensiv das Leben in mir, dass ich vor Wonne beinahe sterben musste. Ehrlich.

Ich wollte leben. Auf Teufel komm raus. Welch schönere Entdeckung konnte man für sich selbst eigentlich machen?

Gut, ein bisschen unangenehm war die Vorstellung schon, dass ich jetzt genauso gut da unten auf dem Gehsteig hätte liegen können oder vielleicht sogar schon auf dem Pathologentisch mit meinem viel zu intakten Jungfernhäutchen. Aber mal ganz ehrlich, so knapp war es dann wohl doch nicht gewesen. Wie ich mich kenne, hätte ich vor dem endgültigen Sprung sicher »My Way« eingelegt – als große Abschiedsnummer, final curtain und so – und dann hätte ich mich wieder so stark und mutig gefühlt, dass der Ausweg nach unten auf den Gehsteig undenkbar gewesen wäre.

Ich drehte das Radio lauter. Billie Joel begann gerade zu erklären, warum sie *always a woman* für ihn war, und ich beschloss, dass ich ganz genauso sein wollte wie dieses woman. *She can kill with a smile, she can wound with her eyes,* oh ja, das war es, genau das wollte ich.

Eine Frau, neben der alle anderen verblassten, eine Frau, die man nie vergaß, selbst wenn man sie nur ein einziges Mal gesehen hatte, eine Frau, die mit ihrem Lächeln, ähm ... ja, eben killen konnte.

In meinen Träumen war ich natürlich immer schon gigantomanisch gewesen: Multimillionärin, Nobelpreisträgerin, Topmodel, Oscargewinnerin, Mutterhureheilige und Ärztin ohne Grenzen in einem. Doch der Riesenunterschied zwischen früher und jetzt war der, dass ich *jetzt* vollkommen überzeugt davon war, all das tatsächlich erreichen zu können. Okay, wenn man jetzt mal den Nobelpreis, die Ärztin und den Oscar wegließ. Und das Topmodel natürlich auch. Aber der Rest?

Warum nicht mit zweiunddreißig Jahren das Leben ändern? Warum nicht davon ausgehen, dass man alles schaffen konnte? Einfach mal mutig sein. Ja, verdammt! Ich konnte alles, wenn ich wollte.

Alles!

Wenn ich wollte, konnte ich dem Piraten meine Liebe gestehen. Ich konnte ihn küssen und mich nackt vor ihm ausziehen. Und wenn er eine Frau hatte, na, dann konnte ich seine Geliebte werden. Ich konnte Mama endlich die

Meinung geigen. Ich konnte Tissi einfach Tissi nennen. Ihr sagen, dass ich sie für die schlechteste Psychologin im gesamten Universum hielt. Ich konnte Bonnie-Denise endlich nur mehr Be-De nennen, konnte meinen Job kündigen, mir von meinem bisschen Ersparten ein Flugticket nach Australien kaufen und dort an einen Busch pinkeln. Ich konnte bungeejumpen, den Ärmelkanal durchschwimmen, nach Hollywood fliegen und Kindermädchen bei *Brangelina* werden. Ich konnte Politikerin werden und die *Jetzt* verbieten. Ich konnte zur Fußball-WM fahren und Flitzerin werden, dann würde ich ins Fernsehen kommen. Ich konnte Rauschgift ausprobieren, mir mit Mozartkugeln und Schokobananen zweihundert Kilo anfuttern, mir ein Piratenschiff auf den Rücken tätowieren lassen oder boxen lernen. Ich konnte Geld für eine Brustvergrößerung sparen oder für eine künstliche Befruchtung.

Ich konnte – ich konnte – ich musste eine kleine Verschnaufpause einlegen.

Zwei Uhr vierundvierzig. Sollte ich nochmal beim Piraten anrufen? Nur zweimal läuten lassen oder so, schauen, ob er abhebt, schauen, ob *sie* abhebt?

Ich griff nach meinem Handy, klappte es auf und begann die Nummer einzutippen. Plötzlich hielt ich inne. Nein, du Wahnsinnige, das wirst du nicht machen, das hast du nicht nötig. *Du hast es nicht nötig.* Ich drückte sekundenlang auf den roten Knopf, so lange, bis mein Handy sich abgeschaltet hatte, und war maßlos stolz auf mich. Das hier war die vollkommen neue Teddy, eine aufregende, interessante, starke Frau. Eine Frau, die keine anonymen Anrufe machte, eine Frau, die vielleicht anonyme

Anrufe *bekam*. Jawohl, so wollte ich sein. Begehrt, umschwirrt, leidenschaftlich geliebt.

Ich stand auf und tastete mich durch das dunkle Schlafzimmer bis ins Vorzimmer und weiter in die Küche, wo ich mir eine Schachtel Schokobananen aus dem Kühlschrank angelte. Ich mochte sie am liebsten, wenn sie schön kalt waren. Leider hatte ich mir in einem Anflug von Selbstgeißelung nur die kleinen mit Geleefüllung gekauft. Nicht die guten großen mit echtem Bananenmark drin. Nach der Autosache letzten Sonntag war meine Moral die ganze Woche über so tief gewesen, dass ich mich in vielerlei Hinsicht hatte bestrafen müssen. Keine cremigen weißen Kokoskügelchen, sondern die mit Nougat gefüllten. Keine Mousse au Chocolat, nur Pudding – und zwar den ohne Sahnehäubchen.

Ich ging mit meiner Geleebananenschachtel ins Badezimmer, schaltete das Licht ein und setzte mich in Unterhosen auf die Fliesen. Am Ende eines Jahrhundertsommers hat jeder so seine Tricks drauf, wie er sich am besten Kühlung verschafft. Ich lehnte mit dem Rücken an der Badewanne, dachte an den Piraten, malte mir mit geschlossenen Augen aus, wie mich der völlige Wandel meines Lebens mit den süßesten Erfüllungen belohnen würde, und aß alle vierzig Schokobananen auf. Die waren ja so klein. Danach war mir trotzdem schlecht, und mein Bauch sah aus wie eine dreistöckige Raupe.

Zurück im Bett bescherte *Modern Talking* mir den nächsten Lovesong und ich musste feststellen, dass ich jede Silbe von »You're my heart, you're my soul« mitsingen konnte. Das durfte der Pirat nie erfahren.

3

Ich rannte, als ginge es um mein Leben. Zumindest die ersten zweihundert Meter. Bei der Trafik, in deren Hinterzimmer ich vor elf Jahren meinen ersten Kuss bekommen hatte, musste ich eine Pause einlegen. Die Zunge hing mir bereits aus dem Hals. Danach ließ ich es ruhiger angehen.

Verrückte Welt. Nach meinen nächtlichen Überlegungen hätte ich mich in aller Herrgottsfrühe mit Sachertorte vollstopfen, danach meinen Job kündigen und anschließend nach Paris abdüsen können. Doch was sollte ich in Paris, wo doch der Pirat hier war? Was sollte ich mit Sachertorte, wo ich doch nichts lieber wollte, als dem Piraten zu gefallen? Also hatte ich mich entschlossen, das erste Mal in meinem Leben Sport zu machen, danach brav arbeiten zu gehen und mein Leben in geordnete Bahnen zu bringen. Wenn Mama mir am Sonntag wirklich den Kopf abriss, konnte ich immer noch in Richtung Flughafen flüchten.

Morgen war Sonntag und plötzlich war mir speiübel. Meine Laufhose namens *Damen Running Dreiviertel Tights,* die ich mir vor Jahren gekauft und bisher noch nie getragen hatte, schnitt in meinen Bauch. Außerdem war sie viel zu heiß und brachte absolut nicht das, was ich erhofft hatte. Der Stoff war fest, und genau diese Festigkeit hatte ich mir für meine Schenkel gewünscht. Doch bei jedem harten Laufschritt auf dem Asphalt spürte ich ein eigenartiges Wabbeln vom Bauch bis zu den Knien und zurück. Und die Weste, die ich mir um die Hüften gezurrt hatte, reichte links und rechts nicht weit genug nach vorne, um irgendwas zu kaschieren.

Ich blieb stehen. Mein Atem rasselte. Nicht mal was zu trinken hatte ich dabei. Es war halb zehn, und es hatte bereits 28 Grad. Ich würde vollkommen verschwitzt im Geschäft ankommen. Okay Teddy, nicht unterkriegen lassen. Du hast frische Kleidung im Rucksack und ein Waschbecken im *Schuh-Bi*. Der Rest ist egal. Nein, nicht nur egal, sondern *wurscht*. Mama mochte es gar nicht, wenn ich »wurscht« sagte. Sie nannte mich dann Proletin. Ich grinste und lief weiter. Jetzt war alles wurscht. Das war ja ein wahres Zauberwort. Problem da? Ein kurzes Schulterzucken, ein saloppes Wurscht – Problem wieder weg.

Gut, wir reden hier nicht von Leukämie oder abgetrennten Körperteilen. Aber immerhin von Schweiß. Und ich hatte schon durchaus tragische Momente durch ebensolchen erlebt. Ich sage nur zwei Worte: »Tanzstunde« und »Kunstfasershirt« (Mamas Idee, beides).

Ein lautes Hupen riss mich unsanft aus meinen Gedanken. Ich machte einen Satz zur Seite. Erst als der LKW vorbeigetost war, fühlte ich den Körperkontakt.

»Da hat wohl jemand ein bisschen geträumt …«

Ich fuhr herum. Die Arme, die mich auf den Gehsteig gezerrt hatten, gehörten zu Dr. Strohmann. Ich hatte ihn noch nie aus nächster Nähe gesehen, trotzdem erkannte ich ihn sofort. Wenn er auf dem Weg zu seiner Praxis am *Schuh-Bi* vorbeischritt, klebte die gesamte weibliche Kundschaft an der Fensterfront. Dr. Strohmann wusste, was sich gehörte, und winkte jedes Mal durchs Fenster. Er war der Superstar der Sieveringer Straße. Und jetzt stand er vor mir, ganz nah.

Hätte ich einen Busen, dann hätte er seine Rippen gestreift. Mir war entsetzlich schwindlig. Meine Lippen waren ausgetrocknet, ich hatte den Geschmack von abgestandenem Kaffee im Mund und wünschte, ich hätte meinen Kaugummi nicht ein paar Laufmeter zuvor verschluckt.

»Endlich habe ich mal ein Leben retten können. Dafür haben sich die sieben Jahre Medizinstudium gelohnt.« Die weißen Zähne blitzten im gebräunten Gesicht, und mir wurde klar, dass er meine verschwitzten Oberarme noch immer nicht losgelassen hatte.

»Danke, Herr Strohmann«, brachte ich hervor, »ich meine Doktor –«

»Sie arbeiten doch in dem kleinen Laden neben mir?«

Ich nickte und merkte, dass mir der Mund offen stand.

»Und? Sind Sie auf dem Weg dahin? Dann können wir ja gemeinsam gehen.« Seine Hände glitten an meinen Armen herab. Ich spürte, dass mein Gesicht knallrot war, und hoffte, Dr. Strohmann würde diesen Umstand auf meine Sportlichkeit zurückführen. Gemeinsam überquerten wir die Straße. Meine Knie fühlten sich an wie Wackelpudding. Ich neben dem schönen Zahnarzt, das war doch verkehrt. Das fühlte sich an, als wäre ich ... ja, tatsächlich fühlte es sich an, als wäre ich eine richtige Frau.

Dr. Strohmann war groß, sicher über eins neunzig. Ich ging ihm gerade mal bis zur Schulter. Und diese Schulter war so nah neben meinem Kopf, dass seine Hand immer wieder an meinen Unterarm streifte. Gooootf ...

»Laufen Sie regelmäßig?«, fragte er plötzlich.

»Gott, nein«, entfuhr es mir voller Überzeugung. Verdammt! »Also früher schon, natürlich, ja, ja, aber jetzt … so viele andere Verpflichtungen, Hobbys, naja …«

»Segen und Fluch unserer Zeit«, meinte mein Begleiter kryptisch, und ich erwiderte: »Genau das. Sie sagen es.« Als wäre ich eine richtige Frau und als würde ich ein richtiges Gespräch führen.

Wir bogen in die Sieveringer Straße ein.

»Wissen Sie, dass ich Sie heute das erste Mal aus der Nähe sehe?«, sagte Strohmann plötzlich.

»Ja«, platzte ich heraus. »Ich meine – ich meine, ich Sie auch …«

Ich starrte ihn an, und er zwinkerte mir zu. Am liebsten hätte ich laut losgekichert.

Das Geschäft des Piraten lag dunkel und verlassen da. Trotzdem beschleunigte sich mein Herzschlag. Strohmann sah mich prüfend an. Schnell senkte ich den Kopf. Vor dem *Schuh-Bi* blieben wir beide stehen, und Strohmann nahm meine rechte Hand in beide Hände.

»Es hat mich sehr gefreut, ein Stück des heutigen Weges mit Ihnen gemeinsam zu gehen«, sagte er und sah mir dabei in die Augen.

War das versteckte Kamera oder so was? Noch nie hatte ein Mann so mit mir geredet. Und einer wie Dr. Strohmann redete sonst gar nicht mit mir.

»Mich auch«, piepste ich. Und dann, in einem plötzlichen Anfall von Wagemut: »Vielleicht trifft man sich ja wieder …« Meine eigene Courage war mir so peinlich, dass ich ein schnelles »Hihihi« dranfügte, wie um das Gleichgewicht der Natur wiederherzustellen. Teddy Kis war ein wandelndes Fettnäpfchen, und das durfte sich auch nicht ändern.

Doch der Zahnarzt blieb gelassen. »Wer weiß …«, entgegnete er mit samtweicher Stimme. Ich presste die Lippen zusammen, um ein dämliches Teenagergrinsen zu unterdrücken, was leider misslang. »Ciao«, machte Strohmann, hob die Hand und blinzelte mir zum Abschied zu. »Ciao«, machte ich, drehte mich um und knallte mit dem Kopf gegen die Glastür. Ich riss sie auf und stolperte ins Geschäft, noch ehe mir Dr. Strohmann seine ärztliche Hilfe anbieten konnte. Bonnie-Denise, die gerade einer unserer Stammkundinnen, einer pailettenbesetzten Mittsechzigerin, glitzernde Geox-Sportschuhe anprobieren wollte, schnatterte los: »Was hast du denn mit *ihm* geredet? Warum hat er deine Hand gehalten? Teddy, ich hab ja gar nicht gewusst, dass du ihn kennst! Bist du Patientin bei ihm? Was macht er überhaupt am Samstag hier, die Praxis ist doch geschlossen. Und warum hat er *dich* so angelächelt?«

Die letzte Frage klang nicht sehr schmeichelhaft, trotzdem fühlte ich etwas völlig Unbekanntes in mir aufkeimen. Stolz. Ein unerwarteter, kindischer Stolz. Und wieder das Teenagergrinsen.

»Wir haben uns unterwegs getroffen, und er hat vorgeschlagen, dass wir ein Stück gemeinsam gehen.« Es klang nicht ganz so selbstverständlich, wie ich gern gewollt hätte. Als ich die skeptischen Blicke der beiden sah, hielt ich einen Themenwechsel für angebracht. Ich legte die Hand hinter die Ohrmuschel und fixierte Bonnie-Denise mit einem, wie ich hoffte, strengen Blick. Das Dominante lag mir nicht so.

»Kann es sein, dass ich *nichts* höre?«, fragte ich sie.

Sie stöhnte genervt auf. »Ich hab die Chose heute schon zweimal rauf und runter gespielt. Eine Sekunde, bevor du gekommen bist, war sie aus. Ich wollte gerade wieder auf ›Play‹ drücken.«

»Schalte doch einfach auf Repeat, dann macht das Gerät alles von alleine«, antwortete ich und startete die CD neu.

»Ich sollte eine Gefahrenzulage für den Job verlangen. Irgendwann kriege ich noch Ohrenkrebs«, knurrte Bonnie-Denise.

»Aber singen tut er schon schön, der Frank Sinatra«, schlug sich die Kundin ausnahmsweise auf meine Seite. »Und der Hans hat ihn halt so gerne gehabt. Richtig vernarrt war er in ihn.«

»Und wir müssen das jetzt büßen«, stellte Bonnie-Denise düster fest, worauf die Kundin kicherte.

»Der Hans war großartig«, sagte ich mit fester Stimme. »Und ich würde alles tun, was in seinem Sinne gewesen wäre.«

Bevor Bonnie-Denise weitere despektierliche Bemerkungen über zwei der wichtigsten Männer in meinem Leben machen konnte, trat ich die Flucht an.

»Bin gleich wieder da«, versprach ich, stieß die Ladentür auf, vergewisserte mich, dass kein Zahnarzt in der Nähe war, und lief auf die andere Straßenseite. Keuchend ließ ich mich vor Batman nieder. »Hallo, mein braver, süßer Großer. Geht's dir gut? Heiß ist es, gell.« Ich streichelte ihn mit beiden Händen, kraulte das raue Fell auf seiner Stirn, seine spitzen Ohren und flüsterte weiter: »Das war nicht nett von mir, dass ich einfach so reingegangen bin, ohne dich zu begrüßen, gell. Gar nicht nett von mir. Aber jetzt bin ich ja da.«

Batman brummte zufrieden und legte dann seinen Kopf auf meine Knie. Aus dem Inneren des Ladens, den er bewachen sollte, hörte ich das Schaben von Stuhlbeinen über Fliesen.

»Ich muss gehen«, hauchte ich Batman zu, strich ihm ein letztes Mal über den Kopf und huschte über die Straße zurück in den Schuhladen.

Sehr zum Amüsement von Bonnie-Denise und ihrer Kundin.

»Ach«, zwitscherte diese verzückt, »mit wem hat denn das Fräulein Teddy nun die Romanze? Der Zahnarzt hat nur gelächelt, aber dem da drüben ist sogar der Speichel übers Kinn gelaufen.« Sie stupste Bonnie-Denise mit dem Ellenbogen an und beide stießen ein kreischendes Lachen aus.

Dämliche, dämliche Weiber. Ich ging an ihnen vorbei und verschwand hinter dem Vorhang. Am Waschbecken zog ich mir BH und T-Shirt aus und begann, mir die Achseln zu waschen. Aus dem Spiegel sah mir ein schmales Gesicht entgegen. Ich dachte daran, wie Strohmann mich angeschaut hatte, betrachtete meine Augen und überlegte, ob es nicht vielleicht doch Augen waren, in denen ein Mann versinken konnte. So wie bei den Frauen in meinen Büchern. Wohl kaum. Mein Blick wanderte tiefer. Schmale Lippen und zu kleine Zähne dahinter. Mäusezähne, wie Tissi schon als Kind gespottet hatte. Passend zu den Mäusefäustchen, die an meinem Oberkörper hingen und wohl als Busen gedacht waren. Das ganze Fett, das ich in mich hineinfutterte, landete in meinen Oberschenkeln und im Hintern. Nur nie, nie, nie in den Mäusefäustchen.

Ich lehnte mich gegen die geflieste Wand. Wurscht, Teddy, ist doch alles wurscht …

»Teddy!« Bonnie-Denises Stimme gellte durch den Laden, und ich hoffte, dass ihre Kundin schon gegangen war, sonst würde sie jetzt taub sein.

»Ja!«, rief ich zurück. Wurscht, Teddy, immer mit der Ruhe, ganz ausgeglichen, ganz wurscht … verdammt nochmal scheißscheißscheißwurscht! Konnte ich nicht wieder nach Hause gehen? Einfach krank sein?

Normalerweise hatte ich nichts gegen Bonnie-Denise. Als sie vor zwei Jahren bei uns angefangen hatte, war ich zwar anfangs von ihrem ständigen Gequake genervt gewesen – meine Kinder hier, mein Mann dort, unser Haus hier, unser Garten dort. Doch ich hatte mich damit abgefunden, dass mir eine damals Dreiundzwanzigjährige an die Seite gestellt wurde, die nicht nur liebende Zwillingsmutter, sondern auch glückliche Ehefrau, Hobbygärtnerin, Hundebesitzerin und Esoterikerin war.

Ich glaube, was mich von Anfang an mit ihr verbunden hatte, war die Sache mit den unsäglichen Vornamen gewesen. Sie war Mitte der achtziger Jahre geboren worden, als Kind zweier jugendlicher Knight-Rider-Fans, die ihre Tochter nach Michael Knights Freundin Bonnie benannt und aus Familienstolz auch noch den mütterlichen Namen drangehängt hatten.

Ich zog mir denselben BH wieder an, aber immerhin ein frisches T-Shirt darüber. »Ich will leben«, flüsterte ich meinem Spiegelbild zu.

»Teddy!«

»Ja, verdammt! Gleich!« Warum kam sie nicht zu mir, wenn sie etwas wollte! »Scheiße«, zischte ich. Allein schon wegen ihrer Schreierei würde ich meinen nächtlichen Vorsatz in die Tat umsetzen und sie ab jetzt nur noch Be-De nennen. Ich schloss die Augen, atmete kräftig aus und flüsterte: »Wurscht. Alles wurscht. Wurscht.«

»Teddy?«

Ich fuhr herum. »Ich hab nur … Atemübungen gemacht«, stammelte ich. Be-Des missbilligender Gesichtsausdruck hätte jeder bigotten Nonne zur Ehre gereicht.

Gereizt sagte ich: »Schau mich nicht so an, Be-Deeee … nise … Bonnie … Denise. Ich hab gesportelt, danach muss man Atemübungen machen.«

Ich drehte den Wasserhahn auf und entdeckte eine beschlagene Stelle auf dem Spiegel, genau in der Größe meines Mundes. Darüber spiegelte sich Be-Des Gesicht. Sie starrte den Fleck an. Bestimmt dachte sie, ich hätte Küssen geübt. Ach, hätte ich mich nur gestern aus dem Fenster gestürzt.

»Was wolltest du denn?«, fragte ich erschöpft.

»Du hast einen Kunden, der auf dich wartet«, antwortete sie geziert und schob schnippisch die Lippen vor.

»Ich habe wirklich Atemübungen gemacht«, wiederholte ich.

»Natüüürlich«, sagte Bonnie-Denise und wandte sich zum Gehen. Am liebsten hätte ich ihr einen Fußtritt in ihren knochigen Hintern verpasst.

»Einen Kunden«, äffte ich Be-Des gezierten Ton nach und wackelte dabei mit dem Kopf. »Der kann mich mal am Arsch lecken, der Kunde.« Irgendwie ging es mir danach besser.

Ich warf die Klotür hinter mir zu und stolperte zurück in den Verkaufsraum. Diese vermaledeite Be-De! Der *Kunde* war der Pirat! Und ich sah absolut scheiße aus.

»Pir-, ähm, hallo, Grüß Gott, hallo …«

»Guten Tag, Frau Kis.«

»Guten Tag, Herr Nemeth.«

Ich hatte immer noch die Knackwursthose an. Und

keine Weste mehr über Hintern und Hüften. Es fiel mir schwer, meine Hände unter Kontrolle zu halten. Ich wollte nichts dringender als mein T-Shirt zu packen und bis runter zu den Zehenspitzen zu ziehen.

Der Pirat sah mich an. Nicht meine Hüften, nicht meine Waden, nur mein Gesicht. Ich starrte zurück. Rechts von mir nahm ich eine Bewegung wahr, das musste Bonnie-Denise sein, die wahrscheinlich ebenfalls glotzte.

»Ähm, möchten Sie Schuhe kaufen?«, fragte ich vorsichtig und fügte dann schnell hinzu: »Sicher … oder?« Natürlich, du Idiotin, was denn sonst, er wird wohl kaum gekommen sein, um *dich* zu besuchen. Doch dass der anbetungswürdige Pirat so etwas Gewöhnliches tun sollte wie Schuhe kaufen, konnte ich mir einfach nicht vorstellen.

Trotz der ausgebeulten Hose und des ungebügelten Hemds – ach, könnte ich nur für ihn bügeln – sah er überirdisch aus. Die Augenklappe schien frisch geputzt zu sein und glänzte mit seinem sichtbaren grünen Auge um die Wette. Was hielt er denn da in der Hand? Blaue Fransen lugten aus seiner Faust hervor – ich war plötzlich in höchster Alarmbereitschaft – und als er die Worte sagte: »Das haben Sie gestern bei mir vergessen …«, machte ich einen Satz auf ihn zu und riss ihm das unglückselige Fransending aus der Hand. Doch ich war nicht schnell genug.

»Das ist ja einer von unseren Schals! Mit Preisschild! Teddy«, Be-De sah mich empört an, »hast du ihn gestohlen?«

»Gestohlen? Nein! Mir war gestern Abend so kalt und da hab ich –«

»Kalt? Du hast den ganzen Nachmittag geschwitzt wie ein Schwein, also bitte!«

»Schweiß ist nass und da wird einem kalt«, war das Einzige, was mir dazu einfiel. Könnte nicht bitte ein Ufo kommen und mich zu irgendwelchen Aliens bringen, die mich bei lebendigem Leib ausweiden und danach verspeisen würden? Nur bitte, bitte weg von hier! Und dass Bonnie-Denise jetzt auch noch demonstrativ an dem beschissenen Schal schnüffelte und dabei das Gesicht verzog, als hätte sie in eine Zitrone gebissen, machte die Sache nicht unbedingt besser.

»Na dann …«, begann der Pirat zögerlich und sah interessanterweise so aus, als hielte er nach demselben Ufo Ausschau. Das gab mir Mut. »Danke, dass Sie extra vorbeigekommen sind. Noch dazu an Ihrem freien Tag …«

»Ja genau«, mischte Be-De sich ein. »Das wollte ich eh schon immer wissen: Wieso haben Sie am Samstag nicht geöffnet? Kann sich das ein kleiner Laden wie der Ihre in diesen Zeiten überhaupt noch leisten?« Und dabei sah sie den Piraten an, als wäre er der faulste Mensch, der ihr je untergekommen war.

»Wenn ich auf die Einnahmen aus meinem Geschäft angewiesen wäre, dann könnte ich mir das Leben auch bei dreihundertfünfundsechzig offenen Tagen im Jahr nicht leisten«, erwiderte der Pirat. »Ich habe eigentlich nur eine wirkliche Kundin. Und das ist Frau Kis. Auf Wiedersehen.«

Er war so schnell fort, dass ich kaum Zeit hatte, rechtzeitig zu erröten. Ich drehte mich zu Bonnie-Denise und spürte, dass mir Tränen in die Augen traten. Mein Herz klopfte, und wären in diesem Moment Geige spielende Engel vom Himmel geschwebt, ich hätte mich nicht gewundert. Ich war seine einzige wirkliche Kundin. Ich war etwas Besonderes. Für ihn. Und ich Wahnsinnige hätte gestern beinahe dieses besondere Leben weggeworfen.

»Der hat doch einen Klamsch«, sagte Be-De. »Dem möchte ich nicht im Dunkeln begegnen. Außerdem merke«, fuhr sie mit erhobenem Zeigefinger fort, »wer eine Maske trägt, der hat was zu verbergen.« Daraufhin verschwand sie gewichtig hinter dem Vorhang. Mir hingegen schwappte das Glück aus den Augen und rann in Tropfen meine Wangen hinunter. Plötzlich fühlte ich eine tiefe innere Gewissheit, dass nun alles gut werden würde.

Das war, bevor der Nachmittag kam. Und der Abend.

4

Meine Hochzeit stellte ich mir so vor:

Der wunderschöne Pirat in einem dunklen Anzug, mit einem Auge, aus dem das Glück strahlt. Ich selbst – wundersam erschlankt – in einem weißen Seidenkleid, mit Margeriten im Haar. Tissi tiefstdekolletiert und höchstgeschlitzt und doch jämmerlich verblassend neben der überschäumenden Liebe der jungen Brautleute.

Die Menge raunt: »Was für ein Traumpaar.«

Der Pirat flüstert in mein Ohr: »Komm, Teddy, gehen wir, ich muss endlich mit dir allein sein. Ich halte es nicht mehr aus, auch nur eine Sekunde länger die Finger von dir zu lassen. Ich begehre dich so sehr …«

Seine Hände sind auf mir, seine Lippen überall …

Ich seufzte und riss die Augen auf. Be-De stand vor mir, die Hände in die Hüften gestemmt.

»Hast du mir überhaupt zugehört?«, blaffte sie.

»Ja«, hauchte ich. Ich war so glücklich.

»Und? Wie findest du das?«

»Ich find's super. Einfach nur super.«

Lauernd fragte Be-De: »Du findest es super, dass sie bei meiner Schwiegermutter ein Karzinom festgestellt haben?«

»Ähhh …«

Be-De grinste. »Du bist eine wahre Freundin, Teddy.

Du weißt eben, dass sie das größte Miststück auf Gottes grüner Erde ist. Und dass es ihr natürlich am liebsten wäre, wenn *ich* abkratzen würde. Kann man es mir da verübeln, wenn ich ihr dasselbe wünsche?«

»Ähhh …«

»Eben.«

Warum haben Frauen immer so ein Problem mit den Müttern ihrer Männer? Ich nahm mir vor, die beste Schwiegertochter aller Zeiten zu werden. Immerhin hatten die Eltern des Piraten die größte Kostbarkeit überhaupt in diese Welt gesetzt, allein dafür musste ich sie schon lieben.

Meine Schwiegcreltern stellte ich mir so vor:

Uralt und mit Augenklappe. Aber so was von nett. Papa Pirat erzählt mir von den beiden Kriegen und Mama Pirat serviert saftigen Kokoskuchen dazu.

»Nimm doch noch ein Stück, Teddy«, sagt sie. »Nimm noch ein Stück, du bist so dünn.«

Sobald mein Teller leer ist, legt sie ein neues Stück drauf. Und noch ein Stück und noch ein Stück.

Während mein Verlangen nach Kokos immer größer wurde, plapperte Be-De in einem fort. Soweit ich es mitbekam, waren wir mit dem Thema Familie durch und hatten uns den Klatschspalten zugewandt. Filmstars hier, Popstars dort. Tratschtosteron vom Feinsten.

»Was hast du grade gesagt?«, fragte ich urplötzlich interessiert.

Geduldig wiederholte Be-De: »Die drei Töchter von Bruce Willis sind eigentlich –«

»Nein, nein, das davor …«

»Ach so. Also, die sechs Kinder von Brad und Angelina haben ein Dutzend Kindermädchen und machen mit denen den ganzen Tag nichts anderes als essen und fernsehen.«

»Wow«, sagte ich. Diese Kindermädchensache wäre eine gute Alternative, falls ich doch nicht Mrs. Pirat werden konnte. Den ganzen Tag in einer Nobelvilla sitzen, essen, fernsehen und hie und da einen Blick auf Brad Pitt werfen. Das würde ich hinkriegen. Oder ein bisschen in seinen Sachen stöbern … Na, jetzt mal ernsthaft: Wer glaubt denn nicht, dass die Angestellten von Hollywoodstars in Schubladen und Kästen kramen, in denen sie nichts zu suchen haben? Einmal Brads Unterhose berühren. Oder in Angelinas BH schlüpfen … nö, doch nicht, zu deprimierend.

»So wie der Strohmann aussieht, könnte der auch in Filmen mitspielen«, sinnierte Be-De gerade. Ich merkte, dass sie mich dabei scharf beobachtete, und lief knallrot an.

»Du stehst auf ihn, Teddy!«

»Stimmt nicht«, rief ich entrüstet. Wie konnte sie mich für so oberflächlich wie all die anderen Weiber halten?

»Deine Wangen glühen ja richtig.«

»Be-Deeee …«

»Was?«

» – nise, Bonnie-Denise … heute ist so wenig los, du kannst ruhig schon gehen.« Sie musste jetzt einfach gehen. Be-De lenkte mich zu sehr vom Piraten ab. Dabei meinte sie es ja nicht böse, und ich wollte auch nicht undankbar sein.

Denn wenn ich ehrlich war, musste ich mir eingestehen, dass sie wohl die Frau in meinem Leben war, die dem Begriff »Freundin« am Nächsten kam. Außerdem sah ich sie gerne an. Sie sah aus wie die junge Jane Fonda, und wenn sie redete und ich ihr zuhörte, dann stellte ich mir manchmal vor, dass sie Jane war und ich ihre Schwester. Und mein Vater war dann natürlich Henry Fonda, den ich verehrte, seit ich ihn vor fünfzehn Jahren in »Spiel mir das Lied vom Tod« gesehen hatte. Dass Henry in echt wohl kein besonders guter Vater gewesen und außerdem seit fast dreißig Jahren tot war, störte mich dabei kaum. Heute hatte ich jedoch keinen Kopf für Jane, heute war Bonnie-Denise einfach nur Be-De, die ihre Klappe nicht halten konnte und deren Worte mich nervten wie ein juckender Hautausschlag. Ich fing sogar an, mich zu kratzen.

Be-De saß auf dem Tresen neben der Kassa und überlegte laut: »Ich hab die Woche eh schon wieder Überstunden angesammelt. Du weißt, dass ich schon wieder Überstunden angesammelt habe, oder? Was kratzt du dich denn dauernd? Wenn ich alle Überstunden, die ich bis jetzt schon angesammelt habe, nehmen würde, dann bräuchte ich zwei Monate lang nicht zu kommen, das weißt du, oder? Weißt du das?«

»Natürlich weiß ich das. Drum geh jetzt, dann bist du wenigstens eine Überstunde los.«

Be-De sah auf die Uhr. Sie spitzte die Lippen und begann mit den Beinen zu schlenkern. Anscheinend hatte sie es nicht sehr eilig, nach Hause zu ihren Goldgeschöpfen und dem weltbesten Ehemann zu kommen. Dabei hätte sie heute gar nicht hier sein sollen. Sie war nur zwanzig Wochenstunden angestellt.

Montags bis freitags sperrte sie das Geschäft um neun auf und blieb bis eins. Ich begann um elf und blieb bis halb sieben. Ab eins kam eine der Aushilfen, um mich im Nachmittagsgeschäft zu unterstützen. Nur, dass die Aushilfen sehr oft nicht kamen, was einen bei dem Gehalt nicht wundern durfte. Samstags hatten wir nur bis Mittag geöffnet, und auch wenn heute schon wieder die zweite Kraft ausgefallen war, hätte Bonnie-Denise nicht kommen müssen. Der lange Sommer war nicht gut fürs Geschäft. Bei dreißig Grad hatten die Leute wenig Lust, Herbstschuhe anzuprobieren.

Be-De hielt mit Schlenkern inne. »Wenn du meinst, dass ich dich wirklich alleine lassen kann …«, begann sie.

»Ja«, antwortete ich entschieden. Ich musste endlich darüber nachdenken, was die Worte des Piraten alles bedeuten konnten. Steckte nicht vielleicht sogar ein Wink dahinter, dass Frau Kis die einzige Frau auf der Welt war, die ihn wirklich interessierte? War es nicht mit höchster Wahrscheinlichkeit anzunehmen, dass die Frauenstimme, die ich gestern Abend im Hintergrund gehört hatte, seiner Schwester, seiner Mutter oder seiner Kusine gehörte? Denn was sollte das für eine Ehefrau oder Freundin sein, die sich abends noch nie in seinem Geschäft hatte blicken lassen? Wenn es sie also gab, dann musste sie eine kalte, desinteressierte Person sein, die den Piraten in keinster Weise verdient hatte.

»Ich gehe dann also jetzt …«

»Häh? Aha. Ja, ja.«

»Meine Güte, sie denkt nur noch an den Zahnarzt. Tssssss.« Bonnie-Denise sah mich bekümmert an. »Als Freundin gebe ich dir folgenden Rat: Mach dir keine Hoffnungen, Teddy. Der spielt in einer anderen Liga.«

»Danke, Bonnie-Denise. Danke für deine Ehrlichkeit.«

»Nichts zu danken, Teddy. Du kannst dich immer auf mich verlassen. Ich meine, was würde es bringen, sich in

Sachen Attraktivität was vorzumachen. Das würde dich nur unglücklich machen. Such dir einen netten, gemütlichen Mann, der zu dir passt. So einen wie den Herrn Wagenleithner. Der besitzt immerhin *eine Sache,* die du gern haben willst. Und er mag dich. Auch wenn es in seinem Laden stinkt, dass man am liebsten in Ohnmacht fallen würde.«

In der Tierhandlung von Herrn Wagenleithner stank es tatsächlich. Nicht, dass mich das stören würde, denn ich durfte mich dort sowieso nicht mehr blicken lassen. Seit Anfang dieses Sommers. Seit er sich Batman als Wachhund zugelegt hatte und ich die Frechheit besaß, den Hund zu mögen. »Die ewige Streichelei macht den Bädmän weich«, hatte er sich aufgeregt, also ging ich nur mehr heimlich rüber.

Batman hatte anfangs einige Aufregung in der Straße verursacht. Immerhin lag er auf einer Fußmatte mitten auf dem Gehsteig herum. »Ich kann den Bädmän nicht anleinen. Wie soll er mich sonst bewachen?«, hatte der Wagenleithner den Inhabern der umliegenden Geschäfte erklärt. Worauf der Juwelier ihn gefragt hatte, was ein Hund denn in einer Tierhandlung groß bewachen sollte. Darauf hatte der stolze Besitzer keine Antwort gewusst. »Er ist ein belgischer Schäferhund. Das sind die besten Wachhunde der Welt«, hatte er lediglich eins draufgesetzt.

Soweit ich es in den Wochen danach mitbekommen hatte, gehörte Batman wohl eher zur faulen Sorte bester Wachhund. Und auch an seinem Fell hatte Wagenleithner plötzlich alles Mögliche auszusetzen gehabt. Es war angeblich nicht glatt genug. Der Rasse nach hätte Batman aussehen sollen wie ein langhaariger schwarzer Wolf, wirkte aber eher wie lockiges Schaf. Mir war das egal. Ich mochte ihn genauso wie er war.

Doch sein Herrchen mochte mich garantiert nicht. Und das war Be-Des Meinung nach also der beste Partner, den ich kriegen konnte. Plötzlich juckte es sogar in den Ohren und dann in den Augen.

»Bis Montag also«, sagte ich und schlüpfte hinter den Vorhang. Ich versuchte, die Kränkung nicht an mich ranzulassen, redete mir ein, dass Bonnie-Denise einfach nur jung war, zu unreif, um zu wissen, dass es nicht aufs Aussehen ankam. Doch wem machte ich was vor? Ich hatte diese Erfahrung doch selbst immer gemacht. Nie hatte sich ein Mann für mich interessiert. Und selbst der Kuss in der Trafik, damals als ich einundzwanzig war und in der Blüte meines Lebens stand, war nichts anderes als ein Versehen des Küssers gewesen, der zu diesem Zeitpunkt nicht nur zugedröhnt war, sondern außerdem noch Mitte fünfzig.

Als ich in den Verkaufsraum zurückkam, fand ich die kleine Melli mit einem riesigen Schokoeis auf der Bank vor, so sportlich hüpfend, dass die Federn krachten. Der Eifer ließ ihren Mund weit offen stehen, so dass eine stattliche Menge braun gefärbter Speichelfäden ihren Weg über Mellis Kinn und ihr Kleidchen auf die Bank fanden. Ihre Mutter stand daneben und gebot dem Spaß energisch Einhalt, indem sie immer wieder flüsterte: »Aber nein, Häschen. So was machen artige kleine Prinzesschen doch nicht. Häschen, bitte.«

Dann fragte sie mich, ob wir vielleicht heute geeignete Sportschühchen für ihr Püppchen hätten. Ich schaffte es, ihr nicht die Augen auszukratzen. »Das Sugesäft hat nie söne Suhe«, quengelte Melli vor sich hin. Ich beugte mich zu ihr hinunter. »Da hast du recht, Melli. Besser, ihr geht in ein anderes Geschäft.«

Als die beiden endlich weg waren, ging ich nach hinten, um einen Schwamm zu holen. Aschenputtel, wie es leibt und lebt. Was heißt Aschenputtel? Aschenpummel! Immerhin endlich mit einem Prinzen in Aussicht.

Die Tür bimmelte. Ich drückte mich an einen Stapel Schuhkartons und hielt die Luft an. Bitte nicht Melli, bitte nicht.

Stille. Ich schob den Vorhang ein Stück zur Seite und sah hinaus. Die gute Nachricht – es war nicht Melli. Die schlechte Nachricht – es war schlimmer. Eine von diesen Frauen, denen man schon von hinten ansah, wie hübsch sie waren. Und das lag gar nicht so sehr am cremefarbenen, sichtlich teuren Etuikleid, den schmalen Fesseln und der braunen Lockenpracht bis zum Hintern.

Nein, ich habe schon vor langer Zeit herausgefunden, dass es vor allem eine Sache ist, die die Schönheiten den Normalsterblichen voraushaben. Und das ist ihre Haltung. Und damit meine ich nicht, dass sie stets kerzengerade durch die Straßen gehen, oh nein, die da zum Beispiel rollte ihre Schultern nach vorne, wodurch sie einen Buckel machte, dass Quasimodo vor Neid erblassen könnte. Dazu hielt sie ihre dünnen Ärmchen in den Ellenbogen und den Handgelenken abgewinkelt wie Tyrannosaurus Rex auf Futtersuche. Und dennoch. Es lag eine gewisse Erhabenheit in der Art, wie sie ihren Körper präsentierte und mit manikürten Fingern die Handtaschen am Ständer inspizierte.

Ich könnte das vor dem Spiegel üben, so viel ich wollte, da wäre nichts zu machen. Weil mir die eine wesentliche Sache fehlt: das Wissen darum, begehrenswert zu sein. Die Erfahrung, allein schon durch meine Optik etwas darzustellen. Bei einer wie ihr würde ein intaktes Jungfernhäutchen auf dem Pathologentisch als Sensation gefeiert werden.

Aus dem CD-Player erklang Sinatras »Girl from Ipanema«, und Frankie hätte sich wahrlich keinen passenderen Moment und keine bessere Traumfrau dafür aussuchen können. Ich ließ den Schwamm auf den Boden fallen, wischte mir die Hände am Rock ab, dann räusperte ich mich und hoffte, dass die Traumfrau zumindest einen Riesenzinken haben würde.

Mit Schwung drehte sie sich um. Nein, vergebens gehofft. Sie hatte etwas äußerst Gefälliges in der Gesichtsmitte, ein ganz allerliebstes Stupsnäschen, und es kam sogar noch schlimmer.

Die Schöne war Vanessa Hoffmann. Ich hatte sie seit sechzehn Jahren nicht gesehen. Ich war doppelt so alt wie damals. Doch auf der Stelle fiel ich in pubertäres Verhalten zurück. Meine Hände wussten nicht wohin. Meine Blicke schwirrten im Raum umher. Und die Pickel, die mir in diesem Moment ganz bestimmt im Gesicht wuchsen, konnte ich beinahe sprießen hören.

Sie übernahm die Führung. »Ach du meine Güte … bist du …? Du bist es doch?«

»Wir waren in derselben Klasse, ja«, antwortete ich.

Auf ihrer Stirn zeigte sich ein ganz entzückendes Fältchen. »Ist das lange her …«

Ich nickte. »Ewigkeiten.«

»Wie die Zeit vergeht.«

»Tick-tack, tick-tack«, machte ich, weil mir nichts Besseres einfiel, und kam mir dabei vor wie eine Psychopathin.

Das Fältchen wuchs sich beinahe zur Falte aus, und

Vanessa deutete auf das Auslagenfenster. »Ich bin nicht hier, um etwas zu kaufen«, stellte sie fest.

»Okay …« Jetzt war sie die Psychopathin.

»Ich – also um ehrlich zu sein, es war draußen so heiß und da dachte ich –«

Der hübsche Mund verzog sich zu einem etwas schiefen Lächeln. Er wurde breiter und breiter. Ein juchzender Laut, der wohl jeden Mann in Ekstase versetzt hätte, entfloh ihm. Mir war das peinlich. Ich schätze, ich brauchte wohl eine gute Minute, um zu kapieren, dass sie weinte. Eine weitere Minute, um mich aus meinem Salzsäulenzustand zu reißen.

Gottogott, was nun? … Ich versuchte es mit Schultertätscheln. Vanessa zu berühren war komisch. Das hatte ich in sechs gemeinsamen Schuljahren nicht getan. Also ließ ich die Hand sinken und murmelte: »Wird schon wieder, hmm?« Wow, das klang ja phantastisch.

Sie ließ sich auf die Bank fallen. Ich vergaß vor Schreck zu atmen. Gut, ich hatte sie nie gemocht, aber dass sie sich mit ihrem hellen Kleid ausgerechnet jetzt, wo sie ohnehin so verzweifelt war, in Mellis Schokoeisfleck setzte, hatte ich nicht gewollt. Sie hatte aber nichts gemerkt und kiekste und schluchzte leise weiter. Die Hände hatte sie zierlich vors Gesicht gelegt. Herrgott, die Frau weinte ja sogar attraktiv! Wenn ich heule, greint es nur so aus mir heraus und aus Augen, Nase und Mund strömen alle möglichen Körperflüssigkeiten.

Mit einem Blick auf die Uhr an der Wand stieß ich hervor: »Vanessa, kann ich dir irgendwie helfen?«

»Es geht schon. Ist nicht so schlimm«, sprach's mit erstickter Stimme, den Kopf immer noch in den Händen vergraben.

»Ja dann …« Hilflos, und vor allem ungesehen, wies ich in Richtung Tür.

Von unten tönte es verzweifelt: »Es ist nicht leicht für eine Frau, so auszusehen wie ich.«

Ich verschränkte die Arme vor der Brust und sah böse ihren Hinterkopf an. Natürlich, es war nicht leicht, mit einem Engelsgesicht inklusive Stupsnase, umrahmt von langen Locken, und das alles präsentiert auf einem Traumkörper, durchs Leben zu gehen. Viel leichter war es freilich, flachbrüstig, breithüftig, schmallippig und dünnhaarig wie ich zu sein.

»Die Menschen reduzieren mich immer auf das eine …«

Ich schloss die Augen, ich wusste genau, was jetzt kam.

» … die Frauen hassen mich. Die Männer betrachten mich als Sexobjekt.«

Ich versuchte es wieder mit Schultertätscheln. »Na, na, das stimmt doch nicht. Schau, ich bin auch eine Frau. Und ich hasse dich nicht.«

Sie sah mich an – die Augen weit geöffnet und schimmernd, zwei große blaue Seen, die in der Sonne glänzten. Mit einiger Befriedigung stellte ich fest, dass ihr die Wimperntusche bis zum Kinn gerutscht war.

»Jetzt weiß ich wieder, wie du heißt«, flüsterte sie. »Taddäa, aber alle haben immer Teddy gesagt.«

»Ja«, seufzte ich.

»Wie kuschelig das klingt. Der Name gefällt mir.«

»Du spinnst«, entfuhr es mir. Doch so sehr ich es auch versuchte, ich konnte das Lächeln, das sich auf meinem Gesicht ausbreitete, einfach nicht unterdrücken. Natürlich konnte sie das einfach nur so dahingesagt haben, aber das machte für mich in dem Moment keinen großen Unterschied. Ich freute mich trotzdem. Fakt war, dass noch nie jemand gesagt hatte, dass ihm mein Name gefällt.

Ich räusperte mich. »Geht's wieder?«, fragte ich vorsichtig.

Sie belohnte mich mit einem zauberhaften Lächeln. »Aber ja. Wie süß von dir, dass du dir Sorgen gemacht hast. Ich scheine etwas an mir zu haben, das in meinen Mitmenschen auf der Stelle den Beschützerinstinkt weckt.« Mit einer schwungvollen Kopfbewegung warf sie ihre Haare nach hinten. »Wirke ich tatsächlich so zerbrechlich?«

»Naja, du hast grade ziemlich geweint ...« Wie jetzt, doch die Tussinummer? Oder hatte die Frau einfach einen kompletten Knall? Jedenfalls hatte sie das mit den Stimmungsschwankungen ziemlich gut drauf.

»Bist du verheiratet, Teddy?«

»Noch nicht«, antwortete ich wie aus der Pistole geschossen. Mit der Betonung auf »noch«.

»Ach, dann gibt es also bereits einen zukünftigen Herrn Kis?«

»Natürlich.« Er hatte schwarzes Haar und eine Augenklappe.

»Bist du glücklich?«

»Klar.«

Langsam keimte der Gedanke in mir auf, sie könnte tatsächlich aus einer Irrenanstalt ausgebrochen sein. Womöglich aus der Abteilung für gemeingefährliche Irre. Gott, anscheinend hatte ich selbst zu oft die *Jetzt* gelesen.

»Und du? Was machst du eigentlich beruflich?«, fragte ich und hätte mich sofort auf die Zunge beißen können. Das konnte ja nur schiefgehen. Entweder sie war absolut gaga, dann hatte sie sicher keine Arbeit. Oder sie war Staranwältin oder Model oder Sängerin und würde mir gleich den Unterschied zwischen unseren Jobs genüsslich unter die Nase reiben.

»Ich hab vor zwei Wochen bei Dr. Strohmann angefangen, als Zahnarzthelferin.«

Sie und der Strohmann. Natürlich. Sofort sah ich sie in einem hautengen weißen Minikittelchen vor mir, aus dem jedes Mal, wenn sie sich über einen Patienten beugt, ihr üppiger Vorbau herausquillt.

»Mich wundert, dass du keine Patientin von uns bist. Ist doch gleich nebenan.«

Weil ich mir mit einem Monatseinkommen von tausend Euro netto keinen Privatzahnarzt leisten kann? »Weil ich einen anderen, sehr guten Zahnarzt habe.«

»Wen denn?«

Ich konnte mich nicht daran erinnern, überhaupt mal bei einem Zahnarzt – außer einmal am Sonntag in der Notfallsordination – gewesen zu sein. Dieser unangenehmen Antwort wurde ich jedoch entbunden, da sich in dem Moment etwas ereignete, das unser beider Aufmerksamkeit gänzlich für sich beanspruchte. Die Ladentür wurde geöffnet.

Und dann wurde es dramatisch.

Nach einem Vormittag mit Be-De in Höchstform, dem Intermezzo mit Melli und zwei Minuten mit Vanessa hätte ich nicht gedacht, dass es in Sachen Nervensägen noch eine Steigerung hätte geben können. Doch es gab sie. Es gab eine Person, die noch mehr ungebetene Tipps auf Lager hatte als Be-De und die noch schöner war als Vanessa.

Sie kommt doch sonst nie her, fuhr es mir durch den Kopf, als ihr kupferrotes Haar in der stickigen Atmosphäre des Ladens, in dem kein Lüftchen wehte, um ihr Leinwandgöttingesicht tanzte, als stünde sie vor einer Windmaschine.

»Tissi!«

Die grünen Augen schossen Elektroblitze auf mich. »Ich heiße Tira.«

Ich verzog das Gesicht und ließ den Kopf fallen.

Als ich den Kopf wieder hob, wurde es beängstigend.

Tissi/Tira vs. Vanessa.

Zwei hochgewachsene, kurvige Göttinnen in Designerklamotten, die sich fixierten wie Löwenmütter, die ihre Jungen verteidigen. Das Junge war natürlich das Schönheitskrönchen.

Mit zitternden Knien sank ich auf meinen Hocker. Zum ersten Mal in meinem Leben sah ich einen Vorteil darin, zu den Unscheinbaren zu gehören. Mir war fast schlecht vor Erleichterung, mit dieser Sache nichts zu tun haben zu müssen.

Und dann wurde es gespenstisch.

»Aaaah, ist das die neue Pradatasche. Die ist doch noch gar nicht auf dem Markt?!«

»Kontakte.«

»Sind Sie in der Modebranche?«

»Nein, nein, das ist ein persönlicher Gefallen, den jemand von Prada mir macht. Der Verrückte sieht mich als Model, haha. Im richtigen Leben bin ich allerdings Psychologin, Dr. Tira Kis, sehr angenehm.«

Hallo? Hallooo? Wo war der Hass zwischen den beiden geblieben? Wo der Neid?

»Und was haben Sie studiert?« Aha, meine kluge Schwester wusste augenscheinlich sofort, wie sie sich noch einen weiteren Vorteil verschaffen konnte.

Doch auch Vanessa war mit allen Wassern gewaschen. »Publizistik. Allerdings nicht bis zum Doktortitel. Kaum war ich Magistra, da hatte ich schon ein Angebot von der *Cosmopolitan,* sie wollten mich unbedingt haben. Also bin ich mit dreiundzwanzig nach München gegangen und habe dort bis vor kurzem gelebt. Eine aufregende Zeit, viele Reisen, interessante Begegnungen und so. Aber wissen Sie, irgendwann ist man doch aus dem Alter raus, in dem es nur um die Oberfläche geht, oder? Ich wollte etwas Sinnvolles machen. Jetzt arbeite ich im medizinischen Bereich. Es bedeutet mir so viel, den Leuten die Hand zu halten, sie in ihrer schwersten Stunde zu trösten. Es gibt mir das Gefühl, der Gesellschaft etwas zurückzugeben.«

Ich war baff. Dieses Luder. Falls Tissi durch Vanessas Antwort aus dem Konzept gebracht worden war, so ließ sie es sich jedenfalls nicht anmerken. Im Gegenteil, es schien fast so, als würde die unvermutete Ebenbürtigkeit sie sogar noch beflügeln.

»Ich verstehe Sie so gut«, gurrte sie vertraulich, »bei uns in der Psychologie nennt man dieses Phänomen ›Helfersyndrom‹. Sie sollten unbedingt in meiner Praxis vorbeikommen. Wo habe ich denn meine Karte? Egal. Sie finden mich auf Facebook. Sie sind doch auf Facebook, nehme ich an?«

»Natürlich. Sie werden übrigens meine eintausendvierhundertneunundachtzigste Freundin sein.«

»Süß. Ehrlich gesagt habe ich bei zweitausend aufgehört zu zählen. Doch vermutlich sprechen wir von etwa viertausenddreihundertsiebenundneunzig.«

Vanessa zuckte zusammen, fing sich jedoch rasch wieder. »Ich bestätige nicht jede Freundschaftsanfrage. Meine bisherigen eintausendvierhundertachtundachtzig kenne ich alle tatsächlich auch im wahren Leben.«

Tissi senkte den Blick. »Auf meine heutige Statusmeldung habe ich neunhundertdreiundvierzig *Gefällt mir* erhalten.«

»Und ich habe für mein neues Profilbild sechshundertdreizehn *Gefällt mir* bekommen *und* vierhundertneun *Kommentare.* Nicht, dass ich auf so etwas Wert legen würde ...«

»Doch, doch, das tun Sie. Viel zu viel. Sie *müssen* sich einfach unter meine Fittiche begeben. Bevor ich es vergesse, woher kennen Sie denn eigentlich meine Schwester Teddy?«

»Schwester?« Vanessa war sichtlich fasziniert. Sie konnte gar nicht oft genug von Tissi zu mir und von mir zu Tissi schauen. »Sachen gibt's«, flüsterte sie schließlich ehrfürchtig. Um gleich darauf wissenschaftlich zu werden: »Diese Genetik ...«

»Nicht wahr?« Tissi kicherte amüsiert. »Und es kommt noch besser: Ich bin die Ältere.«

Hätte ich bis dahin ein anderes Leben gehabt, wäre ich gekränkt gewesen. So aber saß ich seelenruhig auf meinem Hocker und staunte selbst mal wieder über den Spaß, den Mutter Natur sich mit uns Schwestern erlaubt hatte. Man konnte es wirklich niemandem verübeln, wenn er die Verwandtschaft anzweifelte.

Tissi schnippte mit den Fingern. »Teddy, Mama hat mich heute schon wieder angerufen, weil du dich nicht anständig um sie kümmerst. Tu das bitte endlich mal. Ich habe fünf Tage die Woche damit zu tun, mir das Gejammer von irgendwelchen Leuten anzuhören«, sie schenkte Vanessa ein zuckersüßes Lächeln, »- nichts für ungut, meine Liebe –, da brauche ich am Wochenende wirklich meine Ruhe.«

»Ja, Tiss-, äh Tira.«

Sie klopfte an meine Stirn. »*Mer-ken* bitte!« Dann legte sie die Hand auf Vanessas Arm. »Es hat mich *schrecklich* gefreut, Sie kennenzulernen. Und bitte, kommen Sie bei mir vorbei. Dann können wir uns über die enorme Belastung unterhalten, die der Umzug und die ganze Veränderung für Sie Arme bedeutet.« Einen Moment lang betrachtete sie ihr Gegenüber prüfend, dann fuhr Tissi fort. »Daher kommen wahrscheinlich auch die vielen Falten. Meine Güte, Sie Arme …« Sie seufzte mitfühlend, dann rauschte sie hinaus.

»Deine Schwester ist entsetzlich direkt«, keuchte Vanessa.

»Ich weiß … es … tut mir wirklich leid, du musst vergessen, was sie gesagt hat, durch ihren Beruf ist sie immer so … so, sie sieht in allem das Schlimmste, deine Falten …«

Vanessa kicherte. »Falten? Mach dich nicht lächerlich, die ist doch nur neidisch. Nein, ich meinte das, was sie über dich gesagt hat. Sie tut ja so, als wäre nur *ihr* Leben wichtig, außerdem tut sie so, als wärst du Gott weiß wie unansehnlich!«

»Und das bin ich nicht?«, fragte ich unsicher.

»Teddy, nein, du siehst … reizend aus. Wirklich reizend.«

Vor Dankbarkeit stiegen mir die Tränen in die Augen. Es war das erste Mal in meinem Leben, dass jemand was Positives über mein Äußeres sagte.

Ich senkte den Kopf und weinte plötzlich, was das Zeug hielt. So wie sie vorhin. Nur wo sie sanft geschluchzt und gekiekst hatte, schnaufte und grunzte ich.

»Du siehst reizend aus. So reizend«, wiederholte sie in einem fort. Irgendwann schaffte ich es, den Kopf zu heben und hervorzupressen: »Jetzt gerade aber nicht, oder?«

Sie lächelte, und ich lächelte zurück. Danach bekam ich Schluckauf.

Vanessa legte den Arm um meine Schulter und küsste mich sogar auf den Kopf. Eine Sache, die normalerweise nur mein Vater, Henry Fonda, machte. Und zwar dann, wenn er mich seinen Kollegen in Hollywood vorstellte und Charles Bronson und Claudia Cardinale erklärte, dass ich seine größte Stütze, sein ganzer Stolz sei.

»Ich glaube, wir werden gute Freunde sein«, sagte Vanessa plötzlich. »Wirklich«, hauchte ich, und sie war mir tatsächlich so nah in diesem Moment, dass es mir nicht besonders seltsam vorgekommen wäre, wenn wir auch noch angefangen hätten, uns gegenseitig Zöpfe zu flechten.

Sie gab mir ihre Handynummer und beschwor mich, sie doch *wirklich* und *unbedingt* bald anzurufen. Ich schwitzte, der Stift in meiner Hand zitterte. Ich versuchte krampfhaft, das Zittern vor ihr zu verstecken, sie durfte nicht merken, wie wichtig sie plötzlich für mich war. Ich hatte keinerlei Erfahrung in diesen Dingen, und Vanessas Freundlichkeit, um nicht zu sagen Zuneigung, überforderte mich schlicht. Wie reagierte man als normaler Mensch auf so was? Dankbar? Euphorisch? Cool? Und woher wusste ich, ob sie es tatsächlich ernst mit mir meinte? Ich wollte es so gerne glauben.

Zum Abschied nahm sie mir das Versprechen ab, bei ihrem nächsten Besuch im Laden sämtliche Stöckelschuhe anprobieren zu dürfen, und warf mir außerdem eine Kusshand zu, die ich voller Begeisterung und mit einem lauten Schmatzen zurückgab.

Weg war sie. Ich sank auf meinen Hocker. Was war ich für ein gesegnetes Geschöpf. Ich hatte den Piraten, ich hatte Bonnie-Denise, und jetzt hatte ich sogar Vanessa.

Ein Uhr war längst vorbei, ich konnte den Rollladen herunterlassen, das Geschäft zusperren und nach Hause gehen. Sinatra sang zum Abschied »My Way« und ich sang lautstark mit. Das Leben war schön.

So schön, dass ich mir beim Bäcker an der Straßenbahnhaltestelle ein großes Stück Mohnkuchen kaufen musste, immerhin hatte ich heute schon gesportelt und genauso gut konnte ich morgen damit anfangen, dünn zu werden.

Die Straßenbahn kam, und ich stieg ein. Und mit jeder Station, die sie mich meiner Wohnung näher brachte, wusste ich, dass ich es heute ausprobieren musste. Jetzt gleich.

5

Ich stieg bei der Nussdorfer Straße aus und marschierte die Stiegen zur Liechtensteinstraße hinunter. Beschwingt und entschlossen zugleich klackerten meine Sandalen bei jedem Schritt, und ich fühlte mich stark, mutig und – hübsch. Ja, hübsch.

Mein Auto war klein, rostig und irgendwann einmal grün gewesen. Ich ärgerte mich, als ich beim Aufsperren einen Adrenalinstoß verspürte. Mutige Menschen sollten nur dann unter Adrenalin stehen, wenn sie andere aus brennenden Häusern retten. Ich wusste, dass ich nicht lange darüber nachdenken durfte. Einfach anlassen, die Automatik auf D stellen, den Fuß aufs Gaspedal und los. Doch ein gelbes Auto vorne und ein rotes hinten bremsten mich aus, bevor ich überhaupt losfahren konnte. Ich war eingekeilt.

Acht Minuten brauchte ich, um aus der Parklücke zu kommen, zweimal stieß ich an das rote Auto an und einmal an das gelbe. Noch dazu wartete schon irgend so eine Riesenkiste auf meinen Parkplatz. Du Idiot, kannst du nicht weiterfahren, die Lücke ist sowieso viel zu klein für dich! Gott! Ich hasste nichts mehr auf der Welt, als beim Ausparken beobachtet zu werden, nur Einparken war noch schlimmer.

Als ich es endlich auf die Fahrbahn geschafft hatte,

wusste ich nicht, wen ich zuerst totschlagen sollte, mich oder mein Auto. Ich war die verdammt noch mal arschschlechteste Ausparkerin der Welt!

Und die verdammte Schrottkarre hatte in diesen paar Minuten schon dermaßen viele verdächtige Geräusche von sich gegeben, dass ich eigentlich gar nicht mehr weiterfahren brauchte, um zu wissen, dass die paar Ruhetage ihm nicht geholfen hatten, seine Macken auf die Reihe zu kriegen! Ich trat das Gaspedal beinahe durch und mein Auto fuhr ganze dreißig. Shiiiiit! Ich hätte losbrüllen können.

Hinter mir hupte es. Die Riesenkiste. Ja, verdammt, wusst' ich doch, dass du nicht in die Lücke passt, Arschloch! Ich kann nicht schneller, siehst du das nicht, es geht nicht! Die Kiste hupte noch einmal. Ich starrte in den Rückspiegel und gestikulierte wild nach hinten. Der Typ in dem Wagen gestikulierte zurück. Ich zeigte ihm den Mittelfinger, und um meinen Standpunkt wirklich deutlich zu machen, wackelte ich mit dem ganzen Arm auf und ab. Das Fett am Oberarm wackelte mit und ich wurde noch wütender. »Arschloooch!«, brüllte ich und bog in die nächstbeste Gasse rechts ein, um den Idioten loszuwerden. Er bog ebenfalls ab. Ich fluchte weiter und fuhr an den Straßenrand, er stellte sich hinter mich. Ich schnappte nach Luft. Scheiße, dieser Vollbimpf will sich mit mir anlegen. Na warte!

Herrlich, wie mutig Wut machen kann. Ich stieß meine Tür auf, sprang aus dem Fiat und – stand dem Zahnarzt gegenüber.

»Schönes Auto«, murmelte ich. Aliens, bitte kommen.

Er dirigierte mich auf den Gehsteig. Hatten wir das heute nicht schon mal? Seine Augen blickten ernst auf mich herab. Ja, Herr Doktor, ich leide sicher am Tourette-Syndrom, ja, lassen Sie mich einweisen. Ich wusste, ich sollte mich entschuldigen, war aber viel zu trotzig dazu, also blickte ich einfach genauso ernst zurück. Mein Mund war verkniffen, seiner hingegen zuckte plötzlich. Und dann lachte er laut auf. Natürlich hätte ich einfach mitlachen sollen, wie es sich im Zwischenmenschlichen so gehört. Doch ich konnte nicht, die Wut auf ihn und der Kummer wegen meines Autos und die Angst vor morgen lähmten mich. Trotzdem wollte ich dem Zahnarzt gefallen. Ich wollte *jedem* Mann gefallen. Also gab ich mir einen Ruck und kicherte so gut es ging mit. Er wischte sich die Lachtränen von den Wangen und sagte: »Sie haben ganz schön Feuer in sich.«

Das Kichern wurde von einem debilen Teenagergrinsen abgelöst. Himmelschimmel, der wird noch glauben, du bist total verknallt in ihn! Es war aber auch fies für eine Frau, die sonst nie von Männern bewundert wurde, ausgerechnet von *so* einem Mann ein Kompliment zu bekommen. Als würde ich nicht im Übungsbecken schwimmen lernen, sondern direkt im offenen Meer. Gleichzeitig ärgerte es mich, dass ich so gar keine Souveränität und anscheinend auch null Stolz besaß. Also versuchte ich, zum Trotzgefühl von vorhin zurückzufinden. »Es war aber auch nicht nett von Ihnen, so zu hupen. Mein Auto macht Probleme, wissen Sie.«

»Natürlich weiß ich das. Das hätte ja jeder Blinde gemerkt. Darum habe ich ja gehupt. Ich habe Sie beim Einsteigen gesehen, wusste also, dass Sie es waren, und habe Ihnen bedeutet, dass Sie rechts ranfahren sollen, damit ich mir Ihr gutes Stück ansehen kann.«

»Ach so«, hauchte ich. Das dumme Grinsen würde ich

wohl nie mehr loswerden. Strohmann rieb sich die Hände. »Wenn ich Sie jetzt bitten dürfte, die Motorhaube zu öffnen.«

»Mmhm«, machte ich und ging voraus. Die Motorhaube war vorne, das wusste ich, denn hinten war ja der Kofferraum. Ich stellte mich also vor mein Auto und begann dort herumzufummeln, wo ich es für richtig hielt. Der Zahnarzt kam an meine Seite. Er nahm meine rechte Hand in seine und zog sie zu sich. Seine Haut fühlte sich rau und männlich an. Ich sah zu ihm hoch, und es war, als durchdringe sein Blick jede Pore meiner Haut. Fast hätte ich panisch an mir heruntergesehen, um mich davon zu überzeugen, dass ich noch angezogen war.

So fühlte es sich also an, wenn man im Begriff war, einen begehrenswerten Mann zu küssen. Mitten auf der Straße.

»Darf ich?«, fragte er sanft, und ich schluckte und nickte ergeben – ich würde den Piraten ja nicht betrügen, sondern nur ein bisschen für ihn üben –, dann schloss ich die Augen und öffnete leicht die Lippen. Der Zahnarzt nahm mir den Autoschlüssel ab, den ich in der rechten Hand gehalten hatte, ging zum Fiat und setzte sich auf den Fahrersitz.

Dort drückte er auf irgendeinen Zauberknopf, der mir bis dahin verborgen gewesen war, und im nächsten Moment klackte die Motorhaube einen Spalt weit auf. Er startete den Motor und ließ ihn einige Male aufheulen. Dann stieg er aus und öffnete die Haube zur Gänze.

Ich verzog mich auf den Gehsteig und lehnte mich an die Hausmauer, wobei ich versuchte, möglichst lässig auszusehen. Mein Herz klopfte zum Zerspringen. Während der nächsten Viertelstunde hatte ich genügend Zeit, den Zahnarzt zu beobachten. Er war mit Eifer bei der Sache, schien sich nicht daran zu stören, dass sein weißes Poloshirt schwarze Flecken bekam, und fluchte nur ganz leise, als er sich die Finger einklemmte.

Dunkelblonde Haarsträhnen hingen in seine Stirn, auf der mittlerweile Schweißtropfen standen. Ein Bild von einem Mann. Wenn einer mein Auto in Schuss kriegen konnte, dann er, davon war ich überzeugt. Der Mechaniker hatte gemeint, dass mein Fiat einfach ein alter, irreparabler Kübel sei. Ha, der hatte noch nicht Bekanntschaft mit dem Zahnarzt gemacht.

Zwei junge Mädchen mit sehr dünnen Beinen wackelten an mir vorbei, und als ich die Blicke sah, die sie auf Strohmann warfen, fühlte ich wieder diesen unvernünftigen Stolz in mir aufsteigen, den ich schon heute Vormittag in seiner Begleitung verspürt hatte. Ich wünschte, der Pirat würde vorbeikommen, meine Bekanntschaft mit dem Superstar müsste selbst auf ihn Eindruck machen.

»Frau Kis, ich fürchte, da ist nichts zu machen.«

»Nichts?«, wiederholte ich fassungslos. »Bitte, ich –«, doch diesen Satz konnte ich nicht beenden, was hätte ich denn sagen sollen? Dass ich mich zu Tode fürchtete? Vor Mama?

Doch Strohmann bemerkte offensichtlich meine Bestürzung. Er lehnte sich neben mich an die Hausmauer und sagte: »Schauen Sie, ich mache Ihnen einen Vorschlag: Ich habe einen alten Peugeot in meiner Garage stehen. Baujahr 98, hat nicht viele Kilometer drauf. Kein schlechtes Auto, guter Zustand, aber er verstellt mir den Platz, und ich wollte ihn ohnehin loswerden.«

Ich schüttelte den Kopf. Heftig. Nie würde ich mir dieses gute Auto mit den wenigen Kilometern leisten können. Und selbst wenn, wie sollte ich denn damit fahren?

Strohmann lächelte mich an. Er hatte diese wunderbare Angewohnheit, beim Lächeln die Augen sanft zuzudrücken, ganz kurz nur, doch es flößte sofort Vertrauen ein. »Ich schenke Ihnen den Wagen«, sagte er.

»Nein«, rief ich erschrocken. »Warum sollten Sie? Ich meine –«

»Warum nicht?«, konterte er. »Wie gesagt, der Peugeot verstellt mir den Platz. Außerdem habe ich weder Zeit noch Muße, seinen Verkauf zu inserieren oder sonstige Anstrengungen in dieser Angelegenheit zu unternehmen.« Er zuckte mit den Schultern und sah auf einmal fast schüchtern aus. Aber das bildete ich mir sicher nur ein. »Sie würden mir einen Gefallen tun, wenn Sie ihn annehmen.«

Warum machte er das? Was wollte er von mir? Ich musste ihm trotzdem Geld dafür anbieten. Zweitausend hatte ich auf der Seite. Wenn ich dazu noch die ganzen Münzen aus meinem Schuhkarton nehmen würde, dann käme ich auf –

»Er hat eine Gangschaltung, oder?«, platzte es plötzlich aus mir heraus. Ich hätte mich für meine Unverfrorenheit in den Hintern beißen können, aber was sollte ich machen, diese Frage war von existenzieller Wichtigkeit für mich.

»Er hat eine Gangschaltung, ja. Ist das ein Problem?«

»Es … es tut mir so leid, Sie sind so dermaßen nett zu mir und ich – es tut mir leid, die Sache ist nur die … ich kann mit Gangschaltung nicht fahren.«

»Ach, das verlernt man nicht, das ist wie Fahrrad fahren.«

Ich wollte ihn nicht zusätzlich schockieren und verschwieg, dass ich noch nie in meinem Leben auf einem

Fahrrad gesessen hatte. »Ähm«, machte ich stattdessen, »ähm, ich bin seit meiner Führerscheinprüfung vor acht Jahren nur mehr mit Automatik gefahren.«

Da war es wieder, das Vertrauen erweckende Lächeln, der sanfte Lidschlag. »Das kriegen wir schon hin. Ein paar Fahrstunden bei mir, und Sie sind Formel-1-tauglich.«

Ich musste lachen. Verschämt senkte ich den Kopf. Dann fiel mir ein, dass Männer es mochten, wenn Frauen selbstbewusst waren, also hob ich den Kopf wieder und ging sogar so weit, beim Lachen zwei Reihen Mäusezähnchen zu zeigen. Strohmann stutzte, ich erinnerte mich an seine Profession und klappte sofort den Mund zu.

»Fahrstunden«, sagte ich schließlich.

»Ja«, antwortete er. »Genau das werden wir machen. Übrigens, ich bin der Hubertus.«

Nicht lachen, Teddy! »Ich bin die Teddy«, brachte ich stockend hervor.

Er rückte etwas näher und raunte: »Vertrauen Sie mir, Teddy. Ich bin ein guter Lehrer.«

Ich hatte keine Ahnung, ob er das beabsichtigt hatte, aber ich konnte auf einmal an nichts anderes denken als an die Lehren des Kamasutra.

Irgendwie schaffte ich es ins Auto. Der Fahrersitz war heiß, und obwohl ich wusste, dass die Sonne dafür verantwortlich war, spürte ich regelrecht den Gesäßabdruck des Zahnarztes unter mir. So bescheuert wie die paar hundert Meter nach Hause war ich in meinem ganzen Leben nicht gefahren. Ich dankte Gott dafür, dass noch kein Fahrlehrer neben mir saß. Ich verwechselte Brems- mit Gaspedal und vergaß bei beiden Gassen, die ich passierte, dass ich keine Vorfahrt hatte. Zum Abschluss brachte ich es fertig, mich in der fünf Meter langen Parklücke mit dem Vorderrad auf den Gehsteig zu stellen.

Mein Kopf wackelte vor Aufregung. Was wollte der Zahnarzt von mir? Ich hatte doch nichts. Ich war nicht reich, nicht schön, hatte weder berühmte Verwandte noch sonst was vorzuweisen. Doch irgendetwas an mir musste für ihn interessant sein.

Bestand die Möglichkeit, dass ich mich seit der letzten Nacht derart geändert hatte, dass mich plötzlich eine faszinierende Aura umgab? Etwas wahnsinnig Anziehendes, dem niemand widerstehen konnte? War ich durch den Beschluss, mein Leben von einer vollkommen neuen Seite anzugehen, zu einer Art Persönlichkeit geworden? Ich lachte leise vor mich hin und fand es seltsam, dass es wie ein Meckern klang. So sollte das Lachen von großen Persönlichkeiten nicht klingen.

Verwirrt und leicht euphorisch stieg ich die Wendeltreppe bis in den fünften Stock hinauf. Ich sperrte meine Wohnung auf und stellte mich gleich mal vor den Ganzkörperspiegel im Vorzimmer. Ich sah aus wie immer. Ich lachte noch einmal so wie vorhin, als ich mit dem Zahnarzt gesprochen hatte, und erstarrte.

In jeder erdenklichen Ritze zwischen meinen Zähnen pickte Mohn! Es sah aus, als hätte ich eine ganze Ameisenfamilie gefressen. O Gott, hatte ich ihm heute Morgen auch meine Zähne gezeigt? Ob er sich daran erinnerte? Bitte, bitte, er musste einfach wissen, dass schwarz zwischen den Zähnen nicht Standard bei mir war. Doch wie stark musste diese neue Aura um mich herum eigentlich sein, dass er sich nicht mal durch die Ameisenstückchen hatte abschrecken lassen?

Mit dem Fingernagel stocherte ich in den Ritzen herum. Anschließend saugte ich den angesammelten Mohn unter meinem Nagel zurück in den Mund. Irgendetwas sagte mir zwar, dass diese Vorgehensweise nicht ganz dem Bild der neuen Traumfrau Teddy entsprach, doch solange mich keiner dabei sah …

Natürlich war es dumm und naiv von mir, zu glauben, dass ich von einer Nacht auf die andere die Gabe erhalten hatte, die Menschen um mich herum zu verzaubern, natürlich, natürlich, natürlich. Aber was, um Gottes willen, hätte ich denn sonst denken sollen? Der Pirat war heute das erste Mal von sich aus zu mir gekommen. Vanessa wollte meine Freundin sein. Und der Zahnarzt schenkte mir ein Auto! Und sosehr ich mich auch bemühte, irgendwelche bösen Hintergedanken aus all diesen Aktionen herauszulesen, ich fand sie nicht.

Ich zog meinen Rock aus, fischte die Sporthose aus meinem Rucksack und quetschte mich hinein. Zwei überdimensionale, hellgraue Hühnerkeulen, das waren meine Schenkel in der *Damen Running Dreiviertel Tights*. Und so hatte der Pirat mich heute gesehen. Shiti. Was hatte dieses tolle Schicksal eigentlich noch an Zumutungen für mich parat?

Nachdem ich ja schon Mohnkuchen gefuttert hatte, war die Diät für heute wohl ohnehin gelaufen. Also nahm ich Gehacktes aus dem Kühlschrank, brutzelte es in der Pfanne an und goss eine große Dose geviertelte Tomaten darüber. Dazu kochte ich mir dreihundert Gramm Spaghetti. Die Krönung war ein Päckchen geriebener Parmesan. Ich setzte mich auf mein rotes Sofa und zog mir die Spaghetti mit einer halben Folge *Beverly Hills* rein. Dieses neue *Beverly Hills,* das nur noch *90210* heißt und in dem Brenda und Kelly uralt sind. Ich bekam jedoch kein Wort davon mit. Die verwirrten, guten Gefühle, die mir dieser Tag beschert hatte, verflogen langsam, und was blieb, war die Angst vor morgen.

Noch hatte ich ja keinen Zahnarztwagen. Noch hatte ich mein altes Auto, das den Weg auf den Kahlenberg höchstwahrscheinlich nicht noch einmal schaffen würde. Und was dann? Mama war sehr deutlich geworden letzten Sonntag. Ich sollte das Auto reparieren lassen, und wenn das nicht ging, dann eben ein neues kaufen. Zehntausend Schilling, hatte sie gemeint, zehntausend Schilling würde ich ja wohl auf der Seite haben, und dieser Betrag müsse ja wohl für einen guten Gebrauchtwagen reichen.

Ich hatte sogar zweitausend Euro auf der Seite, was mehr als zehntausend Schilling war. Aber nicht mal diese zweitausend Euro konnten reichen, um ein *Automatikauto* zu bekommen. Und was anderes ging nicht. Ich war noch nie mit Gangschaltung gefahren, nicht ein einziges Mal in meinem Leben. Auch nicht in der Fahrschule. Weil ich nie in der Fahrschule war. Folglich nie eine Führerscheinprüfung gemacht habe. Was einer der Gründe ist, warum diese sonntäglichen Ausflüge für mich so qualvoll waren.

Und jetzt wollte der Zahnarzt mir Fahrstunden geben. Ab nächstem Dienstag schon. Vier Abende hintereinander. Wo ich doch nicht nur die mir eigene Ungeschicklichkeit fürchten musste, sondern vor allem auch jede Polizeikontrolle.

In der Affenhitze Spaghetti zu essen war keine gute Idee gewesen. Es benötigte schon eine Riesenportion Erdbeereis, um mir Abkühlung zu verschaffen. Trotzdem fühlte ich mich danach elend. Ich war vollgestopft und konnte nichts anderes mehr tun, als auf morgen zu warten.

Nein, Teddy, du wirst *nicht* den Piraten anrufen. Nein, nein, nein! Aber was, wenn ich wieder mal an seiner Wohnung vorbeispazierte? Das machte ich öfter, immer mit einer großen Kapuze über dem Kopf und aufgesteckten Sonnenblenden auf der Brille. Ha, und genau das würde sich heute ändern! Ich sprang vom Sofa und stürzte ins Bad. Carpe diem, Teddy! Du wirst dich so toll herrichten, wie du dich in deinem Leben noch nicht hergerichtet hast! Hatte nicht irgendjemand mal behauptet, dass jede Frau schön sein konnte, mit genügend Schminke im Gesicht?

Ich kleisterte mir das Gesicht zu. Ich hantierte zwanzig Minuten mit Pinselchen und Wattestäbchen herum, bis ich schließlich zwei halbwegs anständige Striche links und rechts auf den Oberlidern hatte. Ich stimmte sogar die Farbe des Lippenstifts auf die meines T-Shirts ab. Rot.

Für untenrum wählte ich einen schwarzen Rock aus festem Stoff, der zwar viel zu heiß für die Jahreszeit war, aber die Dellen halbwegs unter Kontrolle hielt. Trotzdem zog ich ein Miederhöschen drunter an. Meinen BH hatte ich mit jeweils drei Pölsterchen pro Seite ausgestopft, was mir gerade mal ein zartes B-Körbchen bescherte.

Die Haare toupierte ich mir so lange auf, bis sie ganz verfilzt waren, aber wenigstens sahen sie jetzt nach mehr aus.

Ich war mit dem Ergebnis recht zufrieden. Nicht, dass ich richtig gut ausgesehen hätte, aber zumindest anders als sonst, und das war ja der Sinn der Übung.

Meine Geldbörse und das Handy steckte ich statt wie sonst in meinen Rucksack in eine zum Rock passende schwarze Handtasche, von der ich hoffte, dass man ihr nicht gleich ansah, dass sie aus Plastik war.

Ich schlüpfte in rote Flip-Flops und stellte mich abschließend noch einmal vor den Ganzkörperspiegel. Lippen vor, Wangen leicht einsaugen, geheimnisvoller Blick von schräg unten. Ja, ich wirkte tatsächlich anders als sonst.

Vorsichtig schlüpfte ich aus der Tür und versuchte, sie so leise wie möglich zu schließen. Nach dem ersten Flappen, das meine Schlapfen verursachten, zog ich sie aus, nahm sie in die Hand und schlich barfuß die Wendeltreppe hinunter. Ich war im zweiten Stock, als ich die Tür von unten aufgehen hörte. Mama. Sie musste irgendwas mitbekommen haben.

Ohne lange zu überlegen, drehte ich um und lief die Treppe wieder hinauf. So leise wie möglich sperrte ich meine Tür auf, wobei das ja auch schon egal war. In der Wohnung angekommen, schmiss ich mich auf mein Bett und starrte finster an die Zimmerdecke. Sollte sie mir morgen blöd kommen, dann würde ich ihr nicht nur sagen, dass sie sich die Sonntagsfahrten in Zukunft sonst wohin stecken konnte, sondern auch, dass sie mir nie, nie wieder nachspionieren durfte! Verdammt! Ich drehte mich auf den Bauch und kreischte in mein Kopfkissen. Heute noch, und nur noch heute, würde ich sie in Ruhe lassen. Aus Rücksicht auf sie würde ich erst in der Nacht meine Reise zum Piraten antreten, noch leiser und noch heimlicher, als ich es jetzt versucht hatte. Aber ab morgen würde die Schonung vorbei sein. Aus und vorbei, für immer. Ab morgen würde es zwischen meiner Mutter und mir nur noch die bittere Wahrheit geben. Und sollte sie an gebrochenem Herzen sterben, dann war ich auch nicht schuld daran.

»Wurscht«, flüsterte ich. »Alles wurscht.«

Ich wartete, bis es zehn Uhr war. Die Zeit bis dahin vertrieb ich mir vor dem Spiegel. Ich hatte meine alte Lambada-Kassette in den Rekorder geschoben und tanzte den *verbotenen Tanz* voll sündhafter Sinnlichkeit, wie ich selbst fand. Immer, wenn ich vor dem Spiegel tanzte, kam ich mir sexy vor. Immer. Das Blöde war nur, dass ich unter Menschen noch nie getanzt hatte und mir normalerweise schon das Stehen und Gehen in Gesellschaft Probleme bereitete. Wie konnte jemand, der sich so lasziv vor dem Spiegel bewegte, einen Gang haben wie ein Roboter auf Stelzen?

Ein letzter wogender Hüftschwung, dann toupierte ich die Haare frisch auf und zog mir die Lippen noch einmal nach.

Nacht, ich komme. Carpe diem, Teddy. Und veni, vidi, vici.

6

Ich war Maria aus der *West Side Story*. Doch halt, wahrscheinlich war genau das das Problem. Nicht die scheue, gute Maria sollte ich sein, sondern ihre Schwägerin, die feurige Rita. Ich flip-flopte durch die U-Bahnstation, den Kopf hocherhoben, die Lippen geschürzt. Mein Herz klopfte zum Zerspringen, aber das sah ja keiner.

Es war ein völlig neues Erlebnis für mich, spätabends mit der U-Bahn zu fahren. Samstag, zweiundzwanzig Uhr. Um die Zeit schlief ich normalerweise vor dem Fernseher ein. Alle anderen anscheinend nicht. Die U-Bahn war gerammelt voll, und neben den ganzen Tussis, die sich fürs Ausgehen schick gemacht hatten, kam ich mir plötzlich fürchterlich unscheinbar vor. Trotz rotem Oberteil und roten Lippen. Außerdem hatte ich das Gefühl, mein Jungfernhäutchen mitten im Gesicht zu tragen. Ich reckte die Mäusefäustchen nach vorne. Ach, hätte ich bloß die Haare noch höher auftoupiert.

Am Naschmarkt stieg ich aus. Zwischen fünfzig anderen Leuten. Wie immer spürte ich mein Aufregungsbauchweh, und das, obwohl ich noch einige hundert Meter bis zur Wohnung des Piraten zurückzulegen hatte. Seine Adresse hatte ich – genau wie seine Telefonnummer – ein einziges Mal, und zwar vor vier Monaten, nachgeschlagen, und ich wusste, dass ich sie nie, nie würde vergessen können. Doch begegnet war ich ihm hier noch nicht. Auch wenn ich mir jedes Mal sicher gewesen war, dass es *aber diesmal wirklich* passieren würde.

Vor Nummer 106 blieb ich stehen. Sollte ich irgendwo klingeln und so versuchen ins Haus zu gelangen? Drin gewesen war ich bisher nie. Von hinten hörte ich Schritte. Ich fuhr herum und sah einen jungen Mann auf mich zukommen. Beflissen machte ich ihm Platz, damit er die Tür aufsperren konnte, zum Mithineingehen war ich allerdings zu lahm. Die Tür fiel hinter ihm ins Schloss. Blöd. Das wäre die Chance gewesen. Voll verbockt.

Unverrichteter Dinge wieder heimfahren und die ganze Nacht voller Panik wach liegen und auf morgen warten, war so ziemlich das Letzte, worauf ich Lust hatte. Ich guckte nach oben zu den Fenstern. Ein Zeichen, bitte, ein Zeichen. Von oben kam nichts. Hmm ... ich blickte auf die andere Straßenseite. Das Einzige, was dort ins Auge stach, war ein beleuchtetes Schild, auf dem das Wort »Einrahmen« stand. Der lauten Musik und den Silhouetten hinter den Fenstern nach zu urteilen, handelte es sich dabei um ein Lokal.

War das mein Zeichen? Der Pirat wohnte direkt gegenüber, wahrscheinlich war er schon mal in dem Lokal gewesen, oder? Vielleicht war er ja sogar jetzt gerade drin. Aber ich in einem Nachtlokal? In einer Bar? Wurscht. Energisch schritt ich über die Straße. Ich zog die Tür vom *Einrahmen* auf, bevor die Feigheit Zeit hatte, mich einzuholen. Sollten sie mich doch alle angaffen, wenn ich eintrat. Sollten sie mit dem Finger auf mich zeigen, mich beleidigen und auslachen, ich würde mit erhobenem Kopf und geradem Rücken an ihnen vorbeimarschieren. Ich, die Braut des Piraten.

Und dann stand ich im *Einrahmen*. Keiner würdigte mich eines Blickes. Direkt vor mir rieb eine junge Frau ihren dünnen Körper an einem Mann, dessen Haare bis zum Hintern reichten. Es war volles, glänzendes Haar, und ich hätte sofort mit ihm getauscht. Die Dünne rief mir irgendetwas zu, das ich aber nicht verstehen konnte, weil die Musik viel zu laut war. Eifrig beugte ich mich zu ihr. Sie wiederholte ihren Satz, irgendwas mit »eilig« und »bitte«. Ich signalisierte ihr, dass ich noch immer nicht verstanden hatte, und hielt ihr mein Ohr hin. Daraufhin bündelte sie alle Kräfte, die ihr dürrer Körper aufbringen konnte, in ihre Stimme und brüllte mich an: »Ich sagte, *geil dich bitte woanders auf*!«

Ich zuckte zurück. Es kam mir gar nicht in den Sinn, mich zu verteidigen, was hätte ich auch sagen sollen – dass ich auf die Haare von ihrem Freund neidisch war? Ich wollte einfach nur weg von den beiden. Ich zwängte mich durch die vielen Menschen nach hinten, dorthin, wo ich Tische vermutete. Irgendwo alleine sitzen und den Kopf in die Speisekarte stecken. Tische fand ich schon, allerdings nur diese hohen, zum Stehen. An der Bar war ein Hocker frei, ziemlich in der Mitte.

Ich hatte noch nie zuvor an einer Bar gesessen, und eigentlich wäre ich in diesem Moment lieber gestorben als mich dort niederzulassen. Doch wie, Teddy, wie willst du jemals etwas mit Mama oder dem Piraten oder sonst was ändern, wenn du nicht mal das schaffst? Wurscht, Teddy, wurscht. Ich drängte mich also nach vorne an die Theke und kletterte auf den Hocker, der anscheinend nichts anderes im Sinn hatte, als mich schnell wieder abzuwerfen. Er schwankte, und ich musste mich mit beiden Händen an der Bar festhalten, um nicht umzukippen.

Ich nahm mir ein paar Erdnüsse aus dem Schälchen, das vor mir stand, und überlegte grade, wie riesig wohl mein Hintern auf dem Hocker aussehen mochte, da bewegte sich auch schon der Barkeeper auf mich zu.

»Was bekommst du?«, brüllte er.

»Eine Cola Light!«, brüllte ich zurück.

Er wackelte mit dem Zeigefinger. »Keine Limonaden!«

»Aha! Was denn dann?«

Von irgendwoher zauberte er eine Karte herbei, und ich betete darum, dass ich was Essbares drin finden würde.

Nichts. Nicht mal einen Schinken-Käse-Toast und dabei hatte ich mal gehört, dass es in jedem Lokal zumindest Schinken-Käse-Toasts gab. Keine Limonaden. Einen Espresso könnte ich nehmen. Oder ein Mineralwasser.

Oder Alkohol.

Ich spähte nach links und rechts, warf sogar einen Blick hinter mich. Keine Tissi da und keine Mama. Natürlich nicht, warum sollten sie auch. Doch mir war, als würde ich ihr Kommen quasi heraufbeschwören, wenn ich nur daran dachte, mir Alkohol zu bestellen. Mama würde mich vierteilen lassen. Ich ging die Cocktails auf der Karte durch. Meine Wahl fiel auf den Long Island Ice Tea, weil ich gerne Eistee trank und ich mir vorstellte, dass in einem solchen Getränk nicht viel Alkohol sein würde.

»Einen Long Island Ice Tea, bitte!«, brüllte ich den Barkeeper an, der neben seinem Ohr einen silbernen Becher schüttelte. Wie im Fernsehen. Dass es so was in Wirklichkeit gab? Ich musste grinsen.

Der Drink kam und ich nahm gleich einmal drei große Schlucke durch den Strohhalm. Langsam fühlte ich mich hier richtig wohl. Ich fand, dass ich durchaus öfter in Bars gehen sollte. Leutselig betrachtete ich meine Sitznachbarn.

Links von mir thronte eine vollbusige Blondine, die an einem Getränk nippte, das nur aus Eiswürfeln und grünen Blättern zu bestehen schien. Rechts von mir saß ein etwa vierzigjähriger Mann mit Halbglatze und Anzug, in dessen Glas eine Olive schwamm.

Ich wandte mich nach links. »Was bedeutet eigentlich *Einrahmen*?« Die Blondine stutzte für einen Moment, dann nahm sie eine Zigarette aus ihrer Handtasche und zündete sie an. Ich nahm einen langen Schluck von meinem Ice Tea und wandte mich nach rechts.

»Na, sehr gesprächig sind die Frauen hier drin ja nicht gerade«, sagte ich zu Halbglatze und stupste ihn mit meinem Ellenbogen an. Er sah mich mit hochgezogenen Augenbrauen an. Dann beugte er sich zu mir rüber und flüsterte: »Tauschst du den Platz mit mir?« Ich wusste zwar nicht, was das bringen sollte, aber ich wollte mir gern Freunde machen, also tauschte ich. Ab da bekam ich nur noch Halbglatzes Rücken zu sehen, seine Augen steckten im Ausschnitt der Blondine.

Ich trank einen weiteren großen Schluck. Die Welt war plötzlich eine viel schönere. Alles war so … so easy, so einfach, so groovy. Wozu sich ständig den Kopf zerbrechen? Der Ice Tea machte die Sache mit dem »wurscht« um so vieles leichter.

»Jetzt werd ich mal für kleine Mädchen«, murmelte ich vor mich hin. Dem Rücken von Halbglatze drohte ich: »Dass mir nur ja keiner meinen Ice Tea wegtrinkt.« Mann, ich war so mitten drin im Geschehen, es machte so Spaß dazuzugehören.

Allerdings dauerte es einige Zeit, bis ich das Klo fand, und als ich endlich auf der Muschel saß, war mir so schwindelig, dass ich mich links und rechts an der Wand abstützen musste, um nicht runterzufallen. Mir war schlecht, und gleich nachdem ich meine Blase entleert hatte, entleerte sich auch mein Magen. Spaghetti, Erdbeereis, Long Island Ice Tea. Und dazwischen schwarze Pünktchen. Der Mohn. Ich kotzte gleich nochmal. Mama hatte recht, Alkohol war Teufelszeug.

Von draußen hämmerte es an die Klotür. »Komm endlich raus, andere müssen auch mal!«

»Ja«, stöhnte ich und würgte wieder.

»Andere müssen auch mal!«

»Ja doch!«

»Andere müssen auch mal!«

»Ja«, kreischte ich. Dann riss ich die Tür auf. Zwei Mädchen, die allerhöchstens vierzehn sein konnten, drängten sich an mir vorbei in die Kabine. »Igitt«, sagte die eine, während die andere kicherte.

»Maul halten, Tussies«, fuhr ich die beiden an. »Geht doch heim zu eurer Mami.«

Ich stieß die Tür zum Lokal auf und walzte mir meinen Weg durch die Menge. Ich war so wütend. Jemand boxte mich in die Seite. Ich fuhr herum und starrte in die Augen von irgend so einem Bodybuilder. »Was?«, brüllte ich angriffslustig. »Was willst du von mir? Mich blöd anlabern? Einen auf dicke Hose machen? Mich umbringen?«

Seine Augen wurden zu schmalen Schlitzen. Ich duckte mich und floh in Richtung Ausgang. Eine Kellnerin packte mich an der Schulter.

»Zahlen!«

»Jaaaaa«, machte ich und stolperte zurück zur Bar. Dort schüttete ich mir das ganze Schälchen Erdnüsse in den Mund. »Zahlen«, blaffte ich den Barkeeper an. Auf meinem Hocker saß eine schwarzhaarige Schönheit.

»Du weißt schon, dass das mein Platz ist, oder?« Sie reagierte nicht, also wurde ich noch lauter: »Du hast dich einfach auf meinen Platz gesetzt!«

Sie lachte. Da stieß ich sie runter. Im nächsten Moment stand ich auf der Straße, und der Bodybuilder raunte mir zu: »Lass dich hier nie wieder blicken. Alkoholikerin!«

»Ha!«, machte ich. »Ich hab in meinem Leben noch nie was getrunken, du Arsch!«

Er zuckte nur die Schultern und verschwand im *Einrahmen*. »Ja, du Arsch, verzieh dich zu deiner Freundin! Du feiger Arsch!«, brüllte ich ihm nach.

In dem Moment sah ich den Piraten.

Er war gerade um die Ecke gebogen und kam direkt auf mich zu. Es fühlte sich an, als müssten mir gleich die Augen rausfallen, so weit riss ich sie auf. *Das war mein Zeichen*. In der größten Not, im tiefsten Schmerz, als Entrechtete, die von der Gesellschaft gemieden und von der Gemeinschaft verstoßen war, kam mein Licht, meine Rettung … ausgerechnet in Gestalt des Piraten. Wieder wurde mir schwindlig, diesmal vor Romantik, und ich musste mich gegen die Hausmauer lehnen. Heiße Tränen der Dankbarkeit stiegen mir in die Augen – und versiegten, als der Pirat einfach an mir vorbeiging.

Es war tatsächlich so. Keinen halben Meter von mir entfernt marschierte er an mir vorbei, dann überquerte er die Straße und steuerte direkt auf sein Haus zu. Er hatte mich nicht gesehen! Das konnte doch nicht wahr sein!

Ich sah, wie er das Schloss aufsperrte. Halt! Halt! Der konnte doch nicht einfach … mach was, Teddy!

»Halt!«, schrie ich und rannte über die Straße.

Er drehte sich um. »Oh«, sagte er.

»Ja«, antwortete ich.

7

Es gibt Situationen, in denen selbst redselige Menschen verstummen. Dies war so eine, und der Pirat und ich, die wir beide eher generell auf den Mund gefallen waren, schwiegen uns minutenlang an. Das war der Moment, in dem ich mir wünschte, ich hätte zwei Long Island Ice Teas getrunken. Oder mir zumindest nach dem Kotzen und den Erdnüssen einen Kaugummi in den Mund gesteckt.

Und es war der Moment, von dem ich wusste, dass er unsagbar wichtig für meine gemeinsame Zukunft mit dem Piraten sein würde. Was ich jetzt sagte, könnte den Ausschlag zum Wunder geben. Oder zur Tragödie.

»Ich wollte nur wissen, ob Sie am Montag wieder geöffnet haben.« Goooott, *was* für eine Tragödie!

»Ja«, sagte er.

»Aha«, machte ich. Und fügte gleich noch souverän hinzu: »Gut.«

»Ja.«

Er spielte mit seinem Schlüsselbund herum. Bitte nicht gehen, bitte nicht gehen, bitte nicht –

»Ich …«, begann ich in meiner Not, »ich hab nämlich gestern ein Buch bei Ihnen gesehen, eine … eine ganz alte Ausgabe von *Jane Eyre* und ich wollte sie kaufen, aber … naja, mein Schwächeanfall …«

»Ja.« Er nickte. Und dann, als würde ihm plötzlich etwas einfallen, fragte er: »Und wie geht es Ihnen heute?«

»Guuuut«, log ich. »Sehr, sehr gut.« Mit dem Zeigefinger deutete ich auf die andere Straßenseite. »Ich war was trinken, mit ein paar Freunden, da im, äh … *Einrahmen*. Nettes Lokal, Long Island Ice Tea und so …«

»Ich bin auch manchmal dort«, sagte er. »Aber bis jetzt war ich immer alleine da.«

Mein Herz sackte ab, rutschte durch meinen Bauch, mein Becken, dann teilte es sich und landete in zwei Hälften in meinen Füßen. *Er war einsam*. Ein Schauer lief über meinen Rücken. Es war wie eine Offenbarung. Es war, als hätte Gott die Liebe nur aus diesem einzigen Grund geschaffen. Für den Piraten und mich.

Der Pirat räusperte sich. »Mit meinen Freunden treffe ich mich immer innerstädtisch.«

»Mmhm«, antwortete ich und fragte mich, ob sich mein Herz wohl jemals wieder zusammensetzen ließ.

»Wegen *Jane Eyre* –«, sagte er plötzlich, »wenn Sie es gleich haben möchten, dann können wir jetzt ins Geschäft fahren.«

Es gab zwei Männer, mit denen ich bisher einen Samstagabend verbracht hatte. Der eine war der Trafikant vom Franz-Josefs-Bahnhof gewesen und der andere mein Englischlehrer in der sechsten Klasse. Ersterer hatte mich nach getaner Kussarbeit angewiesen, für ihn ein Päckchen aus dem *Cleopatra* ein paar Gassen weiter zu holen. Ich ging alleine hin, es war ein kalter Februarabend und mein Mund fühlte sich vollkommen anders an als sonst. Zum ersten Mal schmeckte ich einen zweiten Menschen, und auch, wenn der Trafikant nicht genau meiner Vorstellung vom Traummann entsprach, so war ich doch einundzwanzig und endlich, endlich geküsst worden. Das *Cleopatra* war menschenleer; es waren Katzen, die anscheinend die Herrschaft dort übernommen hatten. Auf jeder Bank, auf jedem Stuhl lag eine Katze. Und die größte von ihnen, eine getigerte, lag sogar auf dem Tisch.

»Grüß Gott?«, fragte ich vorsichtig. Doch nicht mal ein Miauen bekam ich als Antwort. Ich räusperte mich, räusperte mir Mut zu, dann wiederholte ich, diesmal lauter: »Grüß Gott?«

»Wer bist du?«

Ich fuhr herum, sah niemanden, nur noch mehr Katzen. »Ich … ich bin die Teddy, ich komme vom … Trafikant –«

»Nimm's dir, liegt hier auf der Theke. Sag ihm, das nächste Mal will ich Bares sehen.«

»Sag ich ihm«, flüsterte ich, griff nach einem kleinen weißen Päckchen auf der Theke und stolperte im Hinausrennen über zwei Katzen.

Die Ware lieferte ich brav ab, mein Kusspartner jedoch würdigte mich keines Blickes. Ich versuchte, ihm die Geschichte mit den Katzen witzig zu verkaufen, ich wollte doch, dass er mich mochte, dachte, dass er mein fester Freund sein würde, doch er hatte nur Augen für das Päckchen, und als ich das nächste Mal Briefmarken bei ihm kaufte, tat er so, als würde er mich zum ersten Mal sehen.

Den Englischlehrer hatte ich, als ich sechzehn war. Er sah aus wie Morten Harket von *Aha,* und ich schmuste jede Nacht mein Kopfkissen ab und stellte mir vor, es wäre er.

Als ich achtzehn war, schon längst die Schule geschmissen hatte und bei Hans im *Schuh-Bi* arbeitete, erwischte ich Englisch-Morten mit Tissi in ihrem Zimmer. Und so traurig ich darüber auch war, ein wenig fühlte ich mich doch geschmeichelt, schließlich hatten Tissi und ich dieselben Eltern, war es da nicht fast so, als hätte Englisch-Morten auch ein bisschen mich geküsst? Danach aßen wir zu dritt eine Schinkenkäsepizza, es war ein Samstagabend und ich verbrachte bestimmt eine volle Stunde in seiner Gesellschaft.

Zwei Samstagabende, zwei Männer. Doch U-Bahn gefahren war ich mit keinem von beiden.

Die U-Bahnstation Karlsplatz besitzt eine Besonderheit. Sie stinkt nach Kotze. Und zwar immer. Normalerweise ist mir das egal, aber in dieser Nacht mit dem Piraten war es mir schrecklich unangenehm. Noch dazu, wo ich mich keine zwanzig Minuten zuvor selbst übergeben hatte. Ich bildete mir plötzlich ein, dass es heute schlimmer war als sonst, und fürchtete, dass der Pirat meinen könnte, der Gestank käme von mir.

Also sagte ich: »Puh, hier riecht es auch immer ...« Nicht mal das Wort »stinken« konnte ich vor ihm in den Mund nehmen.

»Buttersäure«, sagte der Pirat, während er weiter geradeaus starrte.

»Buttersäure«, wiederholte ich. Dieses Gespräch quoll nicht gerade über vor Romantik.

Die U-Bahn kam, und wir setzten uns gegenüber voneinander auf einen Vierersitz. Bei jedem Rumpeln, das die U-Bahn machte, wackelten wir im Gleichtakt hin und her. Es war einerseits betörend, so im Einklang miteinander zu sein, andererseits war es seltsam, den Piraten von so etwas Gewöhnlichem wie einer U-Bahn beeinflusst zu sehen.

Fast, als wäre er ein ganz normaler Mensch. Einer, der sich auch die Nägel schnitt und die Zähne putzte. Und sogar aufs Klo musste. Ich spürte, dass ich rot wurde.

Schwedenplatz, noch vier Stationen mit dieser Linie. Plötzlich hatte ich den Eindruck, dass der Pirat heute anders aussah als sonst. Er räusperte sich, ich blickte schnell zu Boden. War es ein gutes Zeichen, dass wir uns so lange anschwiegen? Hieß es denn nicht immer, es sei ganz wichtig, dass Paare auch miteinander schweigen können? Oder bedeutete es schlicht, dass wir uns nichts zu sagen hatten? Schottenring. Noch drei Stationen.

»Warum Buttersäure?«, fragte ich plötzlich. Wir *mussten* uns einfach was zu sagen haben. Der Pirat zuckte zusammen. Und ich kam mir vor wie eine Riesenwalze, die alles platt machte.

Er räusperte sich. »In den siebziger Jahren …«

Weiter kam er nicht, in dem Moment passierte das Unausweichliche. »Fahrscheinkontrolle.«

Fast hätte ich aufgeschrien. Mir wurde heiß, und ich bekam vor Schreck kaum Luft. Während der Pirat seinen Fahrausweis zückte, kramte ich hektisch in meiner Handtasche herum und murmelte in einem fort: »Wo ist er nur, wo hab ich ihn denn, wo ist er nur, wo hab ich ihn denn …« Natürlich hatte ich keinen Fahrausweis. »Hmm, ich hab auch einen Fahrausweis, aber anscheinend hab ich ihn heute leider vergessen.«

»Na, dann steig'ma aus. Flott.«

Aliens, bitte, bitte. Die U-Bahn hielt, und der Kontrolleur scheuchte uns auf den Bahnsteig: »Dalli dalli, die Herrschaften!«

Ich hätte weiß Gott was darum gegeben, einfach bewusstlos zu werden. Kurz spielte ich mit dem Gedanken, einen erneuten Schwächeanfall zu erleiden, doch dann würde am Ende jemand die Rettung rufen, und aus wär's mit dem abendlichen Besuch im Buchgeschäft.

So standen also der Pirat und ich mit der diensteifrigen Obrigkeit auf dem Bahnsteig und ich musste meinen Namen, die Adresse und Telefonnummer sagen und meinen Ausweis vorzeigen. Das nächste Problem, ich hatte keinen Ausweis dabei.

»Ham' Sie keinen Führerschein?«, fragte der Kontrolleur schon recht genervt.

Peng, genau ins Schwarze. »Natürlich hab ich einen Führerschein, ich fahre ja Auto, aber ich hab ihn eben nicht mit. Der ist in meiner zweiten Geldbörse, zusammen mit dem Fahrausweis.«

»Na, dann gemma halt auf die Polizeistation.«

Neineinein, keine Polizei. Wenn dort noch mal mein Führerschein zur Sprache käme ... »Ich – schauen Sie, ich hab diese Mitgliedskarte von der Bibliothek ...«

»Das, was wir brauchen, ist ein amtlicher Lichtbildausweis, meine Dame.«

Plötzlich mischte sich der Pirat ein. »Wo ist denn bitte das Problem? Sie hat Ihnen doch alle Daten genannt und auf der Mitgliedskarte steht ja wohl ihr Name, das müsste doch reichen.«

Natürlich reichte so etwas ohne Foto drauf nicht, ich hätte die Börse ja gestohlen haben können, aber der Schaffner schien allmählich die Nase voll von mir zu haben und die Geschichte beenden zu wollen.

Der Pirat rückte seine Augenklappe zurecht, woraufhin unser neuer Bekannter ihn angewidert betrachtete und meinte: »Ihr seid's mir ein schönes Pärchen.«

Instinktiv ging ich in Verteidigungshaltung und

schnauzte den Uniformierten an: »Haben Sie ein Problem mit uns?«

»Ich hab kein Problem, ich werd ja keine siebzig Euro zu bezahlen haben, falls ich doch keinen Fahrausweis besitze.« Er kritzelte noch etwas auf seinen Block und drückte mir dann einen Zettel in die Hand. »Melden. Dort. So bald wie möglich. Verstanden?«

Ich starrte ihn finster an, alle Sorgen wegen der Polizei und meines nicht existenten Führerscheins waren vergessen. Ich antwortete: »Werd ich. Machen. Verstanden.«

Der Pirat griff nach meinem Arm und zog mich fort. Ich erschauerte unter seiner Berührung. Wir fuhren mit der Rolltreppe nach oben, und ich kaufte einen Fahrschein am Automaten. Danach stiegen wir die Treppe hinunter und warteten auf die nächste U-Bahn.

Ich sah ihn an. »Es tut mir sehr leid, dass Sie wegen mir aussteigen mussten.«

Er schüttelte den Kopf. »Das macht doch nichts. Aber Sie sollten sich nicht mit Leuten anlegen, die am längeren Hebel sitzen.«

»Wieso nicht?«, brauste ich auf. Ich fühlte mich ungerecht behandelt. Der Umstand, dass ich in der Tat schwarzgefahren war, schien mir vernachlässigbar. Außerdem fand ich es befremdlich, dass der Pirat Auseinandersetzungen so sehr zu scheuen schien. Vollmundig behauptete ich: »Ich wehre mich immer, wenn es angebracht ist.«

Wieder schüttelte er den Kopf. »Irgendwann werden Sie das aufgeben.«

»Nie«, antwortete ich fest. »Es ist absolut wichtig, für seine Prinzipien zu kämpfen. Absolut, absolut, absolut wichtig.« Er sah mich merkwürdig an. Ich blickte herausfordernd zurück und fragte: »Finden Sie das nicht?«

Er senkte den Blick und starrte auf die Gleise. »Nicht mehr.«

Damit schien die Diskussion für ihn beendet. Er verfiel wieder in Schweigen, und ich hatte Zeit, mich mit dieser vollkommen neuen Seite auseinanderzusetzen, die ich gerade an mir entdeckt hatte.

Wir mussten einmal umsteigen, um an unser Ziel zu kommen. Die ganze Zeit über hielt ich den frisch erworbenen Fahrschein fest in der Hand, bereit, ihn dem nächsten Schaffner unaufgefordert unter die Nase zu halten. Es kam jedoch keiner. Der Pirat schwieg, als hätte er ein Gelübde abgelegt, von ihm kam lediglich ein kleines Nicken, wenn unsere Blicke sich zufällig trafen. Wieder dachte ich, dass irgendetwas heute Abend anders war an ihm.

Die Sieveringer Straße lag verlassen da. Aus den geöffneten Fenstern der Wohnhäuser drang gelegentliches Lachen. Irgendwo sang jemand »Fly me to the moon«.

»Das hätte dem Hans gefallen«, sagte ich und fügte ungefragt hinzu: »Der Hans, das war der Gründer vom *Schuh-Bi-Dubi-Du*. Er ist vor drei Jahren gestorben.«

Es dauerte eine Weile, bis der Pirat antwortete. »Aha«, sagte er schließlich. »Wollte der Hans auf den Mond fliegen?«

So viel Unwissen verschlug mir die Sprache. Natürlich, der Pirat hatte Hans ja nicht mehr gekannt, aber »die Story« – wie der Hans gesagt hätte – war doch wohl jedem in der Umgebung bekannt.

»Der Hans war der größte Frank-Sinatra-Fan aller Zeiten. Er hat ihn sogar mal getroffen, vor vierzig Jahren oder so, in New York. Da haben sie eine ganze Nacht zusammen durchgemacht, und Sinatra hat dem Hans ganz viele Originalsachen geschenkt. Platten, Noten, eine Ukulele, alles mit Autogramm drauf …«

»Ach«, jetzt lächelte der Pirat, »das ist ja eine wunderbare Geschichte.«

Ich nickte eifrig. »Ja, und bis vor ein paar Jahren hingen die Sachen auch alle im *Schuh-Bi-Dubi-Du,* aber kurz vor seinem Tod hat er sie abgenommen. Ich habe Nancy danach gefragt, aber sie tut so, als wüsste sie von nichts.«

»Nancy Sinatra?«

Ich kicherte. »Nein, Hans' Tochter. Sie hat das Geschäft übernommen. Sie ist furchtbar. Und am liebsten würde sie das *Schuh-Bi-Dubi-Du* umbenennen.«

»In was denn umbenennen?«

Ich zuckte mit den Schultern. »Keine Ahnung. Aber sie darf eh nicht. Das hat Hans im Testament so festgelegt. Wäre ja auch blöd, wo der Name doch die Idee von Frank Sinatra höchstpersönlich war.«

Der Pirat blieb stehen. Selbst im Dunkeln sah ich sein linkes Auge leuchten. »Erzählen Sie«, bat er.

Ich war ebenfalls stehen geblieben. Der Wind wehte sanft und über uns schaukelte ein Zweig. Vielleicht ein Mistelzweig, dachte ich in einem Anflug von angelsächsischer Romantik.

»Also«, begann ich, »in dieser Nacht hat der Hans dem Frank Sinatra von seinem großen Traum erzählt, einmal ein eigenes Geschäft aufzumachen. Und weil er so betrunken war, hat er gemeint, es sei ihm ganz egal, welches Produkt er verkauft, wichtig sei einzig, dass sich der Name des Geschäfts von einem Sinatra-Song herleitet. Und dann haben die beiden überlegt, und Frank hat Hans alles Mögliche vorgeschlagen, aber ins Deutsche übersetzt hätte das alles keinen Sinn ergeben. Und irgendwann hat

Frank gefragt, was ›Shoe‹ auf Deutsch heißt. Und der Hans hat gesagt, dass ›Shoe‹ einfach ›Schuh‹ heißt. Und dann hat Frank zu singen begonnen: ›Strangers in the night exchanching glances, wond'ring in the night, what were the chances, we'd be sharing love, before the night was throuououough, shoobie doobie doo lalalalala shoobie doobie doo hmhmhmhmhmhmmmmm ... Und deswegen verkaufen wir Schuhe im *Schuh-Bi-Dubi-Du*.«

Und noch während ich mir dazu gratulierte, dass ich es geschafft hatte, vor dem Piraten zu singen, einfach so zu singen, machte der Pirat etwas noch viel Erstaunlicheres: Er nahm meine linke Hand in seine und zog sie an sich. Mir brach der Schweiß aus. Und zwar vor allem in der linken Hand. Ich spürte, dass sie klitschnass war, und als der Pirat sie an sein Herz drückte, fühlte sich mein ganzer Körper an, als sei ich gerade einem Regenguss entkommen.

Er ließ mich los und streckte beide Arme in die Luft. »Frau Kis«, rief er, »ich danke Ihnen! Ich danke Ihnen von Herzen, Sie haben mir den Abend mit dieser wunderbaren Anekdote unendlich versüßt.«

O mein Gott, Pirat, dachte ich, heirate mich, heirate mich doch endlich. Ich will dich lieben und ehren, dir Geschichten erzählen, dir zu Füßen liegen, die Augenklappe polieren, dein – und da endlich wusste ich es. Wusste, was heute so vollkommen anders am Piraten war als all die Monate zuvor.

»Herr Nemeth«, entfuhr es mir. »Herr Nemeth, Ihre Augenklappe!«

Sofort tastete er nach ihr. Er wirkte verunsichert.

Ich gestikulierte vor seinem Gesicht herum. Das war doch nicht zu fassen. Der Pirat, dieser anbetungswürdige, hinreißende, göttliche Mensch, dieser Betrüger –

Ich zwang mich, das Fuchteln einzustellen, und stieß hervor: »Sie tragen die Augenklappe auf der falschen Seite.«

Er sah mich an, als würde er nicht ganz verstehen. »Es gibt keine falsche Seite.«

»Nicht? Pir-, ich meine, Herr Nemeth, Sie haben die Klappe sonst immer auf dem anderen Auge.«

Er lächelte. »Dass Ihnen das auffällt … ich wechsle alle halbe Jahr, sonst ist es zu viel Belastung für das eine Auge, während das andere verkümmert.«

»Aber warum …?«

»Wenn immer das gleiche Auge –«

»Nein, nein!«, rief ich. »Das hab ich schon kapiert. Ich meine, warum tragen Sie überhaupt die Klappe?«

Das Leuchten in dem für mich völlig neuen linken Auge erlosch. Der Pirat ging weiter, ich eilte ihm nach, und erst als er die Tür vom *Libri Liberi* aufsperrte, sagte er: »Frau Kis, bitte fragen Sie mich nicht mehr danach.«

8

Er stieg die kleine Stufe hinunter und blieb mit dem Rücken zu mir an seinem Schreibtisch stehen. Ich stand mit offenem Mund auf dem Gehsteig und BE-DEs Worte dröhnten in meinem Inneren: »Wer eine Maske trägt, der hat was zu verbergen.« Das war es, oder? Aus irgendeinem Grund hatte der Pirat sich entschlossen, eine Maske zu tragen. Leute wie Bonnie-Denise konnten das natürlich nicht verstehen. Aber ich! Ich, du dummer Pirat, ich verstand das natürlich! Es war ein Schutz. Eine Art Festung zwischen der leisen, sensiblen Seele des Piraten und der lauten, schmutzigen Welt da draußen mit all ihren einschüchternden Bodybuildern, Barkeepern und schwarzhaarigen Schönheiten. Mein Gott, ich hätte auf der Stelle auch eine Augenklappe genommen, wenn ich die saublöde Brille nicht gebraucht hätte, aber nein, ich vertrug natürlich keine Kontaktlinsen!

»Kommen Sie doch herein, Frau Kis.«

In dem grellen Licht, das so einen starken Kontrast zu der Dunkelheit auf der Straße bildete, sah er sehr dünn aus, fast zerbrechlich. Und sein Lächeln wirkte müde. Plötzlich wollte ich nur noch eines: ihn aufheitern. Ich trat die Stufe hinunter und schloss die Tür hinter mir. »Sie haben so ein schönes Geschäft, Herr Nemeth. Wirklich, es ist das prächtigste Buchgeschäft, das ich kenne.«

Wie auf Kommando sahen wir uns in dem bescheidenen Raum um, bei dessen Anblick einem »prächtig« nicht unbedingt als Erstes in den Sinn kam. Umso vehementer bekräftigte ich: »Es ist prächtig, wahrhaft prächtig.«

Der Pirat lehnte am Schreibtisch. »Sie mögen Bücher sehr, nicht wahr?«

»Am allermeisten von allen Dingen auf der ganzen, weiten Welt«, beschwor ich, fest davon überzeugt, dass die Tristesse des Piraten nur durch Superlative zu heilen war.

Er stieß sich vom Schreibtisch ab und begann, das vordere Regal abzugehen. Ich fingerte an dem Drehständer, den ich gestern beinahe umgeschmissen hätte, und meine Gedanken drehten sich im Kreis, genau wie das Bücherkarussell. Er liebt mich, er liebt mich nicht, er liebt mich, er liebt mich nicht … dummes Ding, dich hat noch nie ein Mann geliebt, also wohl nicht … aber er ist so anders als alle anderen, also vielleicht doch … aber er ist und bleibt ein Mann, also nicht … und wenn er aber schwul ist, dann vielleicht doch, dann bringt es aber nichts …

»Da haben wir sie.«

»Häh?« Gott, Teddy, »häh« wäre jetzt aber nicht nötig gewesen, oder?

»*Jane Eyre*. Hier ist sie.«

»Oh, ja natürlich, das ist wunderbar, ich hab nämlich noch keine, nur mal aus der Bibliothek ausgeborgt …«

»Dann haben Sie die andere Ausgabe wohl hergeschenkt?«

Ich wurde rot. So ein Mist, natürlich, ich hatte schon eine, das war aber Ewigkeiten her, dass ich die beim Piraten gekauft hatte, das musste an einem der allerersten Tage gewesen sein.

»Sie haben sie gekauft, als Sie das zweite Mal hier waren. Am ersten Tag waren es *Die Abenteuer von Tom Sawyer und Huckleberry Finn*. Und am dritten Tag haben Sie *Anne auf Green Gables* genommen –«

» – und am vierten«, flüsterte ich, »*Anne von Avonlea*. Und am fünften *Anne in Kingsport*. Und am sechsten das *Guinness Buch der Rekorde 1986 …*« Danach brachte ich kein Wort mehr raus. Mein Gott, ich war wichtig für ihn. Er liebte mich.

Er sagte: »Wundern Sie sich bitte nicht, dass ich mich so gut erinnern kann. Ich fürchte, Bücher sind meine einzige Leidenschaft. Ich habe alle Verkäufe der letzten vier Monate im Kopf.«

Der Mann war der Romantikkiller Nummer eins. »Sie sollten bei *Wetten dass …* auftreten«, presste ich hervor.

Er zuckte mit den Schultern. »Vielleicht mache ich das irgendwann.« Er klang allerdings nicht sehr motiviert.

Eine unangenehme Pause entstand, und nachdem ich den Ständer acht weitere Runden gedreht hatte, macht ich eine Verlegenheitsbemerkung. Eine, die Buchhändler wohl des Öfteren zu hören bekommen. »Und?«, fragte ich, »haben Sie alle Bücher hier drin gelesen?«

Doch der Pirat nahm die Frage ernst, freute sich sogar darüber. »O ja«, sagte er. »Ich versuche, jedes Buch, das ich ins Regal stelle, auch selber zu lesen. Sehen Sie, gerade lese ich dieses hier, über Insekten.« Plötzlich sah er mich nachdenklich an.

»Hmm, wahrscheinlich wird Sie das weniger interessieren …«

»Nein, wieso?«, rief ich. Es gefiel mir gar nicht, dass er mich für so ein typisches Frauenzimmer hielt, das bei jeder kleinen Spinne loskreischte.

»Ich liebe Insekten, Spinnen, Ameisen, Fliegen … alles.«

»Dann ist das hier genau das Richtige für Sie. Es sind großartige Aufnahmen drin. Schauen Sie mal, das hier ist ein Nashornkäfer. Der kann bis zu fünf Zentimeter lang werden.«

»Oh«, staunte ich und bemühte mich, nicht allzu genau hinzusehen, ich habe sowieso die Tendenz, von allen möglichen Krabblern zu träumen.

»Und hier, das ist besonders faszinierend, eine Nashornkäferlarve. Wissen Sie, wie groß die werden kann?«

Ich starrte auf das raupenförmige, durchsichtige Etwas und versuchte, mir *nicht* vorzustellen, wie das Ding sich durch meinen Mund schlängelte.

»Zwölf Zentimeter! Können Sie sich das vorstellen?«

Das konnte ich viel zu gut. Ich presste die Lippen aufeinander.

»Gigantisch«, quetschte ich hervor, und um zu zeigen, dass ich mitdachte, quetschte ich weiter: »Das ist ja sieben Zentimeter größer als der Käfer selbst.« Es juckte mich überall, und als der Pirat mir ein weiteres »faszinierendes Exemplar«, nämlich eine Blauzahnvogelspinne in Din-A4-Größe, zeigte, spürte ich ein deutliches Kraxeln und blickte auf meinen rechten Unterarm. Vor Schreck kreischte ich auf. Der Pirat sah mich erstaunt an. Ich starrte auf die Blauzahnvogelspinne im Buch, spürte wieder das Kraxeln auf meinem Unterarm und kreischte weiter. »O Gott, bitte, bitte, bitte, bitte … machen Sie das weg! Ich bin allergisch auf Marienkäfer, bitte!«

Behutsam nahm der Pirat den kleinen Käfer von meinem Arm und brachte ihn vor die Tür. Ich hätte mich am liebsten selbst aufgefressen, so wütend war ich auf mich.

Gut, vielleicht war ich nicht der Welt größter Insektenfreund, aber vor einem Marienkäfer hatte ich wirklich keine Angst. Ich mochte sie sogar. Aber dieses viele Krabbelgetier in dem Buch hatte mir doch zu schaffen gemacht, und die kleinen Marienkäferfüßchen auf meiner Haut hatten mir den Rest gegeben.

Der Pirat kam zurück. Ich versuchte zu retten, was zu retten war. »Ich – diese Allergie ... sie liegt bei uns in der Familie, seit Generationen und Generationen ... schade, so schade, weil sie ja so süß sind, die Marienkäfer, aber drum meinte ich eben ... Spinnen, Fliegen, alles super, nur eben keine Marienkäfer ... wegen der Allergie ...«

Er sah mich lange mit diesem neuen Auge an. Ich glaube, so lange hatte er mich überhaupt noch nie angesehen, ich traute mich kaum zu atmen, wartete auf den Todesstoß. Marienkäferallergie, um Gottes willen, das war das Erbärmlichste, das die Welt je gehört hatte.

Da sagte er: »Wissen Sie, was ich sehr schön finde?«

Wie gerne hätte ich »Ja« darauf gesagt, schließlich wünschte ich mir doch, dass er an unsere Seelenverwandtschaft genauso glaubte wie ich, und da käme so ein »Ja, ich weiß immer, was in dir vorgeht« gerade recht. Gott sei Dank war ich klug – oder feige – genug, trotzdem den Kopf zu schütteln.

Der Pirat schlug das Insektenbuch zu und legte es in seine Schreibtischschublade. Die Tätigkeit schien ihn vollkommen in Anspruch zu nehmen, und ohne aufzublicken sagte er: »Obwohl Sie so eine große Angst hatten, wahrscheinlich sogar Todesangst, haben Sie den Marienkäfer nicht einfach erschlagen.« Jetzt sah er auf. »Das finde ich sehr schön.«

Ich lächelte. Mit gesenktem Blick, sanft, bescheiden und

tierlieb. Nach der peinlichen Geschichte eben konnte ich jeden Bonuspunkt gebrauchen, es wäre also sehr blöd von mir gewesen, ihn darauf hinzuweisen, dass ein Draufschlagen auf den Marienkäfer zusätzlichen Körperkontakt bedeutet hätte, den ich ja so dringend hatte vermeiden wollen. Außerdem tötet man niemanden, aus Prinzip nicht. Höchstens ich mich selbst, dachte ich in einem gewagten Anfall von zurückkehrender Melodramatik.

Die Pause dauerte schon wieder zu lange, also fragte ich zaghaft: »Haben Sie hier ein Klo?« Ich musste wirklich und das plötzlich ziemlich dringend.

Der Pirat nickte und deutete auf eine Tür hinter dem Schreibtisch. Er öffnete sie und ging mir voran in ein winziges Zimmer, in dem ein rostiger Eisentisch stand. Nichts weiter. Auf dem Tisch lag eine halb aufgegessene Wurstsemmel. Wie gerne hätte ich von dieser Semmel abgebissen, genau da, wo auch er abgebissen hatte. Vielleicht konnte ich, wenn er mich hier alleine ließ ... Doch der Pirat macht keinerlei Anstalten, sich zurückzuziehen. Er öffnete eine weitere Tür an der rechten Seite des Zimmers und machte eine einladende Geste. Ohne ihn anzusehen, huschte ich hinein und schloss die Tür. Sie hatte keine Verriegelung. Schlimmer noch, sie war an der Unterseite offen, wie eine öffentliche Toilette. Ich hob den Rock, zog meine Unterhose runter zu den Knien, auf keinen Fall tiefer, und ließ mich auf die Klobrille sinken. Dabei versuchte ich, möglichst kein Geräusch zu verursachen, was natürlich vollkommen falsch gedacht war, denn umso lauter würde gleich das Plätschern klingen. Und der Pirat ging einfach nicht weg. Unter der Klotür konnte ich immer noch seinen Schatten sehen.

Mein ganzer Unterbauch schmerzte, so dringend war es

jetzt. Ich schloss die Augen, steckte mir die Finger in die Ohren, so fest, dass es rauschte, und versuchte mir vorzustellen, dass ich in einem Flugzeug saß. Ganz allein in einem riesigen Flugzeug auf der Toilette, kein Mensch weit und breit, der mich hören konnte, ein menschenleeres Flugzeug, und wenn ich endlich meinen Klogang beendet hatte, dann würde ich auf den Pilotensitz klettern und dieses Flugzeug sicher landen … alles wurscht, Teddy, lass los, lass es laufen … plätscher, plätscher, tropf, tropf, ein ganzer Wasserfall von Tropfen, herrlich, wie es rinnen und rauschen wird …

Ich biss die Zähne zusammen und krallte meine Nägel in die Handinnenflächen. Himmelschimmel, ich schaff es nicht, ich schaff es nicht! Vor Wut über mich hätte ich am liebsten geheult. Ich wusste, ich durfte nicht länger hier drin bleiben, er musste sonst denken, dass ich ein richtiges Geschäft in sein Klo legte und diese Vorstellung war einfach zu schrecklich. Beschämt und frustriert zupfte ich ein bisschen an der Klopapierrolle herum, dieses Geräusch *sollte* er jetzt hören, ich war schließlich zivilisiert.

Mit beinah berstender Blase betätigte ich die Spülung und öffnete die Tür. Ich stand allein in dem Raum mit dem Eisentisch, der Pirat war drüben bei seinen Büchern und sein vermeintlicher Schatten stellte sich als Tischbein heraus.

Sollte ich es nochmal versuchen, jetzt wo die Luft rein war?

»Frau Kis, ich hab Ihnen gar nichts zu trinken angeboten. Möchten Sie vielleicht ein Glas Wasser? Etwas anderes habe ich leider nicht.«

Drei Dinge, die zu beachten waren:

Erstens: Natürlich war ich am Verdursten, sicher wegen

der Erdnüsse, des Long Island Ice Teas und der anschließenden Kotzerei.

Zweitens: Natürlich durfte ich keinen weiteren Schluck Flüssigkeit zu mir nehmen, sonst würde meine Blase endgültig platzen.

Drittens: Natürlich musste ich das Angebot annehmen, die Chance eines seiner Gläser zu benutzen, durfte ich nicht ungenutzt lassen, wo es schon mit der Wurstsemmel nicht geklappt hatte.

»Wasser, bitte.«

Während ich an meinem Glas nippte, das er aus seiner Schreibtischschublade gezogen und mit Wasser aus dem Klowaschbecken gefüllt hatte, dachte ich darüber nach, dass nirgends – auch nicht im Hinterzimmer – ein Foto oder sonst irgendetwas Privates zu finden war, von der Wurstsemmel einmal abgesehen.

Mir kam ein Gedanke, ein wichtiger, interessanterweise war es das erste Mal, dass ich daran dachte, komisch eigentlich. Und ich musste diesen Gedanken auch gleich laut aussprechen, so panisch und plötzlich wie er gekommen war.

»Haben Sie Kinder, Herr Nemeth?«

Er schüttelte den Kopf. Ich hätte am liebsten gelacht vor Erleichterung. Ohne Kinder war die Trennung von einer möglichen Partnerin viel leichter.

»Ich hab auch keine«, gab ich überflüssigerweise von mir, es hatte mich schließlich kein Mensch danach gefragt. Jetzt die Frage aller Fragen.

»Und äh –«, begann ich, »ähm, Ihre Frau? Hmm?«

Er runzelte die Stirn. Ich sog die Luft ein, ein bisschen zu laut vielleicht, und ergänzte: »Oder … oder ist sie Ihre Freundin …«

»Wer?«, fragte der Pirat, und die Furchen auf seiner Stirn wurden so tief, dass ein Marienkäfer hätte hineinfallen können. Ich schwitzte Blut. Frag doch nicht *wer,* du lieber, süßer Dummkopf. Sag nur *ob.* Doch er sagte nichts, er sah mich nur an, und wieder einmal war es an mir, die Situation zu retten. »Na, ich dachte nur …«, stammelte ich, worauf er sein übliches »Aha« erwiderte.

Ach verdammt, das war alles so sinnlos und in den nächsten Sekunden würde außerdem meine Blase explodieren. Ich nahm meine *Jane Eyre* und drückte sie an die Brust. »Wie viel schulde ich Ihnen?«, fragte ich.

Er schüttelte den Kopf.

»Nichts, ich möchte sie Ihnen schenken.«

»Danke«, flüsterte ich.

Der Pirat sperrte das Geschäft ab. Ich stand daneben und konnte den Blick nicht von seinem Gesicht wenden. Wie er wohl lachend aussehen würde? Oder ohne Augenklappe?

»Sie können mir ruhig sagen, warum Sie die Augenklappe tragen. Ich verstehe alles«, platzte es aus mir heraus.

Er antwortete nicht, senkte nur den Kopf und schlug schweigend den Weg in Richtung Straßenbahnstation ein. Gott, der Mann machte mich fuchsteufelswild. Der war ja noch mühsamer als ich selbst!

Ich lief ihm nach, wobei ich wegen meiner Blase bereits nahe dran war, das Bewusstsein zu verlieren.

»Dann sagen Sie mir wenigstens, was mit der Buttersäure in den Sechzigern war«, rief ich trotzig. Jetzt sah er mich an.

»Das war in den Siebzigern.«

»Okay. Und?«

Er blieb stehen. »Frau Kis, vertrauen Sie mir?«

»Ja«, sagte ich. Und ich liebe dich, ich liebe dich.

»Dann kommen Sie am Montagabend zu mir ins Geschäft.«

»Ja«, wiederholte ich artig und nickte so lange und so eifrig, bis er hinzufügte: »Ich möchte Ihnen jemanden vorstellen.«

In dem Moment kam die Straßenbahn.

Wir saßen nebeneinander auf einem Zweiersitz, doch ich konnte die Nähe zu ihm nicht genießen. Schließlich hielt ich es nicht länger aus.

»Wen?«, stieß ich hervor. Seine Frau? Seine Freundin? Irgendeinen Typen für mich, damit ich *ihn* endlich in Ruhe ließ?

»Vertrauen Sie mir«, wiederholte er. Und das war das Letzte, das er sagte, bis ich aussteigen musste.

»Auf Wiedersehen, Frau Kis.«

»Auf Wiedersehen, Herr Nemeth.« Ich stieg aus, schritt hoheitsvoll neben der anfahrenden Straßenbahn her, und als sie verschwunden war, stürmte ich das erstbeste Lokal und verewigte mich in der Kloschüssel dort mit mindestens zwei Litern.

9

Es war halb eins, als ich die Stiegen hinaufschlich. Natürlich war es ein Triumph, unbemerkt an Tür Nummer drei vorbeizukommen, doch mir war gar nicht nach Feiern zumute.

Wen wollte er mir vorstellen? Sicher hatte das nichts mit der Buttersäuregeschichte zu tun, oder? Ich wollte niemand Neuen am Montag kennenlernen, ich wollte allein sein mit dem Piraten.

Vollkommen aufgelöst kam ich in meiner Wohnung an. Dort dann gleich der nächste Schlag: Die Wimperntusche hatte beschlossen, meine Augenpartie zu verlassen und dafür den Rest meines Gesichts in Beschlag zu nehmen. Dafür hatte der Lippenstift sein Versprechen, meinen Mund voluminöser erscheinen zu lassen, nicht nur gehalten, sondern sogar noch eins draufgelegt: Ich sah aus wie der *Joker.*

Und überhaupt – ich brauchte eine Schönheitsoperation! Zumindest Fett absaugen und Busen vergrößern. Das konnte in meinem Fall doch gar nicht so viel kosten. Die sollten mir einfach das Fett von den Oberschenkeln in den Busen stopfen. Das gäbe eine originelle Körbchengröße, K oder Q oder so.

Okay, Teddy, mahnte ich mich, komm runter. Du hast heute mehr erlebt als in den ganzen zweiunddreißig Jahren bisher. Du hast jetzt einen echten Draht zum Piraten. Du bekommst ein Auto geschenkt, und das noch dazu von einem Typen, auf den alle Frauen scharf sind. *Das sind Gründe zum Feiern.*

Und ich blöde Kuh war noch immer nicht glücklich!

Wenn ich alle Lebensratgeber, die ich je gelesen hatte, auf einen Stapel stellen würde, wäre ein Sprung von dieser Bücherturmspitze garantiert tödlich. Man frage mich nach irgendeinem Psychothema, egal nach welchem – ich schwöre mit erhobenen zwei Fingern, dass ich ein Buch dazu gelesen habe.

Vielleicht ein kurzer Auszug:

Endlich Mut zum NEIN sagen
Endlich Mut zum JA sagen
Wie entledige ich mich meiner Probleme
Wie entledige ich mich meiner Probleme in zehn Tagen
Wie entledige ich mich meiner Mutter
Die Befreiung zur Sexualität
Ich bin stark
Endlich Frau sein
So werden Sie nie mehr gemobbt
Hilfe in allen Lebenslagen

Et cetera, et cetera, et cetera.

Nachdem ich irgendwann mal alle Themen durchhatte, die auf mich passten, hatte ich begonnen, mich über Probleme zu informieren, die ich *nicht* hatte:

Endlich Mann sein
Gibt es ein Leben nach dem Wechsel?
Magersucht – lass dich nicht auffressen von der Sucht
Bulimie – das Leben kotzt dich an
Wie entledige ich mich meines Vaters

Nichtraucher forever
Mein Kind spricht nicht mehr mit mir – was tun?
Ratgeber für Single Moms
Handbuch für gestresste Manager
Traumjob Lehrer – Albtraum Schüler
Statt Pillen nur mehr Tic Tacs schlucken

Ja, auch diese Liste war endlos, und das Traurigste war der Grund, aus dem ich mir die Bücher gekauft hatte:

Ich *wollte* mir diese Probleme aufhalsen. Ich hasste meine eigenen Probleme, also lag die Idee nahe, mir neue zuzulegen. Ich hatte das Nichtraucherbuch gelesen und dabei meine ersten und einzigen Zigaretten geraucht. Ich hatte das Magersuchtbuch verschlungen und dabei eine Fastenkur probiert. Und beim Pillenbuch hatte ich statt Tic Tacs Baldriankügelchen geschluckt, und mir ausgemalt, wie es auf einer Entziehungskur wäre.

So, aber das alles waren Geschichten von gestern und vorgestern und vorvorgestern. Ab jetzt würde ich das Leben einfach *angehen*. Einfach leben.

Ich seufzte. Das bedeutete vor allem eines: Ich musste die Sache mit Mama regeln.

Ich setzte mich mit Zettel und Stift aufs Sofa und machte eine *To-do*-Liste. Das erste Mal in meinem Leben. Und das, obwohl ich schon vor zwölf Jahren ein Buch dazu gelesen hatte: *To do: Schreiben Sie es auf, dann tun Sie es auch!*

Ich schrieb:

1. Fahre Mama nie wieder am Sonntag auf den Kahlenberg
2. Lass dich nie wieder von ihr ausspionieren

3. Grenz dich ab (evtl. Wegziehen?)
4. Lass dich nie mehr von anderen runtermachen (Tissi, Be-De)
5. Werde ruhiger, lerne Dinge zu akzeptieren – wenn der Pirat dich nicht will, dann musst du das akzeptieren

Den Nebensatz bei Punkt Nummer 5 strich ich gleich wieder durch. So ein Blödsinn, ich würde doch nicht jetzt, wo meine Chancen um ein Vielfaches gestiegen waren, die Flinte ins Korn werfen.

Als Nächstes strich ich Punkt 1 durch. Es war ein Uhr nachts, der Sonntag hatte also schon begonnen, da wäre es echt nicht fair, Mama abzusagen. Auch wenn ich mich abgrenzen wollte, ein Ekel brauchte ich nicht gleich zu werden.

Danach strich ich die Sache mit dem Wegziehen bei Punkt Nummer 3 durch. Ich mochte meine Wohnung und wollte unbedingt noch das Meer und das rote Segelboot in meinem Schlafzimmer haben. Sollte doch Mama ausziehen.

Okay, viel blieb nicht auf meiner Liste. Aber für mich war es dennoch genug.

Die Nacht dauerte nur noch wenige Stunden und war trotzdem viel zu lang, ähnlich wie die davor. Doch während ich in der Nacht auf Samstag das aufregende Gefühl gehabt hatte, dass durch mein neues Leben und meine neue Einstellung alles Mögliche geschehen konnte, war in der Nacht auf Sonntag schon viel zu viel geschehen, als dass überhaupt noch irgendetwas möglich schien. Solche und ähnlich verworrene Gedankengänge quälten mich und mein Hirn, während ich – meine *Jane Eyre* fest an die

Brust gedrückt – im Bett lag und verzweifelt auf den Schlaf wartete.

Denn schlafen musste ich, sonst würde ich morgen eine noch schlechtere Autofahrerin sein als ohnehin schon, und das Allerletzte, was ich auf der Welt wollte, war mit Mama gemeinsam zu sterben. Ich hätte es nicht ertragen, mit ihr durch den Lichttunnel zu gehen, mit ihr im Himmel zu landen, oder in der Hölle, oder reinkarniert zurück auf dieser Welt, bei meinem Glück noch als Zwillingspärchen oder so.

Es war nach drei Uhr morgens, als ich endlich einschlief. Ich träumte von Spinnen und durchsichtigen Larven, die sich schließlich doch durch meinen Mund schlängelten und meine Schleimhäute als Nistplatz benutzten. Schreiend wachte ich auf und stocherte mir im Mund herum. Es war halb sechs. Ich sprang aus dem Bett und suchte meinen Körper nach Insekten ab. Dieser verfluchte Pirat und sein Buch, dieser liebe, süße, verfluchte Pirat.

Ich hatte Kopfschmerzen, einen richtigen Kater wie im Fernsehen und sehnte mich trotzdem nach einem Long Island Ice Tea. Mit dessen Hilfe hätte ich Mama sagen können, dass ich sie heute nicht auf den Kahlenberg fahren würde. Wäre es denn wirklich so unfair von mir, ihr kurzfristig abzusagen? Es gab doch einen Bus da rauf. Und außerdem, was wenn ich krank wäre? Das war es! Ich war heute einfach mal krank.

10

Zwei Stunden, drei Kaffees und ein Erdbeereis später läutete ich bei Mama. Fünf Minuten danach saßen wir im Fiat und waren auf dem Weg zum Kahlenberg.

»Du schwitzt, Thaddäa. Und du weißt auch, warum du schwitzt, nicht wahr, Thaddäa? Zehn Kilo weniger, vielleicht auch zwanzig oder dreißig, und du würdest nicht mehr so schwitzen. Ich meine es nur gut mit dir. Wie viel wiegst du mittlerweile? Neunundsiebzig Kilogramm?«

Ich zuckte zusammen, so treffend war ihre Schätzung.

»In deinem Alter habe ich achtundvierzig Kilogramm gewogen. Genauso wenig wie mit zwanzig und genauso wenig wie jetzt.« Sie fuhr mit dem Zeigefinger über das Armaturenbrett und betrachtete ihn anschließend prüfend. Mein Auto war das bestgeputzte der Stadt, Mama bestand schließlich auf penibelste Sauberkeit. Trotzdem sagte sie: »Das Auto ist auch dreckig.«

Ich starrte auf die Straße, konnte Mama höchstens aus dem Augenwinkel sehen, bekam ihren kummervollen Blick jedoch intuitiv mit.

»Es ist nur zu deinem Besten, wenn ich dich ans Abnehmen erinnere. Schließlich willst du doch auch einmal einen Mann abkriegen, oder?«

»Mama …«

»Mama hat es nicht leicht mit dir, Thaddäa.«

»Ja, Mama.«

»Tirza habe ich auf die Universität geschickt, sie ist ja die Kluge. Du solltest mir Enkelkinder schenken, Thaddäa. Weißt du eigentlich, wie sehr ich mich nach Enkelkindern sehne? Wie gut deiner Mama ein bisschen Leben in ihrem Umfeld tun würde? So schwach wie mein Herz in letzter Zeit ist, habe ich keine Ahnung, wie lange ich euch noch mit meiner Gesellschaft auf Erden erfreuen kann. Da gibt es keine Zeit zu verlieren. Nicht auszudenken, wenn deine Kinder ihre liebe Oma nicht mehr kennenlernen dürften.«

»Mama …«, sagte ich und ärgerte mich darüber, dass meine Stimme belegt klang.

»Freilich ist es ein Jammer, ein großer Jammer, dass Tirza allein auch noch alle Schönheit abbekommen hat. Was für eine Verschwendung, wo sie doch klug genug ist, um Karriere zu machen.« Meine Mutter beugte sich zu mir, ihr Ton wurde vertraulich, ich hasste das. »Die Männer steigen gerne zu deiner Schwester ins Bett. Es würde deine Schwester keine Mühe kosten, mir zehn Enkel zu schenken. Von zehn verschiedenen Männern.«

Meine Unterlippe zitterte. »Das weiß ich doch alles, Mama.«

»Wenn du etwas aus dir machen würdest, *viel* aus dir machen würdest, dann könnte es durchaus sein, dass auch du einen – Herrgott, wir brauchen doch nur einen einzigen – Mann abbekommst.« Bedauernd fügte sie hinzu: »Auch wenn Tirza mir natürlich die schöneren Enkel schenken würde. Und die klügeren.«

In dem Moment fing der Fiat an zu stottern. Ich trat auf das Gaspedal, was das Zeug hielt. Dennoch wurde das Auto immer langsamer.

»Thaddääääaa«, kam es drohend von rechts.

»Ich weiß auch nicht, was mit ihm los ist«, jammerte ich und trat weiter. Kurz bevor wir stehen blieben, fing sich der Fiat und nahm wieder Fahrt auf. Vor Erleichterung standen Tränen in meinen Augen. Meine Mutter schnauzte los: »Du warst also *nicht* in der Werkstatt mit ihm, so wie ich es dir gesagt habe!«

»Doch, doch, Mama, natürlich, die haben am Motor herumgeschraubt und haben gesagt, dass alles wieder gut ist. Wirklich, Mama –« Jetzt heulte ich.

»Nicht weinen, mein Mädchen. Mama ist ja da«, wisperte sie und strich mir über den Arm. Ich schluchzte auf. Am liebsten hätte ich mich wie ein kleines Kätzchen auf dem Schoß meiner Mutter zusammengerollt. Einfach nur getröstet werden. Doch ich musste ja fahren, durfte nie wieder stehen bleiben, denn es war äußerst fraglich, ob der Fiat sich jemals wieder dazu überreden ließ, aus dem Stand loszufahren. Aber wenigstens wirkte Mama besänftigt, ja richtig liebevoll. Ich warf ihr einen dankbaren Blick zu.

»Männer mögen keine verheulten Frauen, Thaddäa.«

»Ich weiß.«

»Schon als Kind hast du ständig einen Grund gefunden, Rotz und Wasser zu heulen. Tissi hat dich natürlich deswegen gehänselt. Und was hast du getan? Wieder geheult.«

Meine Nase begann zu kitzeln, ich musste niesen.

»Mal wieder mit dem Charme eines Trompetenkäfers«, ätzte Mama, während ich verzweifelt bemüht war, die Spur zu halten.

»Manchmal wünsche ich mir, sie würden kommen und mir erzählen, dass du im Krankenhaus vertauscht worden bist. Manchmal *kann* es einfach nicht sein, dass du meine Tochter bist.«

Meine Kehle war trocken, ich schluckte hart. Wieder strich Mama mir über den Arm. »Na, na, nicht weinen, Kind. Mama hat ihre beiden Mädchen gleich lieb.«

Prompt musste ich wieder aufschluchzen. Aus dem Augenwinkel sah ich meine Mutter den Kopf schütteln. Sie seufzte. »Ach herrje, auch wenn es jeder anderen Mutter leichter fallen würde, Tirza lieb zu haben.«

Wir fuhren den schmalen Feldweg entlang bis zur Blockhütte. Wie jedes Mal stand der blaue Nissan neben dem Haus. Wie jedes Mal stieg Mama mit den Worten aus: »Du bleibst im Auto sitzen und rührst dich nicht von der Stelle.« Wie jedes Mal verschwand sie gleich darauf in der Blockhütte und wie jedes Mal tat ich wie geheißen und blieb im Auto sitzen.

Während der nächsten Stunde musste ich einsehen, dass ich von meinem Vorhaben, das Leben von einer völlig neuen Seite anzugehen, bisher nicht viel umgesetzt hatte. Aber morgen war ja Montag, neue Woche, neues Glück, und da würde ich beginnen.

Doch nein! Nein, nein, nein, nicht morgen, verdammt noch mal, Teddy, heute! Jetzt! Gleich!

Aber wie, um Himmels willen? Den größten Schnitt zu meinem bisherigen Leben würde ich freilich begehen, indem ich jetzt einfach wegfuhr. Aber, ach, ich wusste auch nicht warum, aber ich wollte ihr nicht wehtun. Meine Mutter hatte ja niemanden außer mir. Ja, jetzt schwärmte sie von Tissi, ihrer vortrefflichen Erstgeborenen. Aber Tissi kümmerte sich kaum um sie. Arme Mama. Schon mal ein guter Grund, um nicht einfach wegzufahren. Und vielleicht war auch ein bisschen Feigheit mit dabei.

Ich starrte durch die Windschutzscheibe auf die Hütte. Seit sechs Jahren sah ich Mama jeden Sonntag dabei zu, wie sie die kleine Holztreppe hinaufging und, ohne einen Schlüssel zu benötigen, die Tür öffnete und nach drinnen verschwand. Immer, immer siegte meine Erleichterung darüber, sie zwischen den Autofahrten los zu sein, über die Neugierde.

Gefragt hatte ich sie nur ein einziges Mal, was es mit all dem auf sich hat. Das war beim allerersten Mal, am allersten Sonntag gewesen. Von ihrem darauf folgenden Wutanfall haben mir noch zwei Wochen später die Ohren geklingelt.

Außerdem war ich die ersten Monate sowieso viel mehr damit beschäftigt gewesen, auf alle Verkehrszeichen doppelt und dreifach zu achten, den Wagen unter Kontrolle zu halten und hinter jedem Busch einen Polizisten zu vermuten.

Ich war sechsundzwanzig, als Mama mir erklärte, dass ich endlich den Führerschein machen und mir ein Auto zulegen müsse. Sie meinte, heutzutage sollte jede moderne junge Frau einen fahrbaren Untersatz haben. Ich gebe zu, dass mich das ziemlich überraschte. Meine Mutter war sonst so gar nicht von den neuen Zeiten angetan. Aber natürlich gefiel mir der Gedanke schon, eine megacoole Autofahrerin zu werden. Mit Sonnenbrille auf der Nase und Zigarette in der Hand.

Ich kaufte also eine Zeitung und schaute mir Autoinserate an. Der Führerschein mit allem Drum und Dran hätte damals etwa tausendfünfhundert Euro gekostet. Und ein gebrauchtes Auto, auf das man sich halbwegs verlassen konnte, mindestens dasselbe.

Ich hatte keine dreitausend Euro und wusste außerdem, dass ich den Führerschein nie schaffen würde. Prüfungsangst, darum hatte ich ja mit sechzehn die Schule abgebrochen.

Und außerdem war da die Sache mit der Kupplung und der Gangschaltung. Als Tissi und ich noch beide bei Mama wohnten, hatte mich mal einer ihrer Verehrer hinter sein Lenkrad gelassen. Er meinte, ich dürfe ein bisschen mit dem Zündschlüssel spielen, während er meiner Schwester die Unterbodenschmierung zeigt, oder so ähnlich. Ich startete den Motor und legte einen Gang ein. Das Geräusch ließ einem das Blut in den Adern gefrieren. Das lag daran, dass ich vergessen hatte, die Kupplung zu treten, und das dürfe man nie! nie! nie! vergessen, wie Tissis Verehrer mir hinterher mit Gebrüll einimpfte. Tissi sprach zwei Monate lang kein Wort mit mir.

Für mich kam also nur ein Automatikauto infrage. Ich fand eines um zweitausend Euro, Baujahr zweiundachtzig, hundertdreißigtausend Kilometer drauf. Das war viel, ich kaufte es aber trotzdem, es war genau der Betrag, den ich aufbringen konnte. Die hundertfünfzig Euro für die Anmeldung stahl ich Mama aus ihrer Wäschelade. Anfangs habe ich mich auch geschämt dafür. Als ich aber draufgekommen bin, dass das ganze Autofahren nur Stress bedeutete und mir null Spaß machte und ich – selbst wenn ich Raucherin wäre – es nie schaffen würde, mit einer Zigarette in der Hand zu fahren, habe ich mich nicht mehr geschämt. Denn ich benutzte den Fiat für nichts anderes, als Mama auf ihren Sonntagsausflug und wieder zurückzubringen.

Mist, drei Tassen Kaffee waren eindeutig zu viel, wenn man danach stundenlang nicht aufs Klo konnte. Ich spähte aus sämtlichen Fenstern in alle Richtungen. Hinter mir war der Feldweg, vor mir die Hütte, links und rechts Büsche und Bäume. Vorsichtig schnallte ich mich ab, dann öffnete ich im Zeitlupentempo die Autotür. Die Hüttentür ließ ich währenddessen nicht aus den Augen. Auch nicht die Fenster, doch das war eigentlich unnötig, ich hatte die Fensterläden noch nie geöffnet gesehen.

Ich rutschte vom Sitz und ließ mich aus dem Auto auf die Wiese gleiten, actionfilmreif. Dort blieb ich eine Minute lang auf dem Hintern sitzen, mit zugedrückten Augen, jede Sekunde das Donnerwetter erwartend. Alles blieb still, nur die Vögel zwitscherten. Ich kam mir vor wie Bruce Willis, als ich über Gras und Erde kroch, halb auf den Knien, halb auf dem Bauch. Die Angst vorm Erwischtwerden war plötzlich übermächtig, ich richtete mich ein wenig auf und hechtete ins erstbeste Gebüsch. Es dauerte sicher eine Viertelstunde, bis ich endlich locker genug war, um pinkeln zu können. Wäre Bruce Willis wohl nicht passiert.

Ich zog die Hose hoch und wartete. Kam vielleicht doch noch ein Donnerwetter? Kaum zu glauben, dass Mama nichts bemerkt hatte. Ein bisschen Neugierde kroch jetzt trotz der Aufregung in mir hoch; was war dort in der Hütte, das meine Mutter derart ablenkte? Wahrscheinlich ein Mensch, oder? Jemand, den sie seit sechs Jahren besuchte und von dem niemand wissen durfte. Mama hatte mir am allerersten dieser Sonntage verboten, mit irgendjemandem darüber zu reden, vor allem nicht mit Tissi.

Anfangs war ich richtig stolz darauf gewesen, als Einzige in ihr Geheimnis eingeweiht zu sein. Obwohl ich ja streng genommen ganz und gar nicht eingeweiht war. Irgendwann hat der Stolz sich verflüchtigt, doch auch dann habe ich Wort gehalten und niemandem etwas verraten. Und auch Mama nicht mehr mit Fragen genervt. Überhaupt ging ich einer Konversation mit meiner Mutter am liebsten aus dem Weg.

Ich ging nicht zurück zum Auto, sondern kroch in den Büschen ums Haus herum, bis ich an der Rückseite angelangt war. Auch hier waren die Fensterläden verschlossen. Bei jeder anderen Frau hätte ich gedacht, dass sie eine Affäre hatte. Aber Mama hatte so was nicht, das wusste ich ganz genau. Mama fand Männer schlicht dumm. Sie meinte immer, sie könnte einen Mann höchstens noch dazu gebrauchen, um ihr Enkelkinder zu zeugen. Aber das kriegten ja weder ich noch Tissi auf die Reihe.

Ich wagte mich aus dem Gebüsch hervor, schlich gebückt zur Hütte und legte schließlich mein Ohr an das Holz. Nichts. Entweder war die Hütte absolut schalldicht oder die Menschen darin vollkommen ruhig. Vielleicht hielten sie irgendeine geheime Messe ab? Satansbeschwörung oder so, aber nein, Mama hatte Angst vor dem Teufel. Stimmte das überhaupt? Hatte meine Mutter überhaupt vor irgendetwas Angst? Oder war sie der Teufel selbst und wurde hier drin von ihren Anhängern gefeiert?

Ich stürzte zurück ins Gebüsch, rannte um die Hütte herum zu meinem Auto und kroch so schnell hinein, dass ich mir den Kopf am Lenkrad stieß. Ich schmiss die Tür zu, schnallte mich an, saß dann kerzengerade auf dem Sitz und wartete auf Mama. Mein Herz klopfte wie verrückt, und plötzlich wurde ich von dem Gefühl überwältigt, das dümmste und feigste Wesen auf Erden zu sein.

Und etwas wurde mir schlagartig klar: Die Tatsache, dass ich mich bisher nicht um den Inhalt der Hütte geschert hatte, hatte weniger was mit Desinteresse zu tun als vielmehr mit der Furcht, etwas wirklich Schlimmes darin zu entdecken, etwas, das meine Welt für immer auf den Kopf stellen würde.

Ja, aber warum denn nicht, Teddy, dann steht die Welt halt auf dem Kopf! Macht doch nichts! Wuuuurscht!

Die Hüttentür öffnete sich und Mama trat hinaus. Ich starrte sie gebannt an. Sie sah genauso aus wie vorher. Mit ihrem grauen Rock und ihrer glänzenden lila Bluse mit der lila Schleife, die um den Hals gebunden war. Sie sah tadellos aus, in keinster Weise so, als hätte sie gerade eine Orgie oder Ähnliches gefeiert.

»Mama …«, begann ich, als sie einstieg.

»Rede nicht, fahr los!«

Gehorsam drehte ich den Schlüssel. Der Motor sprang an, erstarb jedoch, bevor ich die Automatik auf R stellen konnte.

»Thaddääääaa …«

Ich drehte den Schlüssel noch mal, diesmal rührte sich gleich gar nichts.

»Thaddäa!«

»Ja, Mama! Was soll ich denn tun –?« Ich klang wie ein quiekendes Schwein.

»Thaddäa, fahr endlich!«, schrie meine Mutter mich an. Ich malträtierte das Zündschloss bis zum Gehtnichtmehr. Meine Hände zitterten, der Scheibenwischer ging an. Mama packte mit beiden Händen das Lenkrad und riss es in ihre Richtung, was zur Folge hatte, dass das

Lenkradschloss einrastete. Mein Hirn spulte sämtliche Kettensägemassakerstreifen und sonstige Schocker ab, in denen ein fehlender Zündschlüssel, durchdrehende Reifen oder simpler Benzinmangel die rettende Flucht verhinderten. Ein Schweißtropfen lief mir ins linke Auge, während ich verzweifelt versuchte, Mamas Hände vom Lenkrad zu lösen. Artikulieren konnte ich mich längst nicht mehr. Mama schrie. Automatisch flog mein Blick zur Hütte, da, die Tür bewegte sich, jetzt schrie auch ich.

»Fahr, Thaddäa!«

Ich kniff die Augen zu und drehte ein letztes Mal am Schlüssel. Der Fiat tuckerte an. Das Überraschungsmoment nutzend, stieß ich meiner Mutter den Ellbogen in die Seite, woraufhin sie endlich das Lenkrad losließ. Ich löste die Lenkradsperre, und wir rasten im Rückwärtsgang den Feldweg entlang, mit quietschenden Reifen schossen wir auf die Straße hinaus. Meine Mutter griff sich ans Herz. »Elendiger –«, stöhnte sie mit erstickter Stimme. »Ich sterbe, ich sterbe –«

»Mama …«

»Ich sterbe … mein Herz …«

»Ich ruf die Rettung!«

»Nein! Willst du mich umbringen? Gott, der Herr, versteht mich denn niemand? Bring mich einfach nach Hause!«

»Ja … Mama.«

An diesem Abend kam Punkt 6 auf meine *To-do*-Liste:

Finde endlich heraus, was in der Hütte ist!

Danach schob ich mir eine Lasagne in die Mikrowelle und schnitt mir die Haare.

Letzteres war keine gute Idee gewesen. Ich sah aus wie Prinz Eisenherz.

Ich ergänzte meine Liste um Punkt 7:

Geh zum Friseur!

11

Montagmorgen, neun Uhr. Ich saß beim Friseur, trank einen Espresso und sah mir Fotos von Stars an, auf denen sie einmal nicht perfekt aussahen. Die Bilder waren untertitelt mit: *Was ist Pam denn da eingefallen? Wie kann Charlize sich so aus dem Haus trauen? Kein Wunder, dass Jennifer noch immer keinen Neuen hat!* und *Christina, diese Augenringe sind echt peinlich!*

Ich sah mir jedes kleine Pickelchen und Fältchen auf den ach so schrecklichen Fotos an und wurde immer nervöser. Die Damen sahen ja trotzdem alle hundertmal besser aus als ich, selbst wenn ich herausgeputzt war. Schnell blätterte ich weiter.

Na, immer noch Single? wurde ich auf der nächsten Seite gefragt. *10 Regeln fürs erste Date.* Aufgeregt begann ich zu lesen. *1. Ziehen Sie etwas an, in dem Sie sich wohl fühlen. 2. Hören Sie doppelt so viel zu wie Sie selber reden.* (Warum denn das? Und wie würde ein solches Gespräch zwischen dem Piraten und mir ablaufen? Da könnte ich ja den ganzen Abend nichts reden!) *3. Selbst bezahlen ist unweiblich. Der Herr bezahlt.*

Das brachte mir alles nichts. Ich brauchte keine Ratschläge, wie ich mich bei einem Date zu verhalten hatte, sondern wie ich es überhaupt schaffte, an so ein verdammtes Date zu kommen.

»So, jetzt nehmen wir bitte die Brille herunter.«

Ich tat brav wie geheißen, und sah mein Antlitz samt Haarumrandung im Spiegel nur noch als verschwommenes weiß-braunes Riesenei.

Trotzdem beantwortete ich jedes »Und? Gefallen wir uns?« der Friseurin mit einem artigen »Mmhm«.

Ich hatte mich zu Strähnchen überreden lassen, das erste Mal in meinem Leben. Und irgendwie fühlte ich mich auch danach. Alles an mir schrie gerade förmlich nach Veränderung. Neuer Lebensabschnitt, neue Frisur. Da sprach wohl schon das Weibermagazin aus mir.

Als ich am Schluss die Brille wieder aufsetzen durfte, sah ich aus wie Prinz Eisenherz, der einen gewaltigen Haarhelm trug. Mit blonden Strähnchen.

»Und? Gefallen wir uns?«

Ich schluckte. »Mmhm.«

»Sehr schön ist das geworden, das neue Styling. Viel voluminöser als vorher. Richtig stolz bin ich auf das Styling. Sie sehen hundertmal besser aus als vorher.«

Ich zahlte sage und schreibe hundertdreißig Euro für das Vergnügen Schrägstrich Styling Schrägstrich, wenn die blöde Tussi noch einmal »Styling« sagt, köpfe ich sie. Ich verließ das Geschäft mit der Hand auf dem Kopf, um den Helm irgendwie unter Kontrolle zu bekommen. Tatsächlich hatte ich das Gefühl, dass er nach oben wuchs und wuchs, was mein schmales Gesicht in die Länge zerrte wie im Spiegelkabinett. Vielleicht sollte ich lieber mich selbst köpfen.

Geduckt schlich ich die Sieveringer Straße entlang. Batman lag auf dem Gehsteig und hechelte. Als er mich sah, rollte er sich auf den Rücken. Dankbar ließ ich mich auf die Knie fallen und raunte in seinen Hals: »Du magst mich immer, gell. Du bist der Beste. Ja, das bist du. Das bist du.« Zu meinem Entsetzen spürte ich Tränen in mir aufsteigen. Shiti, Heulen war das Letzte, was ich jetzt brauchen konnte. Prinz Eisenherz mit Schnapsnase. Ich streichelte Batman zum Abschied den Hals und huschte über die Straße, den Kopf praktisch zwischen den Knien. Bitte niemanden treffen. Bitte. Am *Libri Liberi* rannte ich mit abgewandtem Kopf vorbei und stieß vor dem Schuhladen mit dem Zahnarzt zusammen.

»Hoppla, wen haben wir denn da? Wenn das nicht meine Fahrschülerin ist …« Er zwinkerte mir zu.

Ich behielt die Hand auf dem Kopf und bemühte mich intensivst darum, entspannt und natürlich auszusehen.

»Haben Sie Kopfweh, meine Liebe?«

»Mmhm.«

»Und erblondet ist sie auch. Nein, so was …« Er griff sich eine meiner Haarsträhnen und ließ sie durch seine Finger gleiten. Mein Körper kribbelte von den Zehen bis zum Scheitel. Natürlich hatte der Zahnarzt keine Chance gegen den Piraten, aber er war nun mal der offiziell schönste Mann der Straße. Plötzlich liebte ich die blonden Strähnchen.

»Dann sehen wir uns also morgen um neunzehn Uhr, meine Liebe.«

»Mmhm.« Toll, wie schlagfertig ich heute wieder war.

Vollkommen verblödet grinsend betrat ich das *Schuh-Bi*. Man konnte gegen Be-De sagen, was man wollte, aber jedenfalls schaffte sie es immer, mich auf den Boden zurückzubringen.

»Igitt, Teddy, das wär aber nicht nötig gewesen. Du schaust aus wie die ärgste Proletin.«

Ich deutete mit dem Finger auf sie. »Weißt du was, Bonnie-Denise? Kann ja sein, dass das nicht dein Geschmack ist, aber gerade eben habe ich Dr. *Strohmann* getroffen und weißt du was? Ihm gefällt mein neues Styling ausgesprochen gut.« Dann schnippte ich mit den Fingern und schickte ein triumphales »Haha!« hinterher.

Be-De glotzte mich an. Stolz hielt ich ihrem Blick stand. Punkt 4 der *To-do*-Liste wäre hiermit erfüllt. *Lass dich nie mehr von anderen runtermachen!*

Ich drehte mich um und erschrak. Es dauerte eine Weile, bis ich begriff, dass die komische Alte, die vor mir stand, mein Spiegelbild war. Wurscht. Dem Zahnarzt hatte ich gefallen.

»Ach ja, für dich war jemand da«, riss Be-De mich aus meinen Gedanken.

Mein Herz schlug schneller. Der Pirat.

»Irgend so eine Aufgetakelte. Eine, die sich besonders schön vorkommt, dabei müsste man ihr nur die ganze Schminke aus dem Gesicht wischen, die Haare abschneiden und sie in einen alten Sack stecken, dann würden die Männer schon sehen, wie sie in Wirklichkeit aussieht.«

Vanessa.

»Sie hat gesagt, sie heißt Vanessa«, fuhr Be-De fort. »Und sie hat gesagt, dass sie eine seeeeehr liebe alte Freundin von dir ist. Hihihi, war das lustig, alt hat sie wirklich ausgesehen.«

»Sie ist genauso alt wie ich«, entgegnete ich würdevoll, irgendwie hatte ich das Bedürfnis, Vanessa zu beschützen.

»Das hab ich mir schon gedacht«, antwortete Be-De, ließ ihren Jane-Fonda-Pferdeschwanz hüpfen und ich dachte bei mir, dass Henry nach meiner Geburt mit dem Kinder zeugen hätte aufhören sollen. Was wusste so eine Fünfundzwanzigjährige denn schon vom Leben?

Ansonsten verlief der Arbeitstag recht ereignislos. Laut Be-De würde Vanessa mich erst am nächsten Tag im *Schuh-Bi* besuchen kommen, und gottlob ließ sich heute auch keine Tissi hier sehen.

Das Warten auf sieben Uhr war hart, ich hätte vieles dafür gegeben, zu wissen, was da auf mich zukam. Ich tröstete mich damit, dass der Pirat mich zumindest mögen musste, selbst wenn er mir heute Abend die Liebe seines Lebens vorstellen würde, denn wenn er keine Sympathie für mich hätte, dann würde er sich wohl kaum die Mühe machen. Zu was auch immer.

Um Punkt sieben sperrte ich das *Schuh-Bi* zu und ging die zwölfeinhalb Schritte zum *Libri Liberi* hinüber, diesmal mit offenen Augen, auch wenn es sich gleich weit weniger romantisch anfühlte als beim letzten Mal. Die Tür war geschlossen, ich zog sie auf und – erstarrte. Meine schlimmsten Befürchtungen waren wahr geworden. Und zwar noch viel, viel schlimmer als befürchtet.

Auf dem Schreibtisch des Piraten saß die schönste Frau der Welt. Tausendmal schöner als Tissi und Vanessa zusammen.

Sie war mittelgroß und schlank, die übereinandergeschlagenen Beine waren braun gebrannt und kaum von einem Minirock bedeckt. Ihre weiße, ärmellose Bluse war so weit geöffnet, dass sie guten Ausblick auf ein üppiges Dekolletee gab. Aber das Schönste war ihr Gesicht. Ingrid Bergman, nur mit Sommersprossen. Ich hätte alles, alles dafür gegeben, so auszusehen wie diese Frau, die wahre Frau des Piraten.

»Frau Kis«, begrüßte mich der Pirat in dem Moment. »Wie schön, dass Sie gekommen sind.«

Ingrid Bergman hüpfte vom Schreibtisch und kam auf

mich zu. »Hallo, ich bin Gisela.« Ihre Hand war glatt und kühl, ich schüttelte sie lange und wollte gar nicht mehr loslassen. Das also ist die berühmte Ausstrahlung, von der in Büchern immer die Rede ist. Aber diese Frau strahlte nicht einfach nur, es war, als würde sie von innen her leuchten.

Wie hatte ich nur annehmen können, dass der Pirat sich jemals für mich interessieren könnte, wo er eine Frau daheim hatte, die schimmerte, als wäre in ihrem Kopf eine Kerze angezündet worden.

»Ich bin Teddy«, sagte ich tonlos und ließ ihre Hand schließlich doch los.

Gisela lächelte extralieb. »Hallo Teddy, es freut mich sehr, dich kennenzulernen. Wir sagen einfach »du« zueinander, okay?«

»Okay«, flüsterte ich. Warum waren seit Neuestem alle diese Traumfrauen so nett zu mir?

»Ich bin lesbisch, Teddy.«

»Oooooh«, machte ich und runzelte die Stirn. Interessanterweise war meine Schlussfolgerung daraus, dass der Pirat dann schwul sein musste. Wahrscheinlich fügte ich deswegen ein »Ich verstehe« hinzu, obwohl ich in Wirklichkeit überhaupt nichts mehr verstand.

»Sigi hat mir von dir erzählt, und ich möchte dich gerne zu meiner Gruppe einladen.«

»Gruppe?«

Der Pirat räusperte sich. »Gisela leitet eine Selbsthilfegruppe für lesbische Frauen.«

Gisela gab ihm einen Klaps auf den Arm. »Teufel, was bist du für ein Idiot, Sigi. Selbsthilfegruppe ist natürlich Schwachsinn, wir sind glückliche, gesunde Frauen, die sich einfach einmal in der Woche treffen, um ein bisschen zu quatschen.« Sie wandte sich mir zu und meinte heiter: »Männer, tsssss.«

Der Pirat lachte leise, ich verstand noch weniger als zuvor, musste aber dringend meine Frage anbringen. »Herr Nemeth, sind Sie schwul?«

Er hob die Augenbrauen, schüttelte den Kopf und sagte dann: »Nein, es … es tut mir sehr leid.«

»Ich wollte dich keineswegs überfallen, Teddy«, meinte Gisela sanft.

Ich schüttelte den Kopf. Langsam sah die Sache wieder richtig gut aus. Ingrid Bergmann war lesbisch, der Pirat war nicht schwul und von irgendeiner Piratenbraut war auch keine Rede mehr.

»Dann sind Sie – bist du also gekommen, Gisela, weil ich lesbisch bin?«

Sie zuckte mit den Schultern, schien amüsiert zu sein. »Ich weiß nicht«, entgegnete sie. »Bist du's?«

Ich wusste nicht warum, doch ich wollte nicht gleich mit der Wahrheit herausrücken, stattdessen sagte ich: »Könnten wir uns kurz alleine unterhalten, Gisela?«

Beflissen öffnete der Pirat die Tür zu dem Eisentischzimmer, wir gingen hinein, und er schloss sie hinter uns.

Gisela und ich waren allein. Ich starrte auf ihr Dekolletee, sie legte den Kopf schief und lächelte mich an. Was jetzt … gefiel ich ihr?

»Ähm …«, begann ich, souverän wie immer.

Sie kicherte und flüsterte: »Du bist komplett verknallt in ihn, nicht wahr?«

»Äh, ich … äh, vielleicht …«

»Vielleicht? Die Untertreibung des Jahres. Die Liebe springt dir ja geradezu aus den Augen.«

»Dann weißt du also, dass ich nicht … naja –«

Sie machte eine wegwerfende Handbewegung. »Ach komm, hältst du mich für blöd?«

»Wieso glaubt *er,* dass ich lesbisch bin?«

»Weil er ein absoluter Hornochse von einem Mann ist. Teddy, der sieht ein Mädchen, das nicht allzu viel aus sich macht, sich ein bisschen unwohl in seiner Haut fühlt, das ihn an ein anderes Mädchen erinnert, das er mal gekannt hat, und schon ist die Geschichte für ihn klar.«

Aha, so war das also. Für ihn war ich ein hässliches Entlein, an dem das einzig Interessante war, dass man es retten konnte, indem man ihm klarmachte, dass es zu seiner Homosexualität stehen müsse. Der Pirat, der große Retter mit dem Helfersyndrom. Und ich hatte mir eingebildet, dass er sich in mich verlieben könnte, dass er mich begehrte. Mein Herz fühlte sich an, als hätte es jemand gepackt und ausgepresst. Mir wurde so schwindelig, dass ich mich auf die Tischplatte fallen lassen musste. Das Eisen quietschte, es klang wie ein empörter Schrei.

Gisela war so nett, von meinem trampeligen Verhalten abzulenken, indem sie die halbe, vergammelte Wurstsemmel nahm, sie in einen Eimer warf, der unter dem Tisch stand, und sagte: »Teufel, wie sehr ich das Chaos an dem Mann hasse.«

Ich wünschte sehnsüchtig, *ich* könnte so locker über den Piraten sprechen. »Wie lange kennst du ihn schon?«, fragte ich.

»Sigi? Dreizehn, vierzehn Jahre. Wir haben zusammen an der Uni begonnen.«

»Er hat studiert?«

»Ungefähr ein ganzes Semester lang, ja.« Sie rubbelte mit den Fingerspitzen über die Tischplatte und fragte: »Möchtest du wissen, wie er damals war?«

Ich schluckte. Dann nickte ich. Sie kam mir direkt überirdisch vor. Nicht nur wegen ihrer Ausstrahlung, sondern weil sie das erste Bindeglied zur Vergangenheit des Piraten war. Der erste Beweis dafür, dass es diesen Mann schon früher gegeben hatte.

»Also, Teddy«, sie verschränkte die Arme, »einen Knall hatte er immer schon. Er war besessen von der Idee, über die Literatur eine bessere Welt zu schaffen, die Leute zum Lesen zu bewegen. Quasi, wer liest, der ist ein guter Mensch. Ich glaub, so ganz ist er noch immer nicht dahinter gekommen, dass das der reinste Schwachsinn ist.«

»Aber wenn man nur edle Werke liest?«, warf ich vorsichtig ein.

»Blödsinn. Schau dir allein mal die Nazis an. Unter denen gab oder gibt es genauso Literaten wie Schauspieler, Komponisten oder sonst was. Die Kunst und deren Genuss ist kein Vorrecht der *guten* Menschen.« Sie besah sich ihre Fingernägel und meinte genussvoll: »Das wäre leider ein Riesenvorurteil.«

»Oh«, stieß ich plötzlich hervor. »Oh, hat er eine Freundin?«

Gisela runzelte die Stirn. »Schon seit hundert Jahren nicht mehr.«

Meine Knie wurden weich. Ich wusste, dass es hysterisch war, aber ich musste einfach heulen vor Freude.

»Hey, Teddy, immer mit der Ruhe. Tief durchatmen. Alles wird gut.«

»Mir geht's –«, ich schluchzte auf, »mir geht's eh gut. Das ist es ja.« Ich schniefte zweimal, dann platzte es aus mir heraus: »Warum trägt er die Augenklappe, Gisela?«

Sie lächelte. »Das herauszufinden liegt an dir.«

Ich starrte sie an. »Ich hab schon was herausgefunden.

Was wirklich Erschütterndes. Er hat die Seite gewechselt.«

»Ich weiß.« Sie nickte. »Das macht er jedes halbe Jahr. Verrückter Hund, aber was soll's.«

»Bitte sag es mir. Bitte.«

»Teddy, wenn du ihn wirklich liebst, dann lass ihn das machen, okay?«

Nein, nicht okay, aber was konnte ich schon dagegen tun. Ich biss mir auf die Unterlippe, hatte Angst vor der Frage, die ich gleich stellen würde. Und noch vielmehr Angst vor Giselas Antwort, aber ich musste es einfach wissen.

»Was?«, begann ich, »was hat er dir über mich erzählt? Außer dass ich – lesbisch bin.« Bei den letzten beiden Worten verzog ich unwillkürlich das Gesicht. O Gott, hoffentlich verstand Gisela mich nicht falsch und dachte jetzt, ich hätte etwas gegen Homosexualität. Doch Gisela lächelte mich an und drückte kurz meine Hand.

»Viel war es nicht. Er hat mich gestern angerufen und mir gesagt, dass er jemanden kennt, der Probleme mit der Identifikation hat. In so einem Fall rücke ich an.« Sie zuckte mit den Schultern. »Aber du, meine Liebe, bist eindeutig nicht lesbisch, und so verblendet wie Sigi kann nur ein Hetero sein.«

»Und was mach ich jetzt?«

»Du willst ihn. Also schnapp ihn dir.«

Sie sagte es, als wäre das die logischste Sache auf der Welt. Und die einfachste noch dazu.

»Ja, aber wie?«, stieß ich hervor.

Gisela schnalzte mit der Zunge. »Leicht wird's nicht. Nachdem er dich momentan für lesbisch hält –«

Ich schniefte. Gisela rüttelte mich. »Als Erstes hörst du

mal damit auf, in Selbstmitleid zu versinken. Damit ist jetzt Schluss, kapiert? Sigi braucht keinen Jammerlappen an seiner Seite, das ist er selber. Du musst die Starke sein, alles klar? Lass dich nicht so gehen, sei froh, dass du so bist, wie du bist. Andere werden ohne Beine geboren.«

»Und ich ohne Brüste.«

Schon zog sie mein T-Shirt in die Höhe. »Zeig!«

»Nein!«

»Glaubst du, ich will dich anbaggern?«

»Nein, aber ich geh auch nicht in die Sauna oder so …«

»Dann zeig mir wenigstens, wie die Dinger im BH ausschauen.«

Ich schloss die Augen, während sie ihr Urteil sprach: »Teufel, ist der laienhaft ausgestopft. Was ist das überhaupt? Anderer BH muss her.«

Sie hielt mich links und rechts an den Schultern, legte den Kopf schief und kniff die Augen zusammen. »Kannst du schwimmen?«

Fünf Minuten später hatte ich eine Verabredung mit dem Piraten. Für diesen Samstag, mit ihm und seiner kleinen Nichte im Freibad. Sie war sechs Jahre alt und wollte nicht in die Herrenumkleide. Der Pirat wiederum konnte schlecht in die Damenumkleide, und ganz alleine wollte er sie auch nicht lassen, also hatte Gisela versprochen, mitzukommen. Doch leider, leider hatte die gute Gisela – »ich unglaublicher Schussel« – bereits an diesem Tag einen anderen wichtigen Termin, den sie nicht mehr absagen konnte. Deshalb würde an ihrer Statt die liebe Teddy als weibliche Unterstützung mitkommen.

Es war ganz und gar unglaublich. Ich hatte ein Date mit dem Piraten.

12

»Und jetzt erzähl mir ein bisschen was über dich.«

Meine erste Reaktion war Abwehr. Noch nie hatte mich jemand dazu aufgefordert, über mich selbst zu reden. Nicht mal Hans, als ich mich für den Job im *Schuh-Bi* beworben hatte. Er bat mich lediglich, meinen Namen aufzuschreiben, weil er ein hundsmiserables Namensgedächtnis hatte. Am dritten Tag bekam ich einen Zweitschlüssel für den Schuhladen. Das hatte mir so gefallen an ihm. Er vertraute mir von Anfang an.

»Na?«, bohrte Gisela sanft nach.

Die Abenddämmerung setzte langsam ein und begann, den Himmel über unserer Parkbank zartgolden zu schattieren. Giselas Locken lagen wie ein leuchtender Flammenkranz um ihren Kopf. Warum nur hatte ich mir helle Strähnchen machen lassen – *rote* Haare, das wäre es gewesen. Ich räusperte mich.

»Nun ja, ich bin zweiunddreißig. Noch. Ende des Monats werde ich dreiunddreißig. Und ich, ich kenne den Pi-, Sigi seit vier Monaten. Seitdem er das Buchgeschäft hat. Und … nun ja –« Ich blies eine Menge Luft aus meinen Lungen. Fand, dass ich genug erzählt hatte.

Gisela war anscheinend anderer Meinung.

»Was machst du denn gerne?«, fragte sie.

»Gerne?«, wiederholte ich.

Sie lächelte. »Ich rede von Hobbys – auch wenn ich das Wort absolut doof finde. Aber zumindest weiß jeder, was damit gemeint ist.«

»Hobbys?« Womöglich war es ja mein Hobby, Worte zu wiederholen.

Gisela schaute amüsiert, sie wartete.

Am liebsten hätte ich irgendwas Tolles erfunden. Fallschirmspringen, Tontauben schießen, Kunstfilme anschauen, vegetarisch kochen – doch ich befahl mir, vernünftig zu sein, und sagte lediglich: »Fernsehen und essen.« Halb erwartete ich, dass sie sich über mich lustig machen oder verärgert sein würde, doch sie bohrte gleich weiter: »Und sonst? Was tust du an den Wochenenden?«

Ich spürte, wie meine Nackenmuskeln sich verkrampften. »Ich verbringe Zeit mit meiner Mutter.«

»Ist doch schön.«

Ich schüttelte den Kopf.

»Erzähl«, forderte sie mich auf.

Also erzählte ich. »Meine Mutter ist … anders. Ich glaube, das wollte sie auch immer sein. In allen Dingen. Bis zur Volksschule haben meine Schwester und ich keine anderen Kinder gekannt. Tissi ist ein Jahr älter als ich, und ich kann mich erinnern, wie glücklich sie in ihren ersten Schultagen war. Und dass ich das nicht verstanden habe, denn unsere Mutter hatte uns eingetrichtert, dass wir nichts Gutes in der Schule zu erwarten hatten. Und es hat sich bewahrheitet. Denn irgendwann ist Tissi vollkommen aufgelöst nach Hause gekommen. Sie hat sich in Mamas Arme geworfen und den ganzen Nachmittag geweint. Die anderen Kinder hatten vom Christkind geredet, und Tissi hatte gesagt, dass sie noch nie etwas von einem Christkind gehört hat. Worauf die anderen gemeint haben, dass sie wohl ein besonders schlimmes Kind sein müsse, wenn das Christkind ihr noch nie Geschenke gebracht hatte. Irgendwann später ist Tissi zu der Überzeugung gekommen, dass Mama an allem schuld sei, aber das habe ich nicht so gesehen. Mama hat mir immer leidgetan. Und außerdem ... ja, sie ist eben meine Mutter. Sie hatte es nie leicht.«

»Und warum gab es bei euch kein Christkind?«

Ich zuckte die Schultern. »Bei uns gab es gar kein Weihnachten. Wenn Tissi und ich gefragt haben, was die ganzen bunten Lichter in den Auslagen bedeuten, hat sie gesagt, dass das im Winter so gemacht wird, weil es früh dunkel wird und die Straßenbeleuchtung nicht ausreicht. Nach der Sache in der Schule hat sie uns erklärt, dass die Geschenke nicht das Christkind bringt, sondern die Eltern kaufen. Und dass sie kein Geld für einen Baum und Geschenke hat, weil unser Vater sie mit zwei kleinen Kindern sitzen gelassen hat. Als wir größer waren, haben Tissi und ich ihr ein bisschen Geld stibitzt und einen Christbaum gekauft. Und Kerzen und Schmuck. Das mit dem Geld ist ihr nie aufgefallen. Am Anfang hat sie natürlich Zeter und Mordio geschrien, doch mit den Jahren hat sie sich ans Weihnachtenfeiern gewöhnt und wehe, ich würde einmal den Christbaum vergessen. Natürlich zahle ich ihn jetzt immer von meinem Geld«, schob ich eilig hinterher.

Gisela sah mich lange an. »Und deine Schwester? Kommt sie noch immer mit zum Baumkaufen?«

Ich hätte beinahe gekichert. »Nein. Tissi ist mit neunzehn ausgezogen, um ihr ›eigenes Leben‹ zu leben. Mama und ich haben darin nichts zu suchen, außer sie hat Lust, ein bisschen Frust abzuladen. Sie ist wirklich hübsch, weißt du? Und ich halte es keine Sekunde im selben Raum mit ihr aus.«

»Und mit deiner Mutter?«

Ich zuckte die Schultern. »Mit meiner Mutter schon. Ich bin es gewohnt, mit ihr zusammen zu sein …«

»Gewohnt.« Gisela nickte. »Aber gut fühlst du dich nicht bei ihr?«

Ich wollte nicht zu sehr über meine Mutter schimpfen, also sagte ich nichts.

»Du bist zu bewundern.« Gisela stützte die Ellbogen auf die Knie.

»Ich?«, rief ich, beinahe entsetzt.

Sie nickte. »Eine Mutter, die ihre eigenen Kinder manipuliert, eine Schwester, die sich abgesetzt und dich quasi als einziges Kind dieser Mutter zurückgelassen hat. Und mittendrin du. Teufel, Teufel. Du musst die engelhafteste Geduld haben, die man sich nur vorstellen kann.« Sie drückte meine Hand. »Teddy, sag schon, was tust du dir Gutes?«

»Ich esse und ich schaue fern.«

»Und sonst?«

»Jeden Abend gehe ich zu Sigi und kaufe ein Buch.«

»Und sonst?«

Ich schüttelte den Kopf. Gisela auch. »Das reicht nicht«, sagte sie bestimmt.

»Dann sag mir doch bitte, was ich machen soll! Wie kann ich ihn kriegen? Wie muss ich sein?«

»Als Allererstes musst du dir darüber klar werden, dass du dich nicht nur für ihn ändern darfst. Sondern *für dich.*«

Ich schob diese Wortklauberei mit einer Handbewegung beiseite. »Ja ja, okay. Und wie kriege ich ihn?«

»Hast du mir zugehört?«

»Gisela, ohne ihn kann ich nie glücklich werden. Nie.«

Gisela lachte. »Teufel, Teufel, Mädchen. Pass auf, wir einigen uns auf Folgendes: Sorg du dafür, dass du dich mit *dir selbst* wohlfühlst, dass *du* glücklich bist. Dann ergibt sich die Sache mit Sigi von allein.«

Ergeben seufzte ich. »Na gut. Und schaffe ich das in fünf Tagen?«

Sie grinste. »Den Anfang schon.«

Ich fuhr mit der Straßenbahn nach Hause. Eigentlich wäre ich viel lieber zu Fuß gegangen, geflogen, doch es war nach acht, und Mama würde sowieso schon ein Spektakel veranstalten. Irgendwann würde ich dahin gelangen, dass es mir nichts mehr ausmachte, wenn meine Mutter wütend auf mich war. Dass ich ihr klipp und klar ins Gesicht sagen konnte, dass es sie überhaupt nichts anginge, ob ich um halb acht, um acht oder die ganze Nacht nicht nach Hause kam. Doch an diesem Abend hatte ich keinen Nerv dafür. Trotzdem kam ich mir ein bisschen heroisch vor, als ich, in der Straßenbahn sitzend, im Flüsterton Scarlet O'Hara zitierte: »Aber nicht heute. Verschieben wir's auf morgen.«

Danach rief ich mir noch einmal die wesentlichen Punkte ins Gedächtnis, die ich Gisela zufolge lernen sollte:

Auf meine Bedürfnisse zu hören.

Mich zu mögen.

Mir selbst Gutes zu tun.

Mich nicht unter Wert zu verkaufen.

Mich selbst zu akzeptieren und zu respektieren.

Und den Mut zu haben, Dinge zu ändern, die den ersten fünf Punkten hinderlich waren.

Dazu gab sie mir ein paar Tipps. Einige davon klangen sehr simpel, wie etwa, dass ich beim Gehen auf der Straße öfter mal den Kopf heben sollte, mir bewusst die Welt ansehen, lächeln. Oder dass ich mir ein tolles Schaumbad gönnen sollte und danach eine duftende Bodylotion. Womöglich hatten die Frauenzeitschriften in diesem einen Punkt also doch recht.

Und dann kamen die drei Hammer: Ich sollte unbedingt mal in die Sauna gehen, ohne Handtuch, um ein gesundes Körperbewusstsein zu entwickeln. Und ich sollte ein paar kleine Flirts riskieren. Flirts! Ich! Und Mama und Tissi mussten klare Grenzen von mir gesetzt bekommen.

Ehrlich, ich hatte keine Ahnung, welche von den drei Aufgaben die unerfüllbarste war. Geschweige denn, welche der drei überhaupt eine Chance hatte, erfüllt zu werden.

Doch das alles war noch nicht das schlimmste. Das Schlimmste war, als ich in meiner Wohnung ankam und mir der fürchterlichste Gedanke überhaupt einschoss.

»Ist doch prima«, hörte ich Gisela sagen.

»Prima?« Ich starrte erst das Handy an, dann das Bild, das mir der Vorzimmerspiegel entgegenwarf. Titel: Dicke Trulla in Snoopyunterhose. Vielleicht war es nicht die beste Idee gewesen, mir hektisch die Klamotten vom Leib zu reißen und mich hysterisch vor den Spiegel zu werfen, nachdem mir klargeworden war, dass der Pirat mich in fünf Tagen in *Badesachen* sehen würde. Ich war vollkommen aufgelöst.

»Ist doch prima«, tönte es erneut aus meinem Handy.

»Gisela, gibt es Badeanzüge mit eingebautem Miederhöschen?«

»Teddy –«

»Oder eingebaute*n* Miederhöschen. Eines wird nicht reichen.«

»- das –«

»Welche Diät hilft am schnellsten?«

»- wirst –«

»Ich brauch eine Schönheits-OP!«

»- du –«

»Es gibt so Bademiederhöschen, ich hab das mal im Fernsehen gesehen.«

»- gefälligst –«

»Oder diese Baderöcke. Gibt's da auch welche bis zu den Knöcheln?«

»- bleiben –«

»Ich werde nichts mehr essen. Nichts mehr essen.«

»- lassen.«

»Was hast du gesagt?«

Gisela schnaufte. »Teufel, Teufel. Wenn du dir einen Mann angeln willst, für immer angeln willst, dann vergiss Diäten und Miederhöschen. Es sei denn, du hast vor, dich dein Leben lang zu kasteien. Was doch relativ schade wäre, oder? Also, wenn du es mit Sigi ernst meinst, dann bring ihn dazu, dich so zu mögen, wie du jetzt bist.«

Ich drehte den Rücken zum Spiegel und versuchte, einen Blick auf meinen Hintern zu erhaschen. Das ging leichter, als mir lieb war, da ich momentan ausschließlich aus Hintern zu bestehen schien. »Gisela«, fiepste ich, »niemand kann mich so mögen, wie ich bin. Ich mag mich ja nicht mal selbst.«

»Ha, siehst du«, kam es triumphierend aus dem Handy. »Und genau da müssen wir ansetzen.«

13

Was folgte, waren die vier härtesten Tage meines Lebens. Bis zehn Uhr vormittags im Bett liegen und vom Piraten träumen war gestrichen. Abends auf dem Sofa lümmeln war gestrichen. Futtern, was und so viel ich wollte, war gestrichen.

Ich stellte mir einen Stundenplan zusammen. Ausgehend von meiner eigenen Vorstellung einer Schnellverschönerung – die Tipps hierfür holte ich mir aus bunten, dünnblättrigen Magazinen – und Giselas Anregungen zur Festigung meiner Persönlichkeit.

6:30: Aufstehen, duschen. Und zwar diese schmerzhaften Wechselduschen, mal kalt, mal heiß.

Zum Frühstück eine Tasse schwarzer Kaffee, wobei der Sud auf die Oberschenkel kommt, als preisgünstiges Mittel gegen Cellulite. Dazu eine Scheibe Vollkornbrot belegt mit sogenanntem Putenschinken (Eine Pute verdient niemals den Beinamen »Schinken«!). Dazu zwei große Gläser Wasser.

7:15: Rein in die Laufklamotten und mit vollgepacktem Rucksack Richtung Schwimmbad joggen.

8:00: Als wahnsinniger allererster Badegast ins Becken hüpfen und zwanzig Längen schwimmen, bis es

8:30: ist. Dann Pause mit einem Viertelliter Multivitaminsaft oder kaltem Tee. (Der Tipp stammte von Gisela, damit ich vor Anstrengung nicht austrocknete.)

8:50: Noch mal ins Becken und wassertreten, wassertreten, wassertreten.

9:15: Sauna. Ohne Handtuch, um dieses gesunde und positive Gefühl für meinen Körper zu entwickeln. (Gisela)

9:35: Duschen, Haare föhnen, umziehen.

Wasser und Obst konsumieren. (Gisela: Flüssigkeit und Nahrungsaufnahme sind auch bei einer Diät wichtig, meinte sie.)

10:15: Flotter Spaziergang Richtung *Schuh-Bi* und dann endlich um

11:00: Arbeit!

19:00: Fahrstunde mit dem Zahnarzt. Kein Abstecher davor zum Piraten, er sollte sich bis Samstag verzehren (Gisela) – ich zumindest verzehrte mich.

20:30: Abendessen zu Hause – ungesund spät zwar, aber durch die Fahrstunden nicht anders machbar. Gedünstetes Gemüse (Fenchel und solche Leckereien).

Danach: Fernsehen. Wenigstens diese Sache musste mir bleiben, aber vom Boden aus, mit angespanntem Po und den Beinen in der Luft. Rauf, runter … rauf, runter …

Am ersten Tag war ich noch recht motiviert. Das Schwimmprogramm zog ich knallhart durch, was wohl auch daran lag, dass ich es *über* Wasser kaum im Badeanzug aushielt. Ich musste mir vor Samstag unbedingt noch einen neuen zulegen, irgendein Wunderteil, das mich in Richtung 90–60–90 quetschte, ich war bereit, all mein Geld dafür auszugeben.

Auf den Saunagang verzichtete ich an diesem ersten Trainingstag. Gezwungenermaßen. Da stand so großartig an der Tür geschrieben: *Einlass zu jeder halben und vollen Stunde*. Das passte absolut nicht in meinen Zeitplan, da hätte ich alles andere umändern müssen und das ging leider nicht. Jammerjammerschade.

Als ich schleppenden Schrittes um kurz vor elf in die Sieveringer Straße einbog, überlegte ich, ob ich kurz beim Piraten reinschauen sollte. Gisela wäre natürlich dagegen gewesen, klar, doch Gisela war ja nicht da. Ich hatte Seitenstechen und fühlte mich vollkommen dehydriert. Laufen konnte man das, was ich tat, längst nicht mehr nennen, nicht mal mehr schleichen. Ich schaffte es immerhin irgendwie, einen Fuß vor den anderen zu setzen und halbwegs die Spur zu halten.

Zwei Meter vor dem *Libri Liberi* steigerte ich das Tempo auf Zeitlupenjogging. Der Pirat sollte ruhig sehen, wie sportlich ich war, zu schnell durfte ich aber auch nicht sein, sonst hätte er ja gar keine Gelegenheit, mich zu sehen. Allerschönstes Zeitlupenjogging, laaaaangsaaaam, elegaaaaaant, Haaaaaallooooo, ich hob die Hand zum Gruß, setzte mein schönstes Lächeln auf und jooooooggte am Buchgeschäft vorbei. Der Pirat war nirgends zu sehen. Mist. Ich trippelte ein paar Schritte zurück und klebte meine Nase an die Glastür. Nichts.

»Guten Morgen, Frau Kis.«

Ich erschrak fast zu Tode. Und prallte mit meinem – trotz Frühsport immer noch erstaunlich schwabbeligen – Hintern an den Piraten. »Was machen Sie denn auf der Straße?«, stieß ich hervor, plötzlich wieder unglaublich außer Atem.

Er hielt ein paar leere Säcke hoch und zeigte auf die andere Straßenseite zu den Mülltonnen. »Ich habe mich alter Lasten entledigt.«

»Ach ja, verstehe.«

»Oh, und die letzten Minuten habe ich Sie bei Ihrem Morgensport beobachtet.«

Die letzten *Minuten*? »Ich, äh«, begann ich, »hatte eine Art Krampf, deswegen war ich ein bisschen langsamer, das passiert manchmal, wenn ich es mit dem Sport übertreibe, dann muss ich auch diese Armbewegungen machen …« Ich ruderte mit den Armen und fügte hinzu: »Das kann dann so aussehen, als würde ich winken.«

»Ja, so sieht es in der Tat aus.«

»Naja, jedenfalls freue ich mich auf Samstag. Freue mich sehr darauf, Ihre Nichte kennenzulernen.«

»Ich freue mich auch, Frau Kis.«

Geigespielende Engel waren im Anflug, ein wohliges Prickeln lief über meinen Rücken und Be-De steckte den Kopf aus dem Schuhladen.

»Teeeddy, hör endlich auf zu flirten und schieb deinen dicken Hintern ins Geschäft!«

»Wie kannst du vor anderen Leuten dicker Hintern zu mir sagen!«

»Du hast selbst gesagt, dass du einen dicken Hintern hast. Außerdem waren eh keine Leute auf der Straße.«

»Der Herr Nemeth war da!«

»Der Herr *wer*? Dieser Buchmann, dieser einäugige?«

»Sag nie wieder dicker Hintern zu mir.«

»Ich hab dich nicht so genannt, ich hab nur gesagt, dass du den dicken Hintern endlich reinhieven sollst.«

»Reinhieven?«

»Was kann ich dafür, dass er dick ist!«

»Du kannst dir deine Scheißehrlichkeit sonst wo hinschieben, *Be-De*!«

»Hast du grad *Bidet* zu mir gesagt? Weißt du überhaupt, was ein Bidet ist?«

»Natürlich weiß ich das. In ein Bidet kann ich meinen fetten Hintern quetschen!«

»Jetzt krieg dich mal wieder ein!«

»Krieg du dich wieder ein, *Be-De*!«

»Wenn du noch einmal Bidet zu mir sagst, kündige ich.«

»Wenn du noch einmal fetter Hintern zu mir sagst, kündige *ich*.«

Danach kehrte Waffenstillstand ein, kündigen wollten wir beide nicht. Zwei Stunden lang redeten wir kein Wort miteinander, ich bediente zwei Kunden in der Zeit und Bonnie-Denise drei. Der *fette Hintern* nagte an mir. Was widersinnig war. Besser wäre gewesen, an dem fetten Hintern wäre genagt worden. Als die kleine Melli – vorne eine Eistüte, hinten die Mama – hereingetänzelt kam, überließ ich sie Be-De und flüchtete auf die Straße. Batman war ein guter Zuhörer, und er versuchte sein Bestes, mein Leid mit einem kräftigen Zungenschlecken quer über meine Brille wegzuwischen.

»Dir ist es egal, wie ich ausschaue, gell. Du bist der Einzige, dem das wirklich egal ist.« Ich sage ja, im Selbstmitleid war ich ganz groß. Mit einem Ruck stand ich auf. Batman schnüffelte an meinen Waden. Ich winkte ihm zum Abschied zu und marschierte schnurstracks um die Ecke und in die Apotheke hinein.

»Abführtabletten«, schnaufte ich grantig, was der Pharmazeutin gegenüber unfair war, denn sie konnte ja weder etwas für meine Misere noch dafür, dass sie selbst hübsch und dünn war.

Sie legte ihren Porzellanpüppchenkopf schief, deutete

ein gekünsteltes Lächeln an. »Was haben Sie denn für Beschwerden?«

»Was glauben Sie?«, erwiderte ich und kam mir unsinnigerweise verdammt cool dabei vor.

Die Dame holte ein kleines grünes Döschen aus einer Lade und musterte mich ernst. Erst meine Mimik, dann meine Hüften. »Sie wissen schon, dass Abführmittel bei längerfristiger Anwendung die Darmflora schädigen und außerdem ein Gewöhnungseffekt einsetzt. Nehmen Sie auf keinen Fall mehr als zwei Stück, vor dem Schlafengehen. Sollten die *Beschwerden* anhalten, müssen Sie einen Arzt aufsuchen.« So, wie sie mich angesehen und außerdem das Wort Beschwerden betont hatte, musste ich annehmen, dass sie mir etwas unterstellte. Zum Beispiel absichtlich Durchfall herbeiführen, um schneller abzunehmen, oder irgend so etwas absolut Abwegiges. Augenblicklich brannten meine Wangen und meine Hände zitterten, als ich das Wechselgeld entgegennahm. Als ich die Apotheke verließ, kam ich mir vor wie ein Junkie, der vor der Polizei flüchtete.

Die Beute in meiner Faust versteckt, kehrte ich ins *Schuh-Bi* zurück. Be-De war eifrig damit beschäftigt, Mellis Mama Erziehungstipps zu geben, während Melli selber Turnübungen auf meinem Hocker vollführte, so dass ich ungestört hinter den Vorhang schleichen konnte.

Wenn Sie vor dem Schlafengehen 1–2 Dragees einnehmen, tritt die Wirkung nach etwa 10 (8–12) Stunden ein. Am nächsten Morgen können Sie mit einer oder zwei weichen Stuhlentleerungen rechnen.

Aha. Ich sah auf die Uhr. Kurz vor eins. In acht Stunden war es neun. Da sollte ich zu Hause sein. Doch, was wenn die Wirkung erst nach zwölf Stunden einsetzte? Und ich im Schlaf überrascht wurde? Die Sache musste also beschleunigt werden. Kurz entschlossen öffnete ich die Dose und schüttete mir drei Dingelchen auf die Hand. Ich schluckte sie trocken runter. Und dann noch drei. Eine normale Darmentleerung würde nicht reichen, ich musste schließlich abnehmen dabei.

Als Be-De fünf Minuten später ihre Sachen gepackt hatte und gehen wollte, traf sie an der Tür auf Vanessa.

»Teddy, deine *Freundin* ist da«, war das Letzte, was ich an dem Tag von ihr hörte.

»Zickenkrieg?«, fragte Vanessa, während sie die Luft neben meinen Wangen küsste.

»So was in der Art«, antwortete ich und stellte erstaunt fest, dass ich plötzlich Schuldgefühle Be-De gegenüber hatte. Schließlich war sie seit zwei Jahren so etwas wie meine beste Freundin. Dass ich jetzt drauf und dran war, mit meiner neuen Freundin Vanessa über sie zu reden, womöglich zu stänkern, gefiel mir nicht.

»Tja, daran wirst du dich gewöhnen müssen«, orakelte Vanessa.

»Wie meinst du das?«

Sie setzte sich auf das Ledersofa, schlug die Beine übereinander und rückte sich die Sonnenbrille am Scheitel zurecht. »Wie eine hängengebliebene Schallplatte«, sagte sie dann.

»Meinst du mich damit?«, fragte ich unsicher.

Sie lachte. »Nein, die Musik. Jedes Mal, wenn ich hier reinkomme, läuft ›Girl from Ipanema‹.«

Ich lauschte. Tatsächlich. Was hatte Sinatra nur für einen Narren an Vanessa gefressen? Doch sollte er ruhig weiter das Ipanema-Girl aus ihr machen, solange nur mir »My Way« blieb.

Ich setzte mich neben sie.

»Was hast du vorhin gemeint? Dass ich mich daran gewöhnen muss …«

»Teddy, du reifst soeben zum Schwan, merkst du das nicht? Vor drei Tagen warst du noch eine Ente, aber dieses Stadium hast du nun überwunden. Dein Gesicht hat sich verändert. Als hättest du neue Erfahrungen gemacht. Bereichernde Erfahrungen. Jede Frau macht diese Metamorphose im Laufe ihres Lebens durch. Manche früher, manche später, manche nur zum Teil und manche in voller Pracht. Zu denen gehörst du, Teddy. Und deine kleine Kollegin anscheinend nicht.«

Ich runzelte die Stirn.

Vanessa beugte sich vertraulich zu mir. »Du reifst, du reifst, das traurige Gänseblümchen metamorphosiert zur prachtvollen Pfingstrose, verstehst du mich?«

Ich verstand, dass sie mir damit ein unheimlich tolles Kompliment gemacht hatte, auch wenn ich bezweifelte, dass ein Gänseblümchen sich zur Pfingstrose auswachsen konnte, aber ich war keine Botanikerin und daher nickte ich dankbar.

»Vielleicht ist es ja auch so, dass du einen besonders faszinierenden Mann kennengelernt hast? Kann das sein?«, wollte Vanessa wissen.

»Ich … ich, dein Chef, der Dr. Strohmann, er gibt mir Fahrstunden ab heute Abend.« Warum erzählte ich ausgerechnet Vanessa davon? Wo sie Strohmann doch gut kannte! Und warum um Himmels willen redete ich überhaupt vom Zahnarzt?

Vanessa hingegen schien ganz entzückt, aus meinem Mund von ihrem Chef zu hören. »Ach, er ist ja so nett. Und ein wahres Bild von einem Mann.«

»Und seid ihr beide … ich meine –« Was ging mich das an? Das sollte mich gar nicht interessieren!

»Gott, nein, das würde ich nie. Er ist mein Chef, das ist alles. Aber natürlich ist er außerdem noch ein faszinierender, vertrauenswürdiger Mann. Nicht mein Typ, aber an deiner Stelle wäre ich durchaus interessiert.«

»Was sollte er schon an mir finden?«

»Teddy, du *metamorphosierst* gerade, verstehst du nicht? Das spüren die Männer, das wollen die Männer.« Sie tätschelte meinen Arm. »Und jetzt zeig mir ein bisschen deinen Laden, ja? Mich würde zu sehr interessieren, was sich hinter dem Vorhang verbirgt.«

Die Frau der schnellen Themenwechsel. Ich hätte viel lieber weiter über meine wundersame Reifung geredet und vielleicht auch ein bisschen über den Zahnarzt, wollte aber nach den vielen aufbauenden Dingen, die sie zu mir gesagt hatte, nicht undankbar erscheinen. Also führte ich sie nach hinten, wo sie auf der Stelle begann, die Schuhschachteln zu inspizieren.

»Das müssen ja Tausende sein«, flüsterte sie ehrfürchtig. »Und du weißt bei jeder Schachtel, was drinnen ist?«

»Nun ja, eher nicht, nein. Links hinten haben wir die Kinderschuhe, davor die Herrenschuhe und auf der rechten Seite die Damenschuhe. Und aus diesen drei Gruppen sind dann noch mal alle in Untergruppen geteilt. Sportschuhe, Sandalen, Halbschuhe, Schnürschuhe, Stiefel, Hauspatschen –«

»Und ist auch noch was aus früheren Saisons dabei?«

»Ja natürlich, wir machen zwar einmal im Jahr Inventur, sind aber immer nur zu zweit dabei. Und viel Zeit ist nie dafür. In die untersten Schachteln hat vermutlich seit Jahren kein Mensch geschaut.«

Vanessa umarmte mich.

»Ach, ich wünschte, ich dürfte das. Schuhe sind ja meine Leidenschaft. Darf ich? Darf ich?«

Wie hätte ich ihr einen Wunsch abschlagen können, wo sie mir doch gerade gesagt hatte, dass ich metamorphiere, oder wie auch immer das hieß.

Während ich im Laufe des Nachmittags neun Kundschaften bediente, einmal vier gleichzeitig, den Rest zum Glück hintereinander, wühlte Vanessa sich durchs Lager. Um halb sieben erklärte ich ihr, dass ich abschließen müsse, und sie erklärte mir, dass sie die Hälfte der Schachteln durchhätte und am nächsten Tag für den Rest wiederkommen wolle.

»Suchst du nach was Bestimmtem?«, fragte ich zum zehnten Mal.

»Nach Schuhen«, flötete sie zum zehnten Mal und segelte hinaus. Natürlich kam mir ihr Verhalten komisch vor, und einige Male war ich knapp davor, sie zu fragen, ob sie nur deswegen so nett zu mir gewesen war, um hinterher in den Schuhen graben zu können. Doch ich brachte es nicht übers Herz, unsere Freundschaft – so sie denn eine war – durch mein Misstrauen aufs Spiel zu setzen.

Ich sah auf die Uhr, achtzehn Uhr fünfunddreißig. In fünfundzwanzig Minuten würde der Zahnarzt hier erscheinen, mit meinem neuen Peugeot. In zwanzig Minuten würde ich mich vor das *Schuh-Bi* stellen und auf ihn warten. Konnte ja nichts schaden, wenn der Pirat mich zufällig sah. Mich und den Zahnarzt. Mich neben einem anderen begehrenswerten Mann.

Bis dahin verbrachte ich die Zeit mit Stolzieren und – nach einem kritischen Blick in den Spiegel – mit dem Schlucken dreier weiterer Abführdragees. Ich ließ die

Rollos herunter, um ungestört einen sexy Gang üben zu können. Was nicht leicht war in flachen Sandalen, doch was sonst hätte ich zur Fahrstunde anziehen sollen? Ich stellte mich vor die Tür und marschierte auf den Spiegel zu.

Kopf hoch, Brüstchen raus, Hintern rein und Hüften schwingen, Hüften schwingen, cha cha cha, sexy, sexy, sexy. Dann versuchte ich die ganze Nummer mit dem neuen Dreh, den Po zur Abwechslung mal nicht wegzuklemmen, sondern ihn, ganz im Gegenteil, zu präsentieren. Ich war Jennifer Lopez, naja, oder vielleicht Jennifer Lopez nach der Geburt ihrer Zwillinge, nur ohne Busen. Okay, ich war nicht Jennifer Lopez.

Das Problem mit diesen ganzen kurvigen Prominenten war doch, dass die trotzdem perfekt aussahen. Wen störten Kate Winslets Hüften, wo doch ihr Busen alles ins Gleichgewicht rückte? Und ihr Gesicht so wunderschön war, dass die Figur ohnehin nur Nebensache war? Steht zu euren Kurven, Frauen, haha, nur mussten die Kurven auch an den richtigen Stellen sitzen. Ich war frustriert. Be-De hatte recht, ich hatte einen fetten Hintern.

Aber verdammt noch mal, scheiß drauf, dann war es eben so! Dann war ich eben nicht perfekt. Dann passte ich eben nicht in das gängige Schönheitsklischee. Ich könnte ja Vorreiterin für ein völlig neues Frauenbild werden. Ich, Teddy Kis, ha! Ab jetzt würde ich meinen Hintern immer zeigen, extra zeigen, *po*sieren, wo ich nur konnte, vorne brüsteln, hinten *po*sieren, egal, was du hast, sei stolz drauf und zeig es. Carpe diem und kill mit deinem smile! Heute Abend würde ich alle Tricks und Kniffe am Zahnarzt ausprobieren, heute Abend würde ich mir selbst beibringen, wie man einen Mann verführt. Und am Samstag würde ich meine neuerworbenen Künste beim Piraten einsetzen und ihn im Sturm erobern. Veni, vidi, vici!

Es klopfte. Scheiße, viel zu früh!

Ich huschte zur Tür, drehte den Schlüssel im Schloss und öffnete sie. Der Zahnarzt zeigte sein schönstes Lächeln.

»Guten Abend, Herr Doktor, kommen Sie doch herein, ich hol nur noch meine Tasse, äh ... Tasse, äh –« Ich hastete hinter den Vorhang, nichts mit Schreiten. Absolut kopflos riss ich die verdammte *Tasche* an mich und hängte sie mir um. Wer hätte gedacht, dass ich genauso einen S-Fehler wie die kleine Melli hatte, nur dass es bei einer Dreijährigen irgendwie niedlicher war als bei einer Dreißigjährigen. *Zweiunddreißig,* Teddy, du bist verdammt noch mal *zweiunddreißig,* denk dran, wenn du da jetzt raus gehst, denk dran, dass du es mit *zwei-und-dreißig* nicht mehr nötig hast, dich wie eine Pubertierende aufzuführen.

Schreiten, schwingen, brüsteln, *po*sieren – schwungvoll riss ich den Vorhang zur Seite und schritt zurück zum Zahnarzt, meine Augen waren auf sein Lächeln gerichtet, und ich konnte spüren, wie verrucht mein Blick war. In genau diesem Moment knackste mein linker Knöchel um. Wie unwahrscheinlich ungeschickt musste frau sein, um in flachen Sandalen umzuknöcheln? Ich jaulte auf und riss die Arme zur Seite, um das Gleichgewicht zu halten. Wenigstens ein gelungener Telemark.

Strohmann sah sehr besorgt drein. »Haben Sie sich was getan, Teddy? Lassen Sie mal sehen.«

Und ehe ich es verhindern konnte, kniete er schon vor mir, das Gesicht auf Höhe meiner Lenden, und ich schickte innerliche Stoßgebete zum Himmel, dass die Hitze mich nicht in irgendeiner Form stinken ließ. Er tastete an meinem Knöchel herum, der eigentlich gar nicht wehtat.

»Kommen Sie, Teddy, wir müssen ihn kühlen.« Er richtete sich auf. »Sie haben doch wohl fließendes Wasser da hinten?«

Ich hatte das Gefühl, ihm für seine Mühe zumindest ein Humpeln zu schulden, und so hüpfte ich an seinem Arm zum Klo.

Im Stillen dankte ich Be-De dafür, dass sie auf einem WC-Erfrischer bestanden hatte, so stank es einfach nur penetrant nach Zitrone in dem engen Raum, und das war sehr gut so. Der Zahnarzt klappte den Klodeckel runter und setzte sich drauf. Mir bedeutete er, mich ans Waschbecken zu lehnen.

In der nächsten Sekunde lag mein linkes Bein auf seinem Schoß und Strohmann begann – meine *Wade* zu massieren. Danke, lieber Gott, dass ich einmal nicht zu faul gewesen war, mir die Beine zu rasieren. Strohmann war sehr vertieft in seine Arbeit, und mir fiel auf, wie männlich seine Hände aussahen, lange schlanke Finger, unter deren Haut die Adern durchschimmerten und auf deren Knöcheln kleine Härchen saßen.

Ich schluckte, viel zu laut und viel zu trocken. »Sollten wir nicht Wasser auf … auf den Knöchel tun?«, fragte ich und hatte sofort meine Mutter im Ohr: *Tun tut man nicht.*

»Wasser … jaaa«, gurrte der Zahnarzt. Es klang wie: »Zieh dich aus und lass es uns tun.« Ruhig bleiben. Das bildete ich mir alles nur ein, das bildete ich mir alles nur ein. Er benetzte meinen Knöchel mit kaltem Wasser. Seine Hose wurde etwas nass dabei, und ich musste ihn mir plötzlich nackt vorstellen. Was war bloß los mit mir? Nur weil der Mann so verdammt gut aussah, dass man sich ihm einfach an den Hals werfen musste? Ich wollte doch den Piraten! Als der Zahnarzt meinen Fuß losließ und sanft zurück auf den Boden stellte, war mir komplett schwarz vor Augen. Wie sollte ich heute Abend noch Auto fahren lernen?

Ich lernte es auch nicht an diesem Abend.

14

Nachdem ich das *Schuh-Bi* abgeschlossen hatte, führte mich der Doktor auf die andere Straßenseite, wo er den Peugeot geparkt hatte. Als wir an der Tierhandlung vorbeikamen, hüpfte Batman an mir hoch. Ich tätschelte seinen Kopf.

»Oh, der Hund mag Sie«, stellte Strohmann fest.

Ich nickte stolz. »Ja, wir sind ganz dicke Freunde – äh, also ganz feste … *gute* Freunde. Nicht wahr, Batman? Das sind wir, ja, das sind wir.« Batman schnüffelte an meinen Waden.

»Na dann, mein Süßer«, säuselte ich, »bis morgen!«

Doch Batman schnüffelte weiter. Und plötzlich versenkte er seine Schnauze zwischen meinen Beinen, als hätte ich dort seinen Futternapf versteckt. Ich stieß ein gequältes Lachen aus und versuchte Batmans Kopf zurückzuschieben und gleichzeitig so auszusehen, als wäre mir das Ganze überhaupt nicht peinlich.

Der Zahnarzt fixierte angestrengt einen Punkt über meinem Kopf: »Ich kannte auch mal einen Hund«, begann er, während ich Batmans Kopf mit beiden Händen packte und schnell feststellen musste, dass das geliebte Hundsvieh mir kräftemäßig weit überlegen war. Aus den Augenwinkeln sah ich Strohmanns Blick nach unten schweifen und gleich darauf wieder nach oben schnellen.

»Der Hund, den ich da kannte, der hatte die Angewohnheit, jedes Bein, das er sah, anzu-, er ... er glaubte wohl, dass das jeweilige Bein eine attraktive Hundedame ist. Ähm, was ich damit sagen will, ist, dass Hunde, also die Spezies Hund an sich manchmal ein durchaus eigenartiges Verhalten an den Tag legen kann, das wir Menschen, historisch gesehen und vor allem auch medizinisch gesprochen ...«

In dem Moment zog Batman seinen Kopf zurück, ich war frei. Der Zahnarzt unterbrach sich in der Sekunde und deutete nach links. »Da steht der Wagen.«

Der Peugeot war schwarz, was ich gar nicht glauben konnte. Ich in einem coolen, schwarzen Auto?

»Leider hat er keine Klimaanlage, aber die könnte man jederzeit einbauen lassen«, erklärte Strohmann, während wir uns auf die Sitze zwängten, er auf die Fahrerseite, ich daneben. Klimaanlage, wer brauchte denn so was? Der Peugeot hatte etwas viel Besseres.

»Da sind ja elektrische Fensterheber«, rief ich begeistert aus. Mama würde stolz auf mich sein, so was hatte sie immer gewollt.

»Vorne, ja«, erwiderte Strohmann. »Die Herrschaften auf den hinteren Plätzen werden leider zu kurbeln haben.«

»Das macht nichts. Hinten fährt eh nie jemand mit«, sagte ich automatisch.

Strohmann drehte den Zündschlüssel. Der Motor schnurrte, ich liebte das Auto.

»So, liebste Teddy, dann werden wir einmal loslegen. Ich werde auf die Höhenstraße auf einen Parkplatz fahren, dort werden wir die Plätze tauschen, und dann können Sie in Ruhe üben. Mit einer Gangschaltung sind Sie zumindest rein optisch ja wohl vertraut. Erster Gang links vor, zweiter Gang links zurück, dritter Mitte vor, vierter Mitte zurück, fünfter rechts vor und den Rückwärtsgang haben wir rechts hinten. Zum Losfahren nehmen wir immer den ersten Gang … ich hebe den linken Fuß, lasse die Kupplung ganz langsam kommen und der rechte Fuß am Gaspedal übernimmt, den linken Fuß habe ich jetzt ganz weg von der Kupplung … raus aus der Parklücke, blinken nicht vergessen und … linker Fuß auf die Kupplung und zweiter Gang, linker Fuß wieder weg von der Kupplung, rechter Fuß gibt vorsichtig Gas, raus aus der Gasse, blinken, vom Gas gehen, rollen lassen, ich kann im zweiten Gang bleiben, solange er rollt … und linker Fuß auf die Kupplung und dritter Gang, rechter Fuß gibt Gas, linker Fuß weg von der Kupplung. Alles klar?«

Ich starrte ihn an. *Liebste Teddy* hatte er gesagt.

Man kann sagen, dass ich die Fahrt zur Höhenstraße bis zu einem gewissen Punkt fast genoss. Es war schön, kutschiert zu werden. Noch dazu in diesem schwarzen, funktionierenden, elektrofenstrigen Auto, in dem die Haare des Zahnarztes im Fahrtwind flatterten. Mir fiel auf, dass seine Haut- und seine Haarfarbe sehr ähnlich waren. Irgendwie war beides dunkelblond. Oder ein sehr helles Nussbraun. Mein Magen knurrte, ich hatte viel zu wenig gegessen und plötzlich das Gefühl, auf der Stelle sterben zu müssen, wenn ich nicht sofort eine Nusstorte bekam. Dabei machte ich mir gar nichts aus Nüssen. Trotzdem wollte ich nichts lieber als ein dickes, cremiges Stück Nusstorte, und je länger ich den Zahnarzt ansah, desto dringender wurde das Bedürfnis.

»Woran denken Sie, Teddy?«

»An –«, und in dem Bemühen etwas besonders Geistreiches und Tiefgründiges von mir zu geben, sagte ich: »An einen Sommer wie damals.« Woher hatte ich *das denn*? Aus der Werbung? Doch zu meinem Glück schien der Zahnarzt mit der Antwort zufrieden zu sein, er hakte nicht nach und wandte sich dem nächsten Thema zu.

»Wollten Sie immer schon Schuhverkäuferin sein, Teddy?«

»Ich weiß nicht … ich glaube nicht.«

»Sie *glauben*?«

Ich räusperte mich. »Nun ja, ich … ich hab's nicht so mit Prüfungen, darum musste ich die Schule abbrechen, mit sechzehn … und damals habe ich gleich im *Schuh-Bi-Dubi-Du* angefangen. Gewollt habe ich wahrscheinlich nicht, aber heute bin ich ganz froh, es ist kein schlechter Job.«

»Und vermissen Sie Ihren Chef, den Hans?«

Ich nickte. »Ja, schon. Er war lustig und … und gut.«

»Stimmt es denn, dass er Sinatra kannte?«

»Oh ja, sie haben sich eine Nacht lang gekannt.« Und zum zweiten Mal innerhalb weniger Tage erzählte ich die *Story* von der Namensgebung des *Schuh-Bi-Dubi-Du*.

Der Zahnarzt runzelte die Stirn. »Erstaunliche Geschichte. Und die Andenken hat er im Geschäft aufgehängt?«

»Mmhm, aber kurz vor seinem Tod hat er sie abgenommen.«

Der Zahnarzt warf mir einen Blick zu. »Und warum das?«

Ich schüttelte den Kopf. »Das hat er mir nie verraten. Manchmal war der Hans sehr eigenbrötlerisch, wissen Sie? Er meinte nur, ich solle mir keine Sorgen machen, er würde sie schon wieder aufhängen. Aber dann ist er gestorben.«

»Verstehe«, sagte der Zahnarzt gedehnt. »Dann hat er sie wahrscheinlich versteckt, oder? Vielleicht«, er schnippte mit den Fingern, »haben die Sachen den Schuhladen ja nie verlassen.«

Ich zuckte mit den Schultern.

»Sie haben Glück«, fuhr der Zahnarzt fort, »dass ich mir nichts aus Sinatra mache.«

»Wieso hab ich da Glück?«

Er lachte. »Na, weil ich sonst sicher einen Tunnel von meiner Praxis in Ihr Geschäft graben würde, hahaha.«

Ich runzelte die Stirn. Das also wollte er von mir, ich sollte ihm Hans' Schatz ausgraben. Deshalb das ganze Wadenmassieren und Autoschenken, deshalb die »liebste Teddy«. All das hatte rein gar nichts mit meiner neuen Ausstrahlung zu tun. Ha, was für eine neue Ausstrahlung überhaupt? Vor lauter Frust bekam ich Bauchschmerzen.

Er bog auf einen Parkplatz ab, auf dem sonst noch drei andere Autos standen. Von den Besitzern war nichts zu sehen.

»Sodala, liebste Teddy, jetzt sind Sie an der Reihe. Mit frohem Mut ran an die Maschinen.«

»Ich kann das Auto nicht annehmen«, sagte ich mit belegter Stimme. Sollte Mama mich doch fertigmachen, auf keinen Fall, auf gar keinen Fall, würde ich mich auf diesen schrecklichen Tauschhandel einlassen. Nicht in tausend Jahren würde ich Hans' geliebte Sinatrasammlung einem Unwürdigen geben, nicht für alle Autos dieser Welt.

»Was soll das heißen?«

Natürlich begann ich zu stammeln. »Ich äh, ich glaube, Sie wollen … Sie sind nur interessiert an der … Sie wollen die Sachen von Frank Sinatra – natürlich, ich hab natürlich auch nie angenommen, dass Sie mir einfach nur so ein Auto geben würden, und natürlich steht Ihnen dafür etwas zu, sehr vieles natürlich – aber es tut mir sehr leid, das kann ich nicht … und außerdem«, fügte ich hinzu, »weiß ich auch gar nicht, wo sich die Sachen befinden, also kann ich es tatsächlich nicht, nicht mal wenn ich wollte. Was ich aber eh nicht dürfte, das wäre Hans gegenüber nicht fair … ich, es tut mir sehr leid, ich werde jetzt aussteigen –«

Doch ich stieg nicht aus. Etwas am Gesichtsausdruck des Zahnarztes hinderte mich daran. Seine Lippen waren leicht geöffnet, die Augenbrauen nach oben gezogen, so dass auf seiner Stirn kleine Fältchen lagen.

»Teddy«, stieß er hervor. »Oh Teddy, sagen Sie nichts mehr. Ihre Vermutungen treffen mich hart. Ich habe doch nur ein Gesprächsthema gesucht, bei dem Sie sich wohlfühlen. In keinster Weise wollte ich mich irgendwie durch Sie bereichern und ich darf Ihnen versichern – bei allem, was mir heilig ist –, dass ich keinerlei Interesse an Sinatra habe. Sollte man mir Hintergedanken irgendeiner Art in Bezug auf Sie vorwerfen können, so hätten sie jedenfalls nichts, aber auch gar nichts Materielles an sich.«

»Hintergedanken in Bezug auf … mich?«, stotterte ich. Und fügte hinzu: »Was für welche denn?« Sosehr ich den Piraten auch liebte, war es verwerflich, dass ich mich ein einziges Mal in meinem Leben als Sexobjekt fühlen wollte? Natürlich hatte ich nicht vor mitzumachen – ich war schließlich die Braut des Piraten –, aber an diesem Abend im Auto wollte ich um jeden Preis, dass der Zahnarzt mich *wollte*.

»Ach, Teddy«, antwortete er, »wissen Sie denn nicht,

dass ein hartes Wort aus Ihrem Mund mich mehr verletzt, als eine Waffe es jemals könnte?«

Ich musste die Lippen zusammenpressen, um mich daran zu hindern, irgendeinen Unsinn daherzuplappern. Wen interessierte es schon, was der Zahnarzt tatsächlich von mir wollte? Das was er sagte, war so romantisch, dass ich mir vorkam wie Jane Eyre an der Stelle, wo Mr. Rochester sich ihr endlich offenbarte.

»Es tut mir leid«, flüsterte ich, »ich wollte Sie nicht verletzen.«

Er nahm meine Hand und zog sie an seine Lippen. Er hielt den Blick auf mein Gesicht gerichtet, als er einen Kuss auf meine Handinnenfläche gab. Ja richtig, die Hand*innenfläche*! Das hatte nichts mehr mit Galanterie zu tun, das war … Sex. Mehr Sex als Mr. Rochester auf fünfhundertfünfzig Seiten zustande brachte. Und diese nussblonde Ausgabe von Traummann sah mich immer noch an. Ich musste etwas tun!

Ich grinste. Von einem Ohr zum anderen. Gar nicht mehr aufhören konnte ich. Ich grinste so lange, bis ich Gefahr lief zu heulen. Da endlich ließ der Zahnarzt meine Hand los. »Jetzt wollen wir die Plätze tauschen, hmm?«

»Mmhm«, machte ich und stolperte aus dem Wagen. Shiti, Shiti, Shiti, was war das nur, was sollte ich tun, wie sollte ich das hier überleben, war ich verliebt? Ja, in den Piraten natürlich! Aber der Zahnarzt, war er? War er in mich –? Shitiiiiiiiii…

Als ich mich auf den Fahrersitz sinken ließ, musste ich schon wieder grinsen. Shit, verfluchter, hör doch endlich auf damit!

»Haben Sie sich gemerkt, was ich Ihnen über die Gangschaltung erzählt habe?«

»Mmhm.«

»Dann bitte den linken Fuß auf die Kupplung, den rechten auf die Bremse, den ersten Gang einlegen – nein, nein, nicht so, mit Gefüüühl, mit Gefüüühl … machen wir es gemeinsam … jaaa, spüren Sie meine Hand? Jaaa, so ist es gut, jaaa …«

Ich würgte das Auto vierzehn Mal hintereinander ab. Danach nahm der Zahnarzt die Hand von meiner und meinte, es wäre wohl besser, morgen weiterzumachen. Ich war derselben Meinung.

Er brachte mich nach Hause. Ich bemühte mich, geradeaus durch die Windschutzscheibe zu schauen, doch in Wirklichkeit schielte ich dauernd nach links. Sein Gesicht war so entschlossen, alles an ihm drückte Manneskraft und Selbstvertrauen aus. Er sah so völlig anders aus als der Pirat.

Vielleicht würden sich zehn von zehn Frauen für den Zahnarzt entscheiden, ich jedoch war die Elfte. Für mich war der Zahnarzt der Spatz und der Pirat die Taube oder so ähnlich. Als mir klar wurde, dass die dicke, ungeschickte Teddy Kis den schönen, begehrten Hubertus Strohmann gerade als »Spatz in der Hand« bezeichnet hatte, musste ich nach Luft schnappen. Ich lehnte den Kopf aus dem Fenster, hatte jedoch vergessen, das Fenster zu öffnen. Ich erschrak selbst über das laute »Klong«.

»Haben Sie sich was getan, Teddy?«

Ich spürte seine Hand auf meinem Knie. Ich schüttelte den Kopf, und die Hand fing an zu kneten. Da bekam ich es doch mit der Angst zu tun. Was wenn er sich jetzt wirklich auf mich stürzte? Ich konnte doch nicht – der Pirat … Seine Hand knetete weiter. Vielleicht stand er einfach auf Fett. Es gab doch solche Männer, oder? Die mästeten ihre dicken Frauen, damit sie noch dicker wurden und noch mehr zum Greifen da war. Ja, bestimmt war es so.

Und ich war dafür natürlich eine hervorragende Kandidatin. Erstens war ich von Natur aus dicklich, und zweitens erkannte doch ein Blinder, wie leicht ich zu beeinflussen war. Ein Mann wie der Doktor brauchte doch nur mit dem Finger zu schnippen und »friss« zu sagen, schon würde ich die Nusstorte in mich reinstopfen. Und noch ein Stück und noch ein Stück, Gott, ich war so hungrig, ich könnte in einer Torte baden. Und danach ein ganzes Wildschwein essen, so wie Obelix es am Schluss immer tat, das hatte ich schon immer gewollt. Ein goldbraun gegrilltes Wildschwein … in meinem Bauch gurgelte es.

Ich wurde stocksteif.

»Was war denn das?«, fragte der Zahnarzt und nahm die Hand von meinem Knie.

»Keine Ahnung … der Peugeot?« Da gurgelte es wieder. Ich hielt den Atem an. Aus dem Gurgeln wurde ein Grollen. Ich drückte die Hand auf meinen Bauch, spannte die Pobacken an, musste wahnsinnig dringend – verdammt! Ein Pups! Zum Glück ein leiser, aber das sind ja die schlimmsten! Ich presste meinen Zeigefinger auf den Fensteröffner. Der Zahnarzt ächzte. Dann würgte er.

»Meine Güte, Teddy, schließen Sie nur schnell das Fenster. Da draußen stinkt es ja bestialisch.« Er würgte noch einmal. »So was habe ich in meinem Leben noch nicht gerochen. Der Gestank muss direkt aus der Hölle kommen!«

In meinem Bauch stach es fester und grollte es lauter. Verzweifelt drückte ich meine linke Hand dagegen, während meine rechte zunehmend panisch den Fensterknopf drückte.

Lieber Gott, bitte, mach, dass es aufhört, bitte. Ich verspreche, ich werde nie wieder, nie wieder Abführmittel nehmen! Das Stechen wurde tatsächlich leichter, sogar das Grollen senkte die Lautstärke. Wohl deswegen, weil die ganze Schose in meinem Darm weiter in Richtung Ausgang gewandert war. Da wollte eindeutig was raus. Dringend. Aber keine Luft. *Material.*

»Woran denken Sie, Teddy?«

»An einen Sommer wie damals«, quetschte ich hervor und ließ das Fenster erneut herunter.

Wir fanden einen Parkplatz direkt vor meinem Haus. Ich stieß die Tür auf. Der Zahnarzt legte seine Hand auf meinen Arm. »Ich fand es sehr schön heute Abend, Teddy.«

Ich versucht zu lächeln. Wenn ich nicht gleich auf ein Klo kam, dann –

»Und ich finde Sie schön, Teddy.«

Ich schluckte. Und musste vor lauter Aufregung direkt wieder pupsen. »Bis morgen dann«, hauchte ich und stieg aus dem Wagen – heilfroh, dass ich das Fenster noch mal geöffnet hatte.

Ich rannte über die Straße und galoppierte das Stiegenhaus hoch.

Nie wieder! Nie, nie wieder Abführtabletten! Eineinhalb Stunden hatte es gedauert, bis ich endlich unter die Dusche konnte. Ehrlich, das war es nicht wert.

Nach der Dusche rekapitulierte ich noch einmal die Geschehnisse des Abends. Der Zahnarzt fand mich schön, das sagte er zumindest. Warum musste mir das so imponieren? Da hatte ich den feingeistigen Piraten, der die Geschichte von Hans und Frank Sinatra in all ihrer großartigen Bedeutung verstanden hatte, der sensibel und tiefgründig war, den ich seit vier Monaten *liebte,* den ich heiraten wollte, für dessen Eltern ich der Welt beste Schwiegertochter werden wollte, und dann ließ ich mich von ein paar gesäuselten Worten und dem bisschen Hand auf meinem Knie derart schwer beeindrucken. Dabei mochte der Zahnarzt nicht mal Frank Sinatra. Also bitte!

Vielleicht war das Problem aber auch, dass ich den Piraten eben *nicht hatte,* ich hatte ihn einfach nicht, und konnte auch nicht sagen, ob ich ihn jemals haben würde, wohingegen der Zahnarzt … tja, eben der Spatz in der Hand.

Außerdem war der Zahnarzt Mr. Rochester, er war leidenschaftlich und … ja, und was? Ich stellte mich seitlich zum Spiegel. Mein Bauch und mein Hintern standen genauso weit raus wie immer. Und das obwohl ich den Hunger meines Lebens hatte.

Eine knappe Stunde später war mir wieder schlecht. Ich hatte sämtliche tiefgekühlte Fleischvorräte in eine Pfanne geschmissen und aufgegessen. Danach hatte ich eine tiefgekühlte Tiramisutorte in die Mikrowelle befördert, um sie anschließend schaufelweise in mich reinzustopfen. Außen zerronnen, innen steinhart. Die Zähne taten mir weh. Achthundert Gramm Torte. Und davor ein Kilo Fleisch. Mir war so schlecht, ich wollte sterben.

Als ich um Mitternacht wieder auf dem Klo saß, beschloss ich, dass ein Punkt 8 auf meine *To-do*-Liste kommen musste: *Bekomme dein Essverhalten in den Griff!*

15

Mittwochmorgen. Meine Hochzeit mit dem Zahnarzt stellte ich mir so vor:

Er in einem weißen Anzug, mit Augen, in denen die Leidenschaft glüht. Ich selbst – wundersam erschlankt – in einem dunkelblauen Seidenkleid und Veilchen im Haar. Tissi und Vanessa, beide tiefstdekolletiert und höchstgeschürzt, kämpfen um den Brautstrauß und wälzen sich schließlich im Schlamm. Die Menge jubelt. Bis auf einen. Er steht ganz hinten, einsam und traurig, mit seiner Klappe über einem Auge und den Händen in den Taschen.

Hubertus drückt mir einen sanften Kuss auf die Wange und flüstert: »Verzeih, du schönste aller Frauen, Liebe meines Lebens. Ich bin gleich wieder bei dir, ich will mir nur kurz mit den anderen das Schlammcatchen ansehen.«

Ich nicke verständnisvoll und blicke ihm nach. Wie ein großer Junge steht er zwischen den anderen Männern und erfreut sich an den vier wogenden Brüsten. Ich drehe mich um, erhasche gerade noch einen Blick auf den Rücken des Piraten. Er geht. Ich laufe ihm nach. »Pirat«, sage ich. Er schluchzt auf. Die einzige Frau in seinem Leben, die einzige, die ihm je etwas bedeutet hat, hat einen anderen geheiratet.

»Ich liebe dich trotzdem«, stoße ich hervor.

Er dreht sich um, stürzt auf mich zu. »Oh, Teddy, Teddy, ich liebe dich. Ich liebe dich so unendlich, dass ich auf der

Stelle mein Leben für dich geben würde. Oh komm mit mir, ich brauche dich –«

Wir küssen uns, wir drücken uns aneinander, unsere Hände sind überall, während der Zahnarzt sich im Schlamm von Tissi und Vanessa trösten lässt. Die Menge jubelt erneut.

Sechs Uhr dreißig. Der Wecker läutete. »Verdammt«, schnauzte ich. »Brüll nicht so, ich bin eh wach.«

Es kostete mich einige Überwindung, mein Trainingsprogramm zu starten. Der Abführmittelverschleiß vom Vortag machte mir zu schaffen – was Gisela wohl dazu sagen würde? Das wollte ich lieber nicht rausfinden.

Missmutig stand ich unter der Dusche, wo ich mir, wie am Morgen zuvor, beinahe den Tod holte. Dieses Heiß – Kalt kann doch für das Herz nicht gesund sein, oder? Meins jedenfalls fühlte sich an, als stünde es kurz vor dem Kollaps.

Ich muss gestehen, dass ich am zweiten Intensivtag generell deutlich unmotivierter war. Der Lauf zum Hallenbad war eher ein Spaziergang, was den entschiedenen Vorteil hatte, dass ich zwanzig Minuten später ankam als geplant und dementsprechend leider, leider Gottes das Wassertreten sausen lassen musste. Und nachdem ich davon ausging, dass ich in dieser konditionell schlechteren Verfassung auch länger zur Arbeit brauchen würde, verkürzte ich meine Schwimmzeit vorausschauend gleich mal um zwei Drittel. Den Multivitaminsaft trank ich trotzdem. Außerdem einen Cappuccino vom Automaten in der Eingangshalle. Ich musste mich ja irgendwie fit bekommen.

Keine Ahnung, warum, aber irgendwie klappte es auch an diesem Tag nicht mit der Sauna.

Auf dem Weg zur Arbeit, den ich brav zu Fuß bestritt, wälzte ich ein schwerwiegendes Problem. Der Zahnarzt und Vanessa.

Sie nannte ihn »sehr vertrauenswürdig«, war angeblich aber nicht an ihm als Mann interessiert. Er wiederum machte mir Avancen, mehr als je ein Mann zuvor. Wunderbar glatt, wie das alles lief, und schrecklich nett, wie beide zu mir waren. Sollten meine Alarmglocken schrillen?

Sie hatte im *Schuh-Bi* rumgeschnüffelt, er hatte sich nach Hans' Schatz erkundigt. Bonnie und Clyde. Oh ja, meine Alarmglocken sollten schrillen. Sie taten es auch, doch ich gebot ihnen Einhalt.

Du darfst nicht allen Menschen gleich das Schlechteste unterstellen, Teddy. Vielleicht bist du diejenige, die spinnt und die böse veranlagt ist, schließlich bist du es ja auch, die auf diese ganzen dummen Gedanken kommt. Lebe endlich, Teddy! Lebe und genieße!

Du metamorphierst gerade, das ist es. Und von einer Pfingstrose Duft naschen nun mal alle gern. Wow, von allen schlechten Sprüchen, die ich je gemacht hatte, war das wohl der schlechteste.

Ich bog in die Sieveringer Straße ein und schlich lustlos die Häuser entlang, bis mir einfiel, dass ich einen Abstecher in den Drogeriemarkt machen könnte. Um mir eine verwöhnende Bodylotion zuzulegen.

Ich hatte mir immer schon gerne die ganzen Kosmetikartikel angesehen, aber um ehrlich zu sein, gönnte ich mir nie was davon. Auf die Idee wäre ich bisher gar nicht gekommen.

Ich roch mich durch sämtliche Lotionen. Arbeitete mich von den billigen hoch bis zu den teuren und weiter zu den unerschwinglichen.

»Kaufen Sie auch eine?«, fragte eine Regalbetreuerin leicht genervt.

»Natürlich«, rief ich ertappt, behielt die teuerste Flasche von allen in der Hand und trat die Flucht an. Bei den Duschbädern angekommen, ärgerte ich mich über meine Eilfertigkeit. Ich machte kehrt und marschierte die drei Schritte zurück zu den Bodylotions. Die Verkäuferin hob die Augenbrauen.

»Ich muss doch wissen, wie die riecht, bevor ich sie kaufe, oder?«, fragte ich aufmüpfig. Sie fand das keiner Antwort wert und ging in den nächsten Gang. Unbefriedigend, ich hätte gerne noch ein bisschen mehr gestänkert. So unbefriedigend, dass ich mir ein paar weitere Produkte gönnen musste. Ich suchte das Regal ab. *Gegen Cellulite* stand groß auf einer goldenen Packung. *Sichtbares Ergebnis bereits nach vierzehn Tagen*. Ich schnaubte und begann mich durch sämtliche Anti-Cellulite-Produkte zu wühlen. *Ergebnis nach zehn Tagen. Ergebnis nach drei Wochen. Ergebnis nach fünf Tagen*. Was Schnelleres gab es nicht. Ich schnappte mir die Flasche und las mir die Beschreibung an der Seite durch.

»Nein, so was, liebe Teddy!«

Mr. Rochester. Der Zahnarzt. Der mich für schön hielt und mich nun mit einer Packung sündhaft teurer, absolut entwürdigender Orangenhautcreme vor sich fand. Ich lächelte gequält.

»Was kaufen Sie denn Schönes?«

»Für m – meine Mutter«, stammelte ich. »Sie hat –«

»Eine sehr fürsorgliche Tochter. Ich verstehe das.« Er lächelte, drückte dabei sanft die Augen zu, so lange, bis ich vollends geschmolzen war.

»Bis heute Abend, Teddy. Ich freue mich.«

Ich sah ihm nach. Seine blonden Haare wippten bei jedem Schritt, den er machte. Ich merkte, dass ich mir auf die Unterlippe biss. Und mein Atem viel zu schnell ging. Doch ich wusste, dass ich das verklärte Lächeln auf meinen Lippen nicht nur dem Zahnarzt, sondern auch mir selbst zu verdanken hatte. Ich war stolz. Oh ja. Denn ich hatte die Situation mit der Cellulitecreme wunderbar gemeistert. Ich war nicht im Erdboden versunken und ich hatte keine Aliens gerufen. Als wäre ich plötzlich erwachsen geworden. Es war wunderbar, erwachsen zu sein.

An der Kassa musste ich warten. Die Dame vor mir stapelte geschätzte vierhundertzweiundneunzig Schälchen Katzenfutter auf das Förderband, in unterschiedlich hohen Türmen, so dass die Kassiererin erst recht alle zählen musste. Bei Turm Nummer acht hatte sie allerdings vergessen, wie viele sie bisher gezählt hatte, und fing von neuem an. Ich schloss die Augen. Als ich sie wieder öffnete, fiel mein Blick auf das Wort *Orgasmus*. Auf einer Schachtel in einem Regal direkt neben der Kassa. *Verjüngen Sie Ihren Beckenboden mit der Reizstrom-Vaginalsonde,* stand da. Daneben war eine Abbildung der Sonde, die ein bisschen wie eine silberne Glühbirne aussah, aus deren Sockel zwei Kabel hingen. Ich schob mir die Brille näher an die Augen und las weiter: *Die* Femaline-*Vaginalsonde dient der Behandlung von Inkontinenz und zur Stärkung des Beckenbodens vor und nach der Geburt. Ein trainierter Beckenboden steigert nicht nur die Orgasmusfähigkeit der Frau, sondern kann auch zur stärkeren Lustempfindung des Mannes eingesetzt werden.*

Die letzten Worte klangen phantastisch. Vielleicht war das die Lösung für eine meiner Urängste.

Ich sah die Szene schon vor mir:

Der Pirat und ich bei der Erfüllung unserer Träume, unserem ersten gemeinsamen Mal. Ich, wundersam erschlankt, in einem weißen Negligee. Der Pirat komplett nackt, schier von Sinnen aus lauter Leidenschaft. Er reißt mir das sündige Negligee vom Körper, staunt über meine perfekten Formen, wirft sich auf mich, liebt mich. So sehr und so wild und so innig, wie noch nie ein Mann eine Frau geliebt hat. Ich lasse ihn meinen trainierten Beckenboden spüren. Er jault auf vor Lust, bricht erschöpft über mir zusammen, flüstert: »Du unglaublich erfahrene Liebhaberin, Frau meiner Träume. Noch nie hatte ich eine Partnerin, die so genau wusste, was ich brauche. Ich möchte immer bei dir sein. Immer. Immer.«

Ich griff nach der Vaginalsonde. Die Katzenfrau hatte zwar soeben bezahlt, es dauerte aber, bis sie die Futterschälchen auf ihre sieben Einkaufstaschen aufgeteilt hatte.

Die Vaginalsonde lag in ihrer riesigen weißen Schachtel neben der Bodylotion und der Cellulitecreme auf dem Förderband und wartete. Ich biss mir auf die Lippen und wartete auch. Es ist nichts dabei, redete ich mir gut zu. Du bist erwachsen. Du hast das Recht, alles in dem Laden zu kaufen, was sie anbieten. Es ist nichts dabei. Die Katzenfrau zog ab. Die Kassiererin schob erst die beiden Lotionen über den Scanner, dann die Vaginalsonde. Es ist nichts dabei, sagte ich mir noch mal, rein gar nichts. Die Kassiererin sah mich an.

»Ich habe ein Kind bekommen«, erklärte ich.

»Schon klar. Das macht hundertzweiundvierzig Euro und dreißig Cent.«

Ich wühlte das Geld hervor und murmelte: »Drei Wochen alt ist er. Mein Sohn.«

»Mmhm.« Gelangweilt drückte sie mir das Wechselgeld in die Hand.

Ich steckte es ein, schnappte mir meine Schätze und – starb.

»Frau Kis!«

Ich starb, war aber leider nicht tot. Ich starrte den Piraten an. Der Pirat starrte die *Femaline*-Reizstrom-Vaginalsonde an.

Ich starb noch einmal.

Und war leider immer noch nicht tot.

Mein Blick senkte sich auf die Schachtel. Ganz langsam. *Aliens, bitte* … Dir wird etwas einfallen, Teddy. Es gibt ein Leben nach dem Tod. Dir wird etwas –

»He«, rief ich aus. Im empörtesten Ton, den ich mir von meinen Kundinnen nur hatte abhören können, »he, das ist ja gar keine Energiesparlampe! Das ist … Strom!« In Richtung Kassa rief ich: »Sie haben mir das Falsche verkauft. Ich wollte eine Energiesparglühbirne für meine Küchenlampe, keine … mit Strom. Da hängt ein Kabel dran, zwei Kabel sogar, das brauch ich nicht. Das brauch ich nicht«, wiederholte ich, zum Piraten gewandt.

Die nette Dame von der Kassa erwiderte: »Lampe? Das ist eine *Schei-den-son-de*. Für'n Orgasmus. Aber Sie haben mir ja g'sagt, Sie brauchens, weil's ein Kind 'kriegt haben.«

»Was?«, rief ich. Dann wieder zum Piraten gewandt, im Flüsterton: »Ich glaube, die Frau ist komplett … Sie wissen schon. Naja, ich will ihr keine Umstände machen.« Ich ging zur Kassa und sagte laut: »Ich will Ihnen keine Umstände machen, aber die Glühbirne brauche ich nicht.« Etwas leiser fügte ich hinzu: »Ich bekomme doch mein Geld zurück, oder?« Ich legte die Schachtel ins Regal zurück, wartete, bis die genervte Kassiererin mir die neunundneunzig Euro zurückgegeben hatte, und marschierte dann zum Piraten zurück. Hocherhobenen Hauptes. *Knallrot,* das spürte ich, aber zumindest hocherhobenen Hauptes.

»Geht's Ihnen gut?«, fragte ich ihn. »Schöner Tag heute, nicht wahr? So heiß. Ein langer Sommer. Ich mag den Sommer. Schön heiß. Wie geht es Ihnen?«

Er nickte, streifte mich dabei kurz mit dem Blick und sah dann schnell weg. Seltsamer Mann. Schweigend gingen wir die paar Meter bis zum *Libri Liberi*. Er machte den Mund auf, doch dann schloss er ihn wieder und nickte mir nur zum Abschied zu. Das war zu wenig.

»Herr Nemeth«, krächzte ich und hörte mich an wie ein sterbender Rabe, »Herr Nemeth, es bleibt doch bei Samstag, oder?«

Er nickte ein letztes Mal, dann verschwand er in seinem Laden.

Am liebsten hätte ich meine Nase an seine Fensterscheibe gedrückt und wäre den ganzen Tag so geblieben, bei ihm. Aber das ging natürlich nicht. Ich drehte mich zur anderen Straßenseite, wollte zu Batman hinüber, doch neben ihm stand Herr Wagenleithner und rauchte. Ich hob die Hand und winkte Batman zu. Herr Wagenleithner hob die Hand und zeigte mir den Mittelfinger. Mir blieb der Mund offen stehen. Das war heute echt nicht mein Tag.

»Deine Freundin war schon wieder da.«

Immerhin sprach Be-De wieder mit mir. Ich freute mich so sehr darüber, dass ich großmütig sagte: »Tut mir leid wegen gestern. Das war alles nicht so gemeint.«

Be-De seufzte großmütig. »Entschuldigung angenommen.«

Zufrieden verzog mich nach hinten, um mich umzuziehen. Be-De kam hinter mir her. »Was will die eigentlich von dir?«

Ich drehte das Wasser auf und zuckte mit den Schultern.

»Na komm, heute ist schon der dritte Tag, an dem die sich hier herumtreibt.«

»Bonnie-Denise, könntest du mich kurz alleine lassen, damit ich mich umziehen kann?«

Diesmal war der Seufzer noch lauter. »Aber beeil dich, Nancy kommt um elf vorbei.«

Ooooh, das war gut, das war sogar sehr gut.

Normalerweise war es natürlich schlecht, wenn Nancy kam. Nancy war frustriert, unfreundlich und zog das einzige bisschen Befriedigung in ihrem Leben aus der Meckerei. Wobei, wahrscheinlich nicht mal daraus.

Sie war Ende dreißig und so dünn, dass ich an ihrer Stelle immer glücklich gewesen wäre. Sie hatte zwei Ex-Männer und einen zukünftigen Ex, und drei Kinder aus der allerersten Ehe, die jedoch nicht bei ihr wohnten, sondern bei ihrem ersten Ex-Mann. Gott sei Dank, sagte Nancy, Gott sei Dank wohnten sie nicht bei ihr, und Gott sei Dank Ex.

»Wieso wird hier nicht verkauft?«, war ihre erste Frage, als sie um Punkt elf hereinkam. »Was ist das überhaupt für ein Laden, in dem die Chefin und zwei Angestellte stehen, aber kein einziger Kunde? Was seid ihr für Verkäuferinnen?«

Das Schöne war, Be-De und ich konnten reagieren, wie wir wollten. Uns rechtfertigen, Däumchen drehen oder auch Nancy die Zunge herausstrecken. Sie würde uns sowieso nicht feuern. Das ist der Vorteil, wenn man für zu wenig Geld arbeitet. Nancy wusste, dass unsere Nachfolger um nichts besser sein würden als wir.

Interessanterweise hatten sowohl Be-De als auch ich dennoch immer das Bedürfnis, uns zu rechtfertigen. Wir machten keine schlechte Arbeit. Wenn ein Kunde hereinkam, wurde er freundlich und gut bedient, mehr konnte man von uns nicht verlangen.

»Es ist der lange Sommer«, sagte Be-De und wackelte mit ihrem Pferdeschwanz. »Sommerschuhe kaufen die Leute Anfang September nicht mehr, da wären sie ja verrückt. Und für Herbstschuhe ist es zu heiß. Bei achtundzwanzig Grad haben die Leute anderes zu tun, als an die kalte Jahreszeit zu denken.«

»Und was ist Ihre Ausrede, Teddy?« Nancy zog die Mundwinkel bis runter auf die Schultern, und ich dachte bei mir, was sie doch für einen wunderbaren traurigen Clown abgeben würde.

»Heute mal nichts«, antwortete ich. »Ich habe aber eine Frage an Sie.«

Nancy zog die Augenbrauen bis zum Scheitel, also einen knappen Meter über die Mundwinkel.

»Hat Hans Ihnen die Sachen von Frank Sinatra vererbt?«

»Erstens, welcher Frank Sinatra, zweitens, welche Sachen, und drittens, was geht *Sie* das an?«

»Okay, also erstens, *der* Frank Sinatra, zweitens, die Sachen von *ihm,* und drittens, Nancy, entschuldigen Sie, aber ich würde einfach gerne wissen, wo die Sachen hingekommen sind. Ich habe Sie vor drei Jahren schon mal danach gefragt, erinnern Sie sich?«

»Woher soll ich wissen, wo das Zeug ist? Nichts hat er mir vererbt. Nichts.«

»Das *Schuh-Bi-Dubi-Du* aber schon«, warf Bonnie-Denise ein.

»Dafür werd ich ihm im Jenseits danken. Darauf könnt ihr euch verlassen«, knurrte Nancy.

Danach schob sie die Kassa von der linken Seite in die Mitte der Theke und verließ das Etablissement.

»Die nervt«, gab Be-De zu Protokoll.

»Und wie«, stimmte ich zu.

»Und was sollte das mit Hans?«

Ich zuckte mit den Schultern. »Ich weiß nicht. In letzter Zeit haben mich einige Leute auf die Geschichte angesprochen. Ich hab gar nicht mehr daran gedacht, dass wir früher echte Sinatra-Originale hier gehabt haben. Auch eine Ukulele. Und ein Foto, auf dem Sinatra und Hans gemeinsam drauf waren. Aber eines Tages hat er die Sachen heruntergenommen.«

Be-De schob die Kassa zurück auf die linke Seite und meinte: »Er wird sie einfach mit nach Hause genommen haben, oder?«

Wie langweilig. Und wie unwahrscheinlich. Ich zweifelte das an: »Erstens hat Hans mir damals gesagt, er würde die Sachen bald wieder aufhängen, und zweitens müsste Nancy sie dann doch haben. Sie hat seine Wohnung aufgelöst.«

»Hmm, vielleicht in einem Bankschließfach?«

»Samt Ukulele? Glaub ich nicht. Außerdem hätte Nancy nach seinem Tod ja auch das Bankschließfach räumen müssen.« Ich schob den Vorhang beiseite. »Ich glaube eher, dass er die Sachen irgendwo vergraben hat oder so. Und nachdem es seine Wohnung nicht mehr gibt, müssten sie eigentlich hier sein.«

»Hier?«

»Ja. Vielleicht im Lager unter all den Kartons. Oder im Klo unter einer abnehmbaren Fliese. Oder im Spülkasten.«

»Samt Ukulele?«, fragte Be-De mit hochgezogener Augenbraue und völlig zu Recht.

Ich sah trotzdem nach.

Eine Minute später hatte ich den Deckel des Spülkastens ruiniert und zwei angeknackste Fliesen an den Wänden entdeckt, von denen ich zumindest eine mit ein bisschen Brutalität rausbrechen konnte. Drunter war grauer Verputz, der sich bröckchenweise von der Wand löste.

Be-De schüttelte zwar den Kopf, wirkte aber recht heiter dabei.

»Und was hast du jetzt vor?«, fragte sie. »Die ganzen Schuhkartons durchsuchen?«

Da war er wieder, dieser ungute Gedanke an Vanessa und ihre gestrige Aktion. Wenn ich Be-De jetzt davon erzählte, würde sie sich schieflachen und höhnen, dass sie sich ja gleich gedacht hat, dass die aufgetakelte Schönheit nicht meine Freundin war.

»Hilfst du mir, die Schuhkartons zu durchsuchen?«, fragte ich sie stattdessen.

Be-De schwang ihren Pferdeschwanz. »Logo«, sagte sie.

Die Unbekümmertheit der Jugend hatte manchmal doch auch ihren Vorteil.

Als Be-De um eins ging, hatten wir etwa ein Fünftel der Kartons durchsucht. Wäre die kleine Melli nicht mit ihrem tropfenden Schokoladeneis in den Laden gekommen und hätte uns beide über eine Stunde auf Trab gehalten, dann hätten wir vermutlich sogar noch mehr geschafft.

Um halb drei schneite Vanessa rein. Ich bediente gerade die Frau unseres Fleischers, die sich ihre monatliche Ration an weißen Pantoffeln holte. Für sich, für ihren Mann und für den Lehrling, der zwar neu war, aber sicher die gleiche Schuhgröße hatte wie der alte Lehrling. Na klar, dachte ich, Schuhgröße 43 haben Lehrlinge so an sich.

Als Vanessa erschien, fiel mir auf, dass Be-De und ich vor lauter Schatzsuchen vergessen hatten, die Sinatra-CD auf Repeat zu stellen. Kein *Girl from Ipanema* für Vanessa heute. Das tat mir fast ein bisschen leid, doch dann sagte Vanessa: »Wunderschönen guten Tag, liebste Freundin, ich gehe gleich nach hinten, gell?«

»Nein!«, rief ich und ließ die weißen Pantoffeln fallen. »Neineinein, ähm, Frau … gnä' Frau, das macht dann 42 Euro 80. Vanessa, warte bitte!«

Die Frau vom Fleischer drückte mir einen Fünfziger in die Hand, ich öffnete die Kassa, schleuderte den Fünfziger hinein und warf der Dame irgendwelches Restgeld entgegen.

»Auf Wiedersehen«, verabschiedete ich die Kundin und stürzte mich auf Vanessa, die gerade hinter dem Vorhang verschwinden wollte.

»Halt, was machst du denn da? Bleib hier, um Gottes willen, da – da drin ist meine Chefin«, verfiel ich in den Flüsterton. »Du kannst da jetzt nicht rein.«

»Oooch«, Vanessa zog eine Schnute, die ihr das Aussehen einer Ente bescherte. Natürlich von so einer süßen, hübschen von Walt Disney oder so.

»Es tut mir leid, Vanessa.«

Die Ente schmollte. »Wann kann ich mir die Schuhe endlich fertig ansehen?«

»Warum ist das überhaupt so wichtig?«, fragte ich misstrauisch und betete inbrünstig, dass sie mir einen glaubwürdigen und vor allem stinknormalen Grund nennen konnte. Ich wollte doch bitte, bitte einfach nur, dass sie mich wirklich mochte und dass sie wirklich meine Freundin sein wollte, bitte, bitte, alles andere würde ich nicht ertragen.

Vanessa sank auf meinen Hocker. Verdammt, ich hatte ihn nach dem Besuch der kleinen Melli vorhin noch nicht abgewischt und Vanessa trug heute so schöne helltürkise Shorts. Außerdem gab sie wieder ihre Weltschmerznummer. Wahnsinn, die Tränen perlten von ihrem Gesicht ab wie Wasser von einem Entenpopo.

»Vanessa, was ist denn? Ich wollte dich nicht traurig machen.« Ich streichelte ihren Rücken, doch die Bewegung war mir so fremd, dass ich mir sicher war, alles falsch zu machen. Und die Worte hatten geklungen, als würde ich meinen ersten Auftritt bei der Laienbühnengruppe von Sankt Hintermond geben. Im Trösten hatte ich nicht viel Übung.

Vanessas Vorstellung hingegen war oscarreif. Es regnete wahre Sturzbäche aus ihren Augen, ja, es stand fast zu befürchten, dass die schöne blaue Farbe ein Opfer dieser Niagarafälle werden würde. Ente mit weißgewaschenen Augen.

Konzentrier dich, Teddy, mach was!

»Bitte, Vanessa, bitte sag mir doch, was du hast –«

»Ich bin krank, Teddy, verstehst du das nicht? Krank!«

Ich hockte mich neben sie, mein Herz klopfte plötzlich sehr schnell. »Was … was hast du denn?«

»Ich bin süchtig. Ich bin süchtig nach Schuhen. Von früh bis spät kann ich an nichts anderes denken. Mein ganzes Leben dreht sich nur darum. Und Geld hab ich auch keines mehr, weil ich – oh Gott!« Vanessa schlug die Hände vors Gesicht und schluchzte laut auf. »Es ist so schwer, so wahnsinnig schwer, sich das selbst einzugestehen. *Mir* das selbst einzugestehen, verstehst du? Verstehst du?«

Ich nickte. Dass Dinge schwer waren, verstand ich. In der Tat.

»Teddy«, Vanessa griff nach meiner Hand und sah mich flehend an. »Teddy, bitte, lass mich nur noch ein einziges Mal da nach hinten!«

»Nein«, sagte ich fest. »Dann wäre ich keine gute Freundin.«

»Oh Teddy, willst du überhaupt noch meine Freundin sein?«

»Ja, natürlich. Es ... es gibt doch keinen Grund, warum ich das nicht sein wollte. Außer dass ... naja, du ... du kommst wahrscheinlich nur wegen der Schuhe her ...«

»Nein!«, rief Vanessa. »Nein, das stimmt so nicht. Hauptsächlich natürlich schon wegen der Schuhe, ja. Aber ein bisschen auch, weil ich dich mag. Du bist einfach so anders als die anderen Frauen, die ich kenne ... du bist einfach so schön normal.«

Ich musste lachen. »Warum? Weil ich nicht auf Schuhe stehe?«

Vanessa lachte nicht mit. Sie nickte heftig und ernst. »Ja, genau deswegen.«

Und ich hatte immer gedacht, dass ich genau deswegen eben *keine* normale Frau war.

Ich räusperte mich. »Was hältst du davon, wenn wir uns das nächste Mal woanders treffen, nicht hier?«, fragte ich zaghaft. »Falls du mich *wirklich* treffen willst?«

»Sehr gern, Teddy.« Sie schniefte ein letztes Mal, dann

erhob sie sich und strich ihre Shorts glatt. »Rufst du mich an?«

Ich nickte. Wir küssten uns zum Abschied auf beide Wangen, und ich hatte ein warmes Gefühl in der Herzgegend, als Vanessa zur Tür ging, mit einem braunen Eisfleck auf ihrem türkisenen Popo.

16

Fünf Gänge. Eine Kupplung. Ein so ein dämlicher Knüppel und ein so ein winziges Pedal. Was, verdammt noch mal, war daran so schwer?

»Nicht aufregen, liebste Teddy, ganz ruhig. Man braucht Ruhe, um ein Auto zu lenken. Ruhe und Geduld.«

Die Stimme des Zahnarztes klang hypnotisch, trotzdem hätte ich ihm am liebsten eine reingehauen. Was wusste der Mann schon von meinem Leben? Ich hatte keine Zeit für Ruhe und Geduld. Ich musste das bis Sonntag können!

»Ruhe und Geduld … Ruhe und Geduld …«

»Jaaa«, knurrte ich. »Jaaa, verdammt! Tschuldigung.«

»Liebste Teddy, keine Entschuldigungen, bitte. Ich weiß doch längst, wie viel Feuer in Ihnen steckt.«

Wieder soff der Motor ab.

»Ich geb's auf! Ich geb's auf!« Das war mein Ernst. Es würde sowieso nie klappen. Ich war eben nicht so wie andere Menschen. Ich war eben *nicht normal*.

»Nun ja«, begann Strohmann, »wie war es denn damals in der Fahrschule?«

Ich schnaubte und drehte den Schlüssel wieder nach rechts. Den linken Fuß nach oben, den rechten nach unten – der Motor röhrte, und wir fuhren! Wir fuhren tatsächlich!

»Wir fahren! Wir fahren!«

»Wunderbar, Teddy, na sehen Sie … und jetzt wieder auf die Kupplung und –«

»Was? Was soll ich machen?«

»Links auf die Kupplung – Kupplung, Teddy, Kupplung. Stehen Sie auf der Kupplung? Gas, Teddy, Gas – nicht so viel! Nicht so viel! Kupplung, Teddy, Kupplung und schalten! Nach hinten, zweiter Gang, nach hinten … ähh, oje …«

Dem Zahnarzt schien es mehr auszumachen als mir, dass ich den Motor wieder abgewürgt hatte.

Ich hatte meinen Triumph für heute. Ich hatte es geschafft, anzufahren. Mit Kupplung und Gangschaltung.

Strohmann räusperte sich. »Wollen wir es für heute gut sein lassen?«

Ich nickte. Es war Mittwoch. Noch vier Tage bis Sonntag und der erste Schritt, der wichtigste, war gemacht.

Ich fühlte mich richtiggehend beschwingt. Vielleicht hatte ich deshalb auf dem Heimweg das Bedürfnis, gehobene Konversation zu betreiben und so Sachen zu sagen wie: »Ganz unglaublich, dass wir es Anfang September noch auf dreißig Grad schaffen, nicht wahr?« Und: »Wien ist schon eine schöne Stadt.«

Der Zahnarzt belohnte mich mit sanft vorgetragener Zustimmung und seinem Lächeln mit Wimpernschlag.

Er parkte vor meiner Haustür und stieg mit mir gemeinsam aus. Ich war gerade dabei, die leuchtenden Farben des Abendhimmels zu loben, als plötzlich von oben eine Stimme ertönte.

»Ist er das?!«

Mama.

»Ist das der Zahnarzt?!«

Ich knirschte mit den Zähnen. Aliens, bitte holt die verdammte Frau ab.

»Mama, bitte!«

»Ist er verheiratet?!«

Strohmann stand die Überraschung ins Gesicht geschrieben. Ich stöhnte: »Bitte entschuldigen Sie, ich muss schnell da rauf, meine Mutter erwürgen.«

Jetzt lachte er, ich lachte mit. Und überlegte, ob ich es wohl wirklich fertigbrächte, sie zu erwürgen.

»Ihre Mutter besitzt eine herzerfrischende Offenheit.«

»Bring ihn rauf!«, kam der Befehl von oben. »Ich will sehen, ob er tatsächlich so gut aussieht, wie du behauptet hast!«

»Ich kann gerne auf einen Sprung mit hinauf –«

»Neineinein«, wehrte ich ab. »Wir haben beide schon genug gelitten. Ich meine, ich meine, wegen meiner Mutter … nicht wegen Ihnen, oder so.«

Er nahm meine Hand und sah mir tief in die Augen.

»Was macht er da, Thaddäa?! Hält er deine Hand?!«

»Sie sollten nicht mit den Zähnen knirschen, Teddy, es wäre sehr schade um die schönen Beißerchen.«

»Ja, es … es tut mir leid …«

»Liebste Teddy … ich freue mich sehr auf unser Wiedersehen morgen.«

Und im nächsten Moment spürte ich schon seine Lippen an meiner Wange.

Die Haustür musste ich nicht aufsperren, da meine Mutter bereits den Summer drückte.

In meinem Kopf drehte sich alles, ich konnte keinen klaren Gedanken fassen. Mama ging es wohl ähnlich, sie war vollkommen außer sich: »Er hat dich *geküsst,* ich bekomme tatsächlich Enkelkinder! Du musst es also irgendwie geschafft haben, ihm zu gefallen. Zahnarzt, sagst du? Nun, es gibt sicher schlechtere Berufe, auch wenn mir ein richtiger Arzt lieber wäre. Er sieht *wirklich* gut aus – und er hat dich geküsst!«

Sie tat sich augenscheinlich schwer, diese beiden Tatsachen miteinander in Einklang zu bringen. War ja auch schwer zu begreifen, was so ein Mann an mir finden konnte.

»Mama, er gibt mir einfach Fahrstunden.«

»Papperlapapp, Fahrstunden. Ich hoffe nur, er ist nicht einer von diesen Schwulen.« Sie senkte ihre Stimme zu einem Flüstern. »Letztens stand erst in der Zeitung, dass diese Schwulen pervers sind.«

Ich seufzte. Der Hall klang lange im Treppenhaus nach. »Mama, sag, kannst du dir wirklich nicht vorstellen, dass es einen Mann gibt, der sich für mich interessiert?«

Sie ging gar nicht auf meine Frage ein. »Oder ist er ein Ausländer? Könnte ein Pole sein. Oder einer aus der Tschechei. Der ein Visum will.«

»Gute Nacht, Mama.«

»Halt, nicht so hastig, junge Dame. Du wirst mir den Mann bald hierherbringen. Haben wir uns verstanden? Und wenn er nicht gescheit deutsch kann, verbiete ich dir den Umgang mit ihm. Sag ihm das. Sag ihm, er soll gescheit Deutsch lernen. Ach nein, sag ihm am besten gar nichts. Aber bring mir ein paar Enkelkinder nach Hause.«

Ich biss mir auf die Unterlippe. Wahrscheinlich war dieser Moment hier auch nicht schlechter geeignet als alle anderen, um meiner Mutter vom Piraten zu erzählen.

»Mama, es gibt da jemand anderen –«

Sie verdrehte die Augen. »Thaddäa, hör gut zu, was

deine Mama dir jetzt sagt: Du gehörst zu den Frauen, Kind, die nie einen Mann für sich alleine haben werden. Es wird immer eine andere Frau geben, du musst nur zusehen, dass du diejenige bist, die den Trauschein hat. Das ist deine finanzielle Absicherung.«

»Mama, nein, ich meinte es andersrum –«

Meine Mutter lachte. Wenn sie gut drauf ist, kann sie mit ihrem Lachen Glas zum Zerspringen bringen, und an dem Abend war sie spitzenmäßig drauf.

»Thaddäa, du willst mir doch nicht etwa erzählen, dass *du* die Geliebte bist? Dass er eine Frau daheim sitzen hat, und sich bei dir nicht zurückhalten kann? Ha, das ist – das ist ... hahaha! Hohohoho!«

Aus dem zweiten Stock hörte man ein Klirren. Dann noch eines. Die ersten Fensteropfer.

»Gute Nacht, Mama.«

Sie griff nach meinem Arm, ihre Hand war eiskalt. »Thaddäa, hör auf deine Mama«, gurrte sie und schob ihr Gesicht so nahe an meines, dass ich wegen ihres Mundgeruchs die Luft anhalten musste, »lock ihn in dein Bett. Mach ihn betrunken, aber nicht *zu* betrunken, sonst funktioniert er nicht mehr, das kannst du deiner Mama glauben.«

»Mama!« Ich riss mich los und stolperte rückwärts. Meine Wangen brannten vor Scham. Und ein bisschen immer noch von den Küssen des Zahnarztes.

»Mama, rede nie wieder so mit mir«, flehte ich.

»Deine Mama war in ihrer Jugend sehr begehrt. Deine Mama hat gewusst, was die Männer verrückt macht.«

Ich steckte mir die Finger in die Ohren und verfiel in eine Art Moonwalk – weg von Mama, nur weg von Mama, noch ein Schritt, noch ein Schritt.

»Aha«, sagte ich laut, »aha, aha, gute Nacht, aha …«

An der Stiege angekommen, drehte ich mich um und preschte nach oben, fünf Stufen auf einmal nehmend. Mit zitternden Fingern versuchte ich, den Schlüssel ins Schloss zu stecken, zweimal fiel er mir herunter. Als ich es endlich geschafft hatte, aufzusperren, riss ich die Tür auf und schmiss sie mit Karacho hinter mir zu. *Nie wieder machst du das mit mir, Mama! Nie wieder!*

Ich stand vor dem Spiegel und heulte meine frisch geküssten Wangen an. Verdammt noch mal, Teddy, was willst du eigentlich? Den Zahnarzt? Nein! Oder?

Ich angelte mein Handy aus dem Rucksack und drückte die Tasten. Ich musste ihn hören, auf der Stelle, ich musste ihm sagen, dass ich ihn –

»Hallo?«

Ich biss die Zähne zusammen.

»Hallo?«

Ich presste die Lippen aufeinander.

»Wer ist denn da?«

Ich kniff die Augen zu.

Der Pirat legte auf.

Na prima, du Genie, das hast jetzt wieder gebraucht, ja, das war absolut nötig, du Vollkofferweib. Gott, am liebsten hätte ich meinen Kopf in den Spiegel gerammt und mir mit den Scherben die Kehle durchgeschnitten. Eine geköpfte Leiche, deren Hautfetzen sich in tausend kleinen Spiegelsplittern reflektieren.

Ich wählte eine neue Nummer.

»Teddy! Hallo!«

»Hallo, Gisela.«

»Was ist los? Du hörst dich traurig an.«

Ich setzte mich auf den Boden. »Ich hatte nur gerade einen Zusammenstoß mit meiner Mutter. Und dann gibt es da einen Mann, einen anderen als Sigi, er gibt mir Fahrstunden –«

»Okay, Teddy, schön der Reihe nach. Ich hab Zeit. Erzähl's mir.«

»Dieser Mann sieht viel zu gut aus. Er sieht aus wie Mr. Universum, ist aber Zahnarzt. Und ich verstehe nicht, was er an mir findet.«

»Aber Teddy, das ist doch großartig. Wenn er so phantastisch aussieht, dann kann sein Ego sicher einen kleinen Dämpfer vertragen. Flirte ein bisschen mit ihm, hol dir Selbstvertrauen, das ist vollkommen in Ordnung. Mach ihm halt keine falschen Hoffnungen. Und falls du ihn nicht gut kennst, geh nicht gleich zu ihm in die Wohnung, gell. Den Fehler hab ich kürzlich gemacht. Dachte, die Frau wäre ein scheues Reh.« Sie lachte. »Teufel, das war sie nicht, aber ich weiß mich zu wehren.«

»Und wie würdest du dich gegen eine dominante, klammernde, besserwisserische Mutter wehren, die deinen Alltag kontrolliert und dir vorschreibt, wie du zu leben hast?«

Gisela brauchte nicht lange zu überlegen. »Ich würde ihr klarmachen, dass die Beziehung zwischen euch nur funktionieren kann, wenn der nötige Respekt vorhanden ist. Und natürlich so Dinge wie Wärme, Mitgefühl und Aufmerksamkeit.«

»Respekt«, flüsterte ich in den Hörer. »Du hast recht, Gisela, meine Mutter hat null Respekt vor mir.«

»Und den kannst nur du dir verschaffen. Deine Mutter wird so lange auf ihre Tour weitermachen, wie du sie lässt.«

Ich nickte.

»Teddy? Bist du da?«

»Ach so, ja. Ich bin nur so verblüfft, weil es aus deinem Mund so einfach klingt.«

»Das ist es.«

»Ja, das glaube ich jetzt auch. Verdammt, ja!«

Nach dem Gespräch mit Gisela ging es mir wesentlich besser.

Trotzdem verzichtete ich ausnahmsweise auf die Turnübungen, die mein Intensivprogramm an dieser Stelle vorgeschrieben hätte. Ich begnügte mich damit, vom Sofa aus *Desperate Housewifes* anzuschauen und ab und zu die Pobacken zusammenzukneifen. Dabei schaufelte ich Mozzarella und Tomaten in mich hinein und sehnte mich nach einem Steak mit Kräuterbutter.

Gott, waren die alle dünn bei *Desperate Housewifes,* das war doch krank, oder? Was war das überhaupt für ein Leben, so ohne richtiges Essen? Und wer, verdammt noch mal, bestimmt eigentlich, wie eine Frau auszuschauen hat? Wenn eine Frau keine Orangenhaut haben durfte, warum gab es die Scheiß-Orangenhaut dann überhaupt? Und warum lästerten die Weibermagazine über Stars mit Dellen und Löchern in den Oberschenkeln? Weil sie sich insgeheim freuten, dass die eben auch nicht perfekt waren. Niemand war perfekt! Warum wurde uns dann überall eingeredet, wir müssten perfekt sein?

Ich setzte meine Salatschüssel an die Lippen und trank das ganze Essig-und-Öl-Gemisch aus. Meine Kehle brannte, missmutig starrte ich auf Teri Hatchers Zahnstocherbeine. Bis Samstag noch, bis zum Bikinitag, danach würde ich wieder vernünftig essen, das schwor ich mir.

17

Der Donnerstag war der erste kühlere Tag seit langem, und ich begann ihn in hellster Aufregung. Was, wenn jetzt der Herbst kam? Was war dann mit dem Freibad am Samstag? Was war mit meinem Date? Mit dem wichtigsten Tag meines Lebens! Mein erster Anruf galt also der Wetterwarte.

»Grüß Gott, ich hätte da eine Frage: Wie wird denn das Wetter am Samstag?«

»Wo?«

»In Wien.«

»Planen Sie ein Freiluftevent?«

»Ähm, ja?«

»Ja? Oder doch nein?«

»Ähm, ja …«

»Sehr sicher klingen Sie aber nicht.«

»Sind Sie die Wetterwarte oder ein Psychologe?«

»*Ich* bin nicht die Wetterwarte. Ich bevorzuge die Bezeichnung Mensch.«

»Arschloch!«, rief ich und knallte mein Handy zu. Danach fürchtete ich mich eine Viertelstunde lang vor der Polizei. Was, wenn die Wetterwarte meine Nummer weiterleitete und ich eine Anzeige wegen Belästigung bekam? Verdammt, ich musste ja auch noch zum Verkehrsmittelbüro und meinen nicht existenten Fahrausweis herzeigen.

Aus der Episode mit dem Piraten am Samstagabend. Irgendwie bestand mein Leben derzeit aus lauter nicht existenten Ausweisen. Beim Führerschein konnte ich immerhin noch hoffen, dass man mich auch diesen Sonntag nicht erwischte, aber einen Fahrausweis würde ich nicht herbeizaubern können, da musste ich wohl oder übel die Strafe zahlen. Aber das konnte warten, jetzt gab es Wichtigeres! Denn ich hatte nur mehr zwei Tage Zeit für die Bikinifigur und drei Tage Zeit für Schalten und Kuppeln.

Ich quetschte mich in die *Damen Running Dreiviertel Tights* und lief die Stufen hinunter. Ich wusste nicht, ob es an der erträglichen Temperatur lag oder doch an meinem Training, jedenfalls fiel mir das Joggen heute zum ersten Mal, ähm, naja, nicht wirklich leicht, aber zumindest irgendwie ein bisschen halbwegs und so. Immerhin rannte ich fast einen Kilometer, bevor mich das übelste Seitenstechen aller Zeiten heimsuchte.

An einen geparkten LKW gestützt, hyperventilierte ich um mein Leben. Dabei hatte ich genügend Zeit, mein Gesicht im Seitenspiegel des Fahrzeugs zu betrachten. Wie sehen normale Menschen aus, wenn sie Sport betreiben und verschwitzt sind? Sie sind rot im Gesicht. Und ich? War weiß wie Kalk, wie Joghurt, wie Käse, wie immer.

Warum konnte ich nicht wie ein ungeschminkter, rotgeschwitzter Promi mit Augenringen bis zum Erdkern aussehen? Abgehetzt und verlebt, aber trotzdem noch begehrenswert schön.

Ich schleppte mich den letzten halben Kilometer zum Schwimmbad und stellte mir dabei vor, ich sei ein gestresster, abgerackerter Star auf dem Weg zum Workout. Im Hallenbad wartete mein Personal Trainer, der mich wieder trimmen würde, mein Gott, wie sehr ich ihn dafür hasste. Und dann die ganzen Fans und die Paparazzi. Und immer musste ich freundlich bleiben, sonst war ich in der gesamten Yellow Press wieder als Zicke verschrien. Wie sehr das alles nervte!

Im Schwimmbad angekommen, beschloss ich, heute etwas Neues zu probieren, und zwar einen Kopfsprung. Und das nicht nur vom Beckenrand aus, nein, sondern gleich vom Stockerl.

Ich platzierte mein Handtuch und die Brille auf einem Plastikstuhl am Beckenrand und vergewisserte mich, dass niemand in der Nähe war. Das Stockerl war einen halben Meter hoch, aus Metall und enorm glitschig. Schon der Aufstieg bereitete Probleme, viel schwieriger konnte die Besteigung eines Achttausenders auch nicht mehr sein. Ach ja, das könnte mein nächstes Projekt werden. Alle zwölf Achttausender besteigen. Oder waren es acht Zwölftausender? Egal. Das würde ich machen! Mit dem Klettern anfangen. Wer klettert, ist frei in Kopf und Seele und hat außerdem sicher eine Bombenfigur. Verdammt, warum hatte ich all diese Sachen nicht schon mit zwanzig begonnen? Dann hätte ich jetzt schon ein paar Zwölftausender geschafft. Was hatte ich überhaupt gemacht in den letzten Jahren?

»Springen Sie jetzt endlich?«

Ich fuhr herum. Hinter mir standen zwei Buben im Volksschulalter. Was machten die um die Zeit schon hier?

»Ihr könnt aber ruhig ›du‹ zu mir sagen«, belehrte ich sie. »So alt bin ich nämlich noch nicht.«

Die beiden sahen sich an und runzelten die Stirn.

»Für wie alt haltet ihr mich denn?«, fragte ich.

»Komm geh' ma«, flüsterte der Größere. Er packte seinen Freund am Handgelenk, und sie rannten kreischend davon. Jetzt gehörte ich also schon zu den Leuten, die kleinen Kindern Angst machten.

Ich faltete die Hände wie zum Gebet und beugte den Rumpf. O Gott, das war so hoch. Wenn ich es nicht richtig machte, würde es bestimmt wehtun. Unauffällig blickte ich mich um. Von links kam der Bademeister, der durfte auf keinen Fall zusehen, also schnell! Ein unglaublicher Moment, als ich das Wasser auf mich zukommen sah und mir vorstellte, wie ich elegant eintauchte, die Beine gestreckt, den Körper gespannt, autsch!

Obwohl ich vorm Absprung den Kopf bei den Zehen hatte, hatte ich es geschafft eine Bauchlandung hinzulegen, und zwar allererster Güte. Ohne Brille sah ich alles um mich herum nur äußerst verschwommen, trotzdem meinte ich zu erkennen, wie der Bademeister den Kopf schüttelte.

Ich tauchte unter. Ich tauchte die halbe Beckenlänge, schnappte kurz nach Luft und tauchte bis zum anderen Ende durch. Mein Körper fühlte sich leicht, fast schwerelos an. Ich hielt mich am Beckenrand fest, warf mein Haar nach hinten und sah mir die Strecke an, die ich getaucht war. Oh ja, ich war gut und fähig und sportlich. Ich hatte es drauf. Was sollte mich schon von irgendetwas abhalten? Beispielsweise von der Sauna? Ich grinste. Eine Frau, die ihren Körper so unter Kontrolle hatte, dass sie – mit nur einmal Luftholen zwischendurch – eine ganze Beckenlänge entlangtauchen konnte, *sollte* sich nackt in der Sauna zeigen!

Okay, ich hielt mich nicht ganz an meinen Zeitplan, verzichtete gänzlich aufs Wassertreten und eigentlich auch auf das Schwimmen. Tauchen machte mehr Spaß.

Vor dem Saunagang kaufte ich mir eine Handvoll rosaweißer Gummimäuse an der Theke. Und ein paar saure Colafläschchen. So wie früher nach dem Schwimmunterricht mit der Schule, also nur der Nostalgie wegen. Ein paar kleine Nostalgiekalorien konnten doch nicht viel ausmachen, außerdem fand ich, dass ich nach den Tauchgängen eine Belohnung verdient hatte. Es war acht Uhr neunundfünfzig, also schob ich mir das Gummizeug auf einmal in den Mund und eilte mit meinem Handtuch um die Hüften zur Saunatür.

Im Vorraum stand ein nackter Mann, der mich gelangweilt musterte.

Gut, du Idiot, dann bin ich eben nicht dein Typ. Du bist übrigens auch nicht meiner! Wütend riss ich mir das Handtuch runter und knallte es auf den Boden. Den Badeanzug behielt ich noch an.

Der Mann sah mich weiter an, sein Gesicht strahlte nichts als Lethargie aus. Ich musste an den Hund aus *Mein Name ist Drops* denken. Dieser Mann *war* Drops.

Und weil Punkt 4 auf meiner *To-do*-Liste lautete: *Lass dich nie wieder runtermachen,* beschloss ich, dem gelangweilten Drops zu zeigen, dass ich gefälligst mehr verdient hatte als den toten Blick.

Ich stand keinen halben Meter von ihm entfernt, starrte ihm fest in die Augen und begann, die Träger von meinem Badeanzug runterzurollen. Der Mann zeigte keine Regung.

Ich holte Luft und zog den Stoff runter bis zum Bauchnabel. Zweimal bare Körbchengröße A, und noch immer zeigte der Mann keine Regung.

Da zog ich den Badeanzug runter bis zu den Knien, richtete mich trotzig wieder auf und blickte ihn triumphierend an.

Da sprach Drops: »Sie wissen schon, dass donnerstags um neun nur Männer reingelassen werden, oder?«

Ich spürte den nassen Badeanzug an meinen Waden und antwortete: »Nein, das wusste ich nicht. Na dann –«

Ich zerrte an dem klebrigen Stoff und hatte nichts anderes im Sinn, als meinen Körper so schnell wie möglich in seine schützende Hülle zu stecken, da sprach Drops weiter: »Wegen mir ist es ja nicht. Wegen mir können wir schon auch zusammen in die Sauna gehen.«

Und endlich, endlich streifte sein Blick meine bloße Brust. Am liebsten hätte ich ihn geküsst.

»Oh danke, danke«, rief ich aus. »Vielen Dank, dass Sie so nett sind, aber es geht schon, es geht schon!«

Ich schlüpfte in die Träger, winkte dem wunderbaren Drops zu und lief glücklich zu den Umkleidekabinen.

Endlich mal hatte mich ein Mann nackt gesehen. Und er wäre mit mir in die Sauna gegangen. Ich war begehrt.

Summend machte ich mich auf den Weg ins *Schuh-Bi*. Mein Handy läutete. *Vanessa* stand auf dem Display.

»Hallo?«, sagte ich, genauso wie der Pirat sich immer am Telefon meldete.

»Hallo, Teddy, wie geht es dir?«

»Gut. Ich war gerade schwimmen«, konnte ich nicht umhin, ein bisschen anzugeben.

»Oh, so früh schon, sehr brav.«

»Gell«, stimmte ich stolz zu. »Und jetzt wollte unbedingt noch ein Mann mit mir in die Sauna, dabei ist die donnerstags um neun nur für Männer. Naja, ich hab eh abgelehnt.«

»Du bringst die Männer ja reihenweise um den Verstand, Teddy.«

»Ich weiß«, rief ich und schaffte es – glaube ich – ganz gut, ein bisschen bescheiden dabei zu klingen.

»Und willst du auch wissen, wie es mir geht, Teddy?«

Auf der Stelle hatte ich Gewissensbisse. »Ja, ja, natürlich will ich das wissen. Also wie geht's dir?«

Sie seufzte erst tief, dann sagte sie: »Viel, viel besser heute. Das Gespräch mit dir gestern hat mir sehr gut getan. Ich habe beschlossen, eine Therapie zu machen.«

»Wow, das freut mich sehr«, sagte ich.

»Nächsten Dienstag bin ich das erste Mal dort. Um neun. Teddy?«

»Ja?«

»Begleitest du mich dahin und setzt dich ins Wartezimmer mit mir?«

Ich stolperte beinahe über meine Füße, so abrupt war ich stehengeblieben. »Ja, natürlich!«, rief ich. Dann hielt ich die Luft an. Die nächsten Worte, die Vanessa sagte, würden alles entscheiden. Ich kniff die Augen zusammen, wartete. Wartete darauf, ob sie mich bitten würde, an besagtem Dienstagmorgen Schuhe mitzunehmen. Oder sonst irgendetwas in der Art. Irgendwas mit Schuhen jedenfalls, das mir klar und deutlich zeigen würde, dass sie mich nur ausnutzte.

Vanessa sagte: »Danke, Teddy.«

Das war alles. Wir verabschiedeten uns voneinander und ich küsste vor Erleichterung mein Handy.

Begehrt zu werden, erst von einem Mann in der Sauna und dann von einer Freundin am Telefon, konnte jemanden, der das nicht gewohnt war, ganz schön schaffen. In der Sieveringer Straße angekommen, schleppte ich mich zu Batman und ließ mich neben ihn auf die Knie fallen. Er drehte sich auf den Rücken und sah mich treuherzig an.

»Jetzt kann sie noch immer nicht den Hund in Ruhe lassen!«

Ich fuhr zusammen. Die Ader auf der Stirn des Herrn Wagenleithner hatte den Durchmesser eines Gartenschlauchs.

»Er braucht Wasser. Wegen der Hitze«, sagte ich mit fester Stimme.

»Er braucht Ruhe. Von nervigen Weibsen«, erwiderte er und spuckte knapp an meinem Ohr vorbei auf den Boden.

Da brach es aus mir raus: »Wieso halten Sie sich überhaupt einen Hund, wenn Sie ihn gar nicht mögen?«

»Mögen! Als ob es darum geht. Geh, schleich dich, Trampel!«

Ich biss die Lippen zusammen und ging. Um es Batman nicht noch schwerer zu machen. Wer wusste denn schon, was Wagenleithner ihm antun würde aus Ärger über mich. Doch während ich die Straße überquerte, fasste ich einen Entschluss. Batman musste gerettet werden. Von mir.

Einigermaßen geladen kam ich im *Schuh-Bi* an. Be-De war alleine im Geschäft und bombardierte mich sofort: »Es ist noch immer nichts von den Sinatra-Sachen aufgetaucht, dabei hab ich schon fast die Hälfte an Schuhkartons durch. Heute hab ich von der anderen Seite angefangen, weil ich ja nicht wusste, wie weit du gestern gekommen bist. Wie weit bist du gestern eigentlich gekommen? Ich hab nichts gefunden, rein gar nichts. Ein paar Paare, die nicht zusammenpassen, ja, aber ansonsten rein gar nichts. Und du? Gestern?«

Ich seufzte. »Nichts. Nicht mal Paare, die nicht zusammenpassen.«

Ich schlüpfte hinter den Vorhang und zog mir das Shirt über den Kopf.

»Teddy«, kam es anklagend von hinten. »Interessiert dich das gar nicht mehr, oder was? Du wirkst komplett unmotiviert. Und du stinkst! Um Gottes willen, hör endlich mit dem blöden Joggen auf, das ist ja nicht zum Aushalten.«

Schade, dass ich keine Schlägerin war, sonst hätte ich der kleinen Jane Fonda die Fresse polieren können. Doch das wäre ungerecht. Die wahren Schläge gebührten dem Wagenleithner, diesem Tierquäler und Frauenverachter.

»Pfui, du stinkst«, hörte ich noch einmal, dann bimmelte zum Glück die Tür. »Du könntest auch mal wieder einen Kunden bedienen«, nörgelte Be-De und dann verzog sie sich nach vorne.

Ich wusch mich schnell unter den Armen und zog ein neues Shirt an. Ich war immer noch wütend. Dabei hatte ich endlich das, wovon ich jahrelang geträumt hatte. Ein Rendezvous mit meiner großen Liebe, eine neue Freundin, die mich brauchte, einen bildschönen Verehrer, der mich auf beide Wangen küsste, ja, sogar ein neues Auto, das auf mich wartete. Warum ließ ich mir von dem blöden Wagenleithner den Tag vermiesen? Ich musste endlich lernen, die Dinge lockerer zu sehen.

Vielleicht sollte ich einfach viel mehr lachen. Ja, das sollte ganz dick auf meiner *To-do*-Liste stehen: *Punkt 9: VIEL MEHR LACHEN!*

Alles von der heiteren Seite nehmen, egal was passiert. Ja, das würde ich ab jetzt machen. Ab jetzt sofort.

»Teddy! Deine Schwester ist da!«

Hihihihihi, nur mehr lachen würde ich.

»Hallo, Tira, schön, dass du vorbeischaust!«

»Hallo, Teddy.« Anstatt sich zu freuen, dass ich es geschafft hatte, sie richtig zu benennen, blickte Tissi mich misstrauisch an.

Ich hielt ihrem Blick stand und grinste wie ein Smiley im Vollrausch.

Tissi stöckelte durchs Geschäft, ließ sich auf der Lederbank nieder und schlug geziert die Beine übereinander. Be-De betrachtete böse die dünnen Waden, die unter dem Kostümrock hervorschauten. Als ob sie neidisch sein müsste, sie ist ja selbst so dünn!

Ich lachte.

Tissi breitete die Arme links und rechts auf der Rückenlehne aus und sprach: »Muss ich denn nicht vorbeischauen, wo meine kleine Schwester drauf und dran ist, einen derart wichtigen Schritt zu wagen? Auch wenn sie es nicht nötig fand, es mir persönlich mitzuteilen und ich davon durch Mama erfahren musste?«

Ich lachte weiter.

»Stimmt es denn? Wirst du wirklich – heiraten?« Das letzte Wort spuckte sie in einer Art und Weise aus, als wäre eine Hochzeit ähnlich erstrebenswert wie Maden essen im Dschungelcamp.

Ich lachte lauter.

»Was gibt's da so blöd zu gackern, du verliebtes Huhn?«

War das nicht witzig von ihr? Konnten sich Hühner überhaupt verlieben? Hihihi …

Tissi wurde böse. »Was ist?«, kreischte sie mich an. »Hat er dir das Hirn rausgevögelt?«

Diesmal blieb das Lachen stecken. Ich hustete.

Tissi hingegen lachte.

Anders als ich zuvor. Ich hatte krampfhaft versucht, fröhlich zu sein, aber sie lachte mich aus. Das hatte sie schon oft getan, ich sollte es gewohnt sein, aber in dem Moment war etwas anders. Als würde ein Schalter in mir umgelegt. Ohne darüber nachzudenken, was ich tat, packte ich sie am Arm und zog sie vom Sofa hoch. »Geh. Geh auf der Stelle. Wenn du mir nichts Nettes zu sagen hast, dann brauchst du nicht mehr zu kommen.«

»Teddy!«

»Ich hab gesagt, du sollst gehen!« Ich schrie die Worte raus, vor meinen Augen tanzten rote Funken. »Und ich sage dir noch was! Hör auf, dich einzumischen! Ich will das nicht mehr, hörst du! Es ist mir schnurzegal, ob du Psychologin oder Psychiaterin oder sonst was bist! Und solange du mich nicht netter behandelst, ist es mir auch schnurzpiepegal, ob du *Tira* oder *Tissi* heißt!«

Mit der flachen Hand schlug sie mir gegen die Stirn. Ich taumelte nach hinten und fragte mich benommen, wieso sie mich ausgerechnet auf die Stirn geschlagen hatte, da kickte Be-De ihr Knie in Tissis Hintern.

Tissi kreischte auf. Be-De kickte noch mal. Tissi schrie etwas von »Mordversuch« und »Anzeige«, dann floh sie hinaus auf die Straße und knöchelte draußen vor der Tür um. Mein Gott, so was war ihr sicher noch nie passiert. Mir fehlten die Worte.

»Bonnie-Denise«, flüsterte ich ehrfürchtig. »Bonnie-Denise, du bist eine echte Freundin.«

Be-De nickte. Dann sagte sie schlicht: »Yeah.«

Den Nachmittag erlebte ich wie auf Drogen. Die ersten beiden Stunden zitterten meine Hände, als hätte ich einen Mord begangen. Und irgendwie hatte ich durch meinen verbalen Befreiungsstoß tatsächlich das Gefühl, als hätte ich Tissi mit bloßen Händen erwürgt. Zumindest ein bisschen. Ich war erleichtert und schockiert zugleich und fürchtete mich vor Mama und der Polizei, doch Be-De zerstreute meine Ängste.

»Ach, komm schon, wie will deine Schwester uns schon was anhängen, die hat doch keinen einzigen Beweis. Glaubst du, die Polizei interessiert, dass sie eine auf den Hintern bekommen hat? Pah!«

Shiti, war die Frau selbstbewusst.

Nachdem Be-De gegangen war, öffnete ich pflichtschuldigst weitere Schuhschachteln im Lager und bediente ein paar Kunden. Unter anderem die Frau vom Fleischer, die das weiße Paar Pantoffeln für den Lehrling umtauschen kam. Wer hätte aber auch gedacht, dass ein mittelgroßer Lehrling Schuhgröße siebenundvierzig haben könnte!

Um sechs Uhr hatte ich die letzte Schachtel aufgemacht.

Nichts.

Konnten die Sachen hier noch irgendwo anders sein? Hmm, die Frage war, warum Hans die Erinnerungsstücke kurz vor seinem Tod abgenommen hatte. Hatte er sie verschenkt? Konnte es so simpel sein? Aber erstens konnte ich mir nicht vorstellen, an wen, zweitens hätte er daraus doch kein Geheimnis zu machen brauchen, und drittens, warum hatte er mir dann gesagt, dass sie bald wieder an Ort und Stelle hängen würden?

Mein Handy klingelte. Mama. Das hatte ja erstaunlich lange gedauert. Ich holte Luft, klappte das Handy auf und sagte: »Hallo Mama.«

»Du weißt schon, dass ich deinetwegen neun Monate Übelkeit und Krampfadern auf mich genommen habe? Vom Dammriss ganz zu schweigen, ich spür ihn heut noch.«

»Ja, Mama«, presste ich hervor, »und ich bin dir auch sehr dankbar dafür.«

Sie stieß einen kleinen Schrei aus. »Dankbar? Und wie kann es sein, dass du dein eigen Fleisch und Blut grün und blau schlägst?«

»Ich ...«

Unbeirrt fuhr sie fort: »Ich will, dass meine beiden Mädchen zusammenhalten!«

Ich wollte schon sagen, dass wir das ja taten, aber das wäre doch zu unsinnig gewesen.

»Du kannst dich bei deiner Mama bedanken, dass ich Tissi davon abhalten konnte, Anzeige zu erstatten.«

Ich verkniff mir das übliche »Danke, Mama« und platzte heraus: »Das musstest du ja auch. Wenn ich im Gefängnis bin, hast du ja niemanden mehr, der dich am Sonntag herumchauffiert.«

Kurz war es still am anderen Ende der Leitung. Mir kam der Gedanke, dass meiner Mutter soeben zum ersten Mal bewusst geworden ist, dass sie in gewisser Weise abhängig war von mir.

Das würde auch erklären, warum sie das Gespräch in recht freundlichem Ton beendete. »Dann also bis Sonntag, Thaddäa.«

»Ja«, sagte ich und klappte das Handy zu.

Wir würden uns am Sonntag sehen. Und bis dahin würde ich es endlich schaffen, mich von ihr zu lösen, sonst würde ich uns beide an den erstbesten Baum fahren müssen.

18

»Und noch mal das ganze Spiel, liebste Teddy – links das Pedal koooommen lassen, rechts ruuuunter drücken, kommen – runter, kommen – runter, jaaaaa, jaaaa, sehr gut … und gleich noch mal, links koooommen, rechts ruuuunter, jaaaa, bravo! Bravissimo, Teddy!«

Ich war ein Genie. Gott, war ich ein Genie! Ich hatte es endlich raus, war zweimal hintereinander angefahren, ohne dass der Motor abgesoffen war.

Und das, obwohl der Zahnarzt auf dem Beifahrersitz mich nervöser machte als je zuvor. Diesmal hatte er mich gleich mit einem Küsschen links und rechts auf die Wangen begrüßt. Ich kam mir dermaßen begehrt vor, dass ich kaum wusste, wohin mit mir.

»Und, Teddy?« Strohmann lehnte sich zu mir. »Was meinen Sie? Sollen wir ihn heute wagen? Den Verkehr?«

Schon klar, er sprach vom Autofahren, trotzdem prustete ich los wie eine Zwölfjährige. Zwischen einzelnen Kichersalven stotterte ich hervor: »Tschuldigung, dass ich hihihi … hihihi, aber ich bin so glücklich, weil das Anfahren klappt, hahaha …«

Ich lachte so sehr, dass mir der Bauch weh tat, der Zahnarzt sah verdutzt drein, weswegen ich gleich noch viel lauter lachen musste. Schließlich warf ich mich auf das Lenkrad und spürte, dass mir der Speichel aus dem

Mund floss. Da hörte ich auf zu lachen. »Tschuldigung«, wiederholte ich.

»Sie sind eine wunderbare Frau der Extreme«, sagte Strohmann.

Verkehr traute ich mich trotzdem nicht. Ich übte auf dem Parkplatz noch vierundvierzig Mal das Anfahren, dann tauschte ich mit Strohmann den Platz und ließ mich nach Hause chauffieren.

»Wissen Sie was?«, begann ich, als wir die Nussdorfer Straße entlangfuhren. »Lassen Sie mich heute bitte früher raus. Sie wissen schon, meine Mutter …«

Der Zahnarzt nickte schelmisch. »O ja, ich verstehe sehr gut.«

Er parkte das Auto in einer Nebengasse und stellte den Motor ab. Ich wollte mich abschnallen, doch er legte die Hand auf den Gurt, oder besser gesagt, auf meine Brust, oder noch besser gesagt, auf meinen dreifach ausgestopften Miss-Bombastic-Wonder-Bra.

»Oh, liebe Teddy«, gurrte er und ich spürte mein Herz unter dem Bombastic Bra rasen. »Gehen Sie nicht so einfach. Unterhalten wir uns noch ein bisschen. Erzählen Sie mir doch was von sich.«

Sofort war ich wieder alarmiert. »Von was denn?«, fragte ich. »Von Hans?«

Mit der freien Hand strich er über meine Wange. »Aber liebste Teddy, was könnte mich denn der alte, tote Mann interessieren, wo doch hier neben mir das blühende Leben in all seiner Pracht und Herrlichkeit, mit all der Süße der Jugend und all der Kraft der weiblichen Sehnsucht sitzt? Ach, Teddy …«

Ach, Mr. Rochester …

O Gott, Mr. Rochester, was wurde das jetzt? OGotto-

Gott, oGottoGott, bitte nicht, bitte nicht – ich bin doch schon vergeben …

»Aber Teddy, wieso schauen Sie denn so schockiert drein? Bitte fürchten Sie sich doch nicht.«

»O Gott …« Ich schnallte mich ab und rüttelte am Türgriff.

Endlich schaffte ich es, die Tür zu öffnen. »Sehen wir uns morgen Abend?«, stieß ich hervor. Immerhin hatte der Mann ja trotz alledem mein Auto, also musste ich ihn wiedersehen.

»Natürlich«, säuselte der Zahnarzt, als wäre nichts gewesen.

Aber es war was gewesen, dachte ich fünf Minuten später, als ich meine Wohnungstür aufschloss. Mama hatte sich diesmal gar nicht blicken lassen, doch ich hatte momentan sowieso keinen Kopf, um mir ihretwegen Sorgen zu machen.

Der verdammt noch mal schönste Mann der Welt hatte gerade versucht, mich zu küssen! Wieso? Wieso nur?

Mein Handy klingelte. Tissi! Okay, Teddy, egal, was passiert, bleib stark. Lass dich ja nicht unterkriegen von ihr.

»Hallo Tissi.« Bleib stark.

»Es geht mir schlecht, Teddy.«

Ich öffnete den Mund, brachte aber kein Wort raus. Konnte sie nicht einfach sein wie sonst immer? Mit der selbstsicheren Tissi, die über alles und jeden drüberfuhr, konnte ich umgehen, aber was, wenn es ihr wirklich schlecht ging? Das tat es doch sonst nie.

»Hat es dir die Sprache verschlagen, Teddy?«

Danke, Tissi. »Nein«, sagte ich fest. »Und ganz ehrlich, ich bereue nichts von dem, was heute passiert ist. Du mischst dich ständig in mein Leben ein. Dann erzählt

Mama dir anscheinend, dass ich heiraten werde, was übrigens gar nicht stimmt, aber darum geht es jetzt nicht, und das Einzige, was du mir dazu zu sagen hast, ist absolut demütigend.« Demütigend, das war gut.

Und da sagte Tissi etwas, das ich in meinem ganzen Leben nicht vergessen würde. Sie sagte:

»Du hast gut reden, du hast ja immer alles gehabt.«

Ich war so schockiert, dass ich mich augenblicklich auf den Boden setzen musste. »Sag das noch mal.«

»Du hast immer Mamas Aufmerksamkeit gehabt.«

»Ach komm«, zischte ich. »Also ob das was Gutes wäre!«

»Glaubst du nicht, dass ich sie nicht auch manchmal gebraucht hätte?«, fragte Tissi ruhig. Viel zu ruhig für meine Begriffe.

Umso hysterischer antwortete ich: »Dann geh doch du jeden Tag zu ihr. Zieh du in dieses Haus. Kümmer du dich um sie.«

»Wozu? Wenn ich sie anrufe, redet sie nur von dir.«

Ich schnappte nach Luft. »Das will ich ja gar nicht!«

Unbeirrt fuhr Tissi fort: »Das war schon immer so. Wenn ich irgendetwas geleistet habe, dann hat sie mich nie gelobt, sie hat ständig nur davon geredet, dass *du* diese Leistung nicht erbringen wirst.«

»Na, ganz toll«, sagte ich.

»Ich hab immer funktionieren müssen. Um dich hat sie sich gekümmert, aber ich war das Selbstläufermodell.«

Ich wollte was einwerfen, doch sie war schneller: »Und bei den Männern hast du es auch leichter.«

Am liebsten hätte ich mein Handy im Klo versenkt. Es gab nur zwei Möglichkeiten: Entweder war Tissi auf Drogen oder sie machte sich einen Spaß daraus, mich zu verhöhnen. Ich befürchtete Letzteres.

»Weißt du, was die Männer in mir sehen?«

Ich verdrehte die Augen so weit rauf, dass sie wahrscheinlich für immer da oben stecken bleiben würden. »Lass mich raten. Sie sehen dich als Sexobjekt.«

»Falsch geraten«, sagte Tissi.

Das kam jetzt überraschend. »Falsch geraten?«, wiederholte ich stupide.

»Sie sehen mich als selbstbewusste Karrierefrau, die es zu knacken gilt. Ist das einmal geschafft, haben sie Angst, dass sie nicht mit mir mithalten können. Folge: Sie verlassen mich. Das war immer so, und das wird immer so sein.«

»Und was ist bei mir besser? Dass ich von vornherein keinen Mann kriege und gar nicht erst verlassen werden kann?«

Das gewohnt Schnippische kehrte in Tissis Stimme zurück. »Frauen wie du bekommen doch immer irgendeinen Mann, der alles für sie tut.«

Ich war im falschen Film. Verwechselte sie mich?

»Was heißt überhaupt ›Frauen wie ich‹?«, hakte ich nach.

»Das weißt du ganz genau.«

»Weiß ich nicht!«

»Heiratest du denn jetzt eigentlich?«

»Nein, nein, das hätte Mama nur gern. Aber was meinst du mit …«

»Oh, Gott sei Dank«, entfuhr es Tissi.

»Warum?«

»Weil es nicht richtig wäre, wenn du, die Jüngere, zuerst heiratest! Gute Nacht, Teddy.«

»Tissi, warte!«

»Wie heiße ich?«

»Ti-, Tira! Entschuldige bitte. Und warum hast du dich überhaupt umbenannt?«

»Weil ich nicht mehr Tissi sein wollte.«

Mir stand der Mund offen, ich wusste nicht, was ich darauf sagen sollte.

Irgendwann merkte ich, dass sie aufgelegt hatte. Der Mund stand mir noch immer offen.

Tissi wollte nicht mehr Tissi sein.

19

Der Freitagmorgen begann hervorragend, ich hatte nämlich mit Gisela vereinbart, gemeinsam einen neuen vorteilhaften Badeanzug kaufen zu gehen, musste also weder laufen noch schwimmen und verzichtete konsequenterweise auch gleich auf das frühmorgendliche Wechselduschen.

Die Einkaufstour erwies sich jedoch alles andere als einfach. Es war richtig harte Arbeit, und ich begann zu verstehen, dass es die Mädchen bei Germanys Next Topmodel tatsächlich nicht leicht hatten. Wodurch mir die Sendung keineswegs sympathischer wurde. Pubertierende Hungerhaken, denen verklickert wurde, dass sie noch mehr hungern mussten, um noch mehr Haken zu werden. Natürlich sah ich mir trotzdem jede Folge an, schaufelte dabei Erdbeereis in mich rein und stellte mir vor, was ich Heidi Klum alles vor den Latz knallen würde, wenn ich einer der Haken wäre.

Jedenfalls war es unglaublich anstrengend und frustrierend, in zwölf verschiedene Geschäfte zu rennen und achtundsiebzig Badeanzüge anzuprobieren. Vielleicht waren es ja auch nur drei Geschäfte und elf Modelle, aber wer zählte schon so genau mit.

Fündig wurden wir schließlich ausgerechnet im ärgsten Altweiberladen. Und das noch dazu bei einem Bikini.

Erst war ich schockiert über den Vorschlag der Verkäuferin, aber als ich den Bikini anprobiert hatte, sah ich, dass sie sich durchaus etwas dabei gedacht hatte. Die Hose war dunkelgrün und an den Seiten ziemlich breit, was den Übergang zwischen meinem normal gebauten Becken und den Reiterhosen um einiges besser machte. Das Oberteil war ein Bügel-Bikini, weiß mit dunkelgrünen Längsstreifen, die aus den Mäusefäustchen fast schon ganze Mäusefäuste machten. Der Bikini hatte also geschafft, was die Badeanzüge nicht zustande gebracht hatten: er schmälerte unten und voluminierte oben. Gisela reckte den Daumen hoch.

»Du siehst großartig aus, Teddy, brauchst dich morgen keinesfalls zu verstecken.«

»Und was ist damit?« Unglücklich zeigte ich auf meine Schenkel.

»Was ist womit?«

»Na, die Orangenhaut.«

»Dreh dich mal um.«

»Nein.«

»Jetzt hab dich nicht so, denkst du, ich hab noch nie eine Frau im Bikini gesehen? Dreh dich um.«

Gott, wie ich das hasste. Doch ich tat ihr den Gefallen, wenn auch mit eingekniffenem Hinterteil.

Sie lachte. »Teufel, Teddy, lass locker, unbedingt.«

Ich versuchte mich zu entspannen.

Sie tätschelte mir den Schenkel. »Teddy, ganz wichtig, auf gar keinen Fall den Hintern anspannen, wenn du in Badeklamotten bist. Klar?«

»Klar.«

»Du weißt warum, oder? Wenn du anspannst, dann hast du wirklich Orangenhaut. Und zwar allererster Güte,

Teufel, Teufel. Einfach locker lassen. Steh einfach gerade, der Rest gibt sich von selbst.«

»Ach, ich wünschte, ich wäre du.«

»Das wünschst du dir nicht.«

»Doch«, beharrte ich. »Du bist nie unsicher. Du bist nie schwach. Aber wenn ich so aussehen würde wie du, wäre ich vielleicht auch nicht mehr schwach.« Ich hörte selbst, dass der letzte Teil meines Satzes mehr nach einer Frage klang als nach einer Feststellung.

Gisela schüttelte den Kopf. »Mamma mia, zieh dich um, danach gehen wir auf einen Kaffee.«

Der Kaffee bestand aus zweimal grünem Tee. Ich weiß nicht warum, aber in Wien geht man immer »auf einen Kaffee«, egal was man dann tatsächlich trinkt. Oder auch tut. Ich für meinen Teil hatte ja mit einer Melange geliebäugelt, schloss mich aber gottergeben Giselas Bestellung an. Grüner Tee klang sehr gesund und entschlackend und so.

»Du willst also ich sein«, nahm Gisela unseren Gesprächsfaden von vorhin auf.

Ich nickte.

»Erklär mir noch mal, warum.«

»Weil ich, wenn ich du wäre, keine Angst vor dem Rest meines Lebens hätte, ich wäre absolut zuversichtlich, ich wüsste, ich würde alles schaffen. Wenn ich du wäre.«

Gisela nahm den Teebeutel aus ihrer Tasse und quetschte mit Hilfe des Löffels die letzten Tropfen heraus. »Teddy, ich erzähl dir kurz was über mich.« Sie legte den Löffel auf die Untertasse und stützte die Ellbogen auf den Tisch.

»Ich bin in einem Kuhkaff aufgewachsen«, begann sie. »Als ich mit siebzehn hundertprozentig sicher war, dass ich lesbisch bin, habe ich mich geoutet. Meine Eltern haben nicht mehr mit mir geredet. Das heißt, wenn wir unter Leuten waren, schon. Doch wenn wir zu Hause waren, hätte ich mit dem Kopf gegen die Wand rennen können, sie hätten nichts gesagt. Das hat mich so wütend gemacht, dass ich mich – aus Rache für ihre Scheinheiligkeit – auch gleich dem ganzen Dorf gegenüber geoutet habe. Danach war ich die Hexe von unserem Kuhkaff. Ich bin nach Wien gegangen und in meine erste WG gezogen, zusammen mit einem Mädchen und einem Jungen. Das Mädchen wurde meine beste Freundin, und sie ist es heute noch. Sie ist verheiratet, und ihre Kinder sind sieben und zehn Jahre alt. Seit vierzehn Jahren bin ich verliebt in sie, darf es ihr aber nie verraten, weil das unsere Freundschaft zerstören würde, das weiß ich.« Sie zuckte mit den Schultern. »Sie ist die Liebe meines Lebens.«

»Scheiße«, sagte ich. Gisela nahm einen Schluck von ihrem Tee. »Oder auch nicht«, entgegnete sie. »Scheiße wäre, wenn ich keinen Kontakt mehr zu ihr haben dürfte, das wäre wirklich Scheiße. Aber so alles in allem darf ich mich doch eigentlich recht glücklich schätzen.«

Ich sah anscheinend etwas ungläubig drein, denn Gisela beeilte sich zu sagen: »Teddy, jetzt geh mal in Gedanken alle Menschen durch, die du kennst, und dann stell dir vor, du könntest mit einem von ihnen tauschen. Und zwar mit allem Drum und Dran, Charakter, Gefühlslage, Aussehen, Beruf, alles. Stell dir das einfach mal vor. Und dann nenne mir eine Person, mit der du gerne tauschen würdest. Für die du *dich selbst* hergeben würdest.«

Ich überlegte. Naturgemäß ging ich erst mal die hübschesten Frauen durch. Gisela? Nein, vielleicht doch nicht, die hatte selbst genug Probleme. Tissi? Mein ganzes Leben hatte ich so aussehen wollen wie sie. Begehrt werden wie sie, ihr Leben führen. Doch sogar sie hatte Probleme, wie ich seit gestern wusste. Vanessa? Hmm, Vanessa tat mir leid, nein, so wollte ich auch nicht sein. Bonnie-Denise? Dann müsste ich aber auch ihren Mann nehmen. Und die Kinder. Und dann wäre nichts mehr mit dem Piraten. Vielleicht mit dem Piraten selbst tauschen? Dann würde ich zumindest unsterblich geliebt werden, nämlich von Teddy. Und wenn ich der Pirat wäre, dann wäre der Pirat ich, und dann wäre eigentlich wieder alles so, wie es eh schon war. Das wäre auch nicht gut, und außerdem, nein, ich wollte doch *ich* sein und den Piraten erobern!

»Nein«, entfuhr es mir plötzlich. »Nein, ich möchte tatsächlich niemand anderes sein. Ich will ich sein. Nur besser.«

Gisela lachte laut. »Na, dann mach dich doch besser. Mach einfach. Ein anderer kann's nicht für dich tun.«

»Weißt du was, Gisela? Aber –«, ich stockte, »was ich dir jetzt erzähle, darfst du nie jemandem sagen.«

Gisela hob feierlich die linke Hand. »Ich schwöre.«

»Letzten Freitag war ich kurz davor, mich aus dem Fenster zu schmeißen.«

Sie wirkte nicht im Mindesten schockiert, sie fragte nur: »Und warum?«

Ich spürte, wie mir die Tränen in die Augen stiegen. Oh Mann, das brauchte ich jetzt aber echt nicht. Energisch räusperte ich mich. »Wegen so vielem.« Ich seufzte. »Zum Beispiel wegen meiner Mutter, die sich andauernd einmischt, die mich nicht mein Leben leben lässt.« Ich ließ die Faust auf die Tischplatte fallen. »Wobei ich ja nicht mal weiß, *wie* ich gerne leben würde, wenn sie mich ließe. Ich bin zweiunddreißig und hab noch nie einen Mann gehabt. Noch nie!«

Gisela lächelte. »Na und? Ich auch nicht.«

Ich fand das nicht lustig. »Manchmal, wenn ich unter Leuten bin, im Schuhladen oder einkaufen oder einfach nur auf der Straße gehe, dann habe ich das Gefühl, dass alle es mir ansehen. Als würde es mir ins Gesicht geschrieben stehen. Es ist wie ein Stigma. Ich bin eine Aussätzige. Ich gehöre nicht dazu.«

Sie nahm meine Hand. »Teddy, niemand sieht dir das an. Niemand. Was fast schade ist, weil du stolz darauf sein solltest, dass du es anders machst als die Masse. Das zeugt von Stärke.«

»Aber ich möchte doch so gerne sein wie alle anderen«, stieß ich verzweifelt hervor. »Ich will ganz normal sein.«

»Teddy, was bedeutet denn ›ganz normal sein‹«? Wie der ganz normale Rassist von nebenan? Wie der ganz normale kleinkarierte Bürger, der kein anderes Vergnügen kennt, als über die Nachbarn zu meckern? Wie die ganz normale Ehefrau, die mit ihrem Mann schläft, während sie an ihren Bürokollegen denkt? Das sind normale Menschen, fürchte ich. Möchtest du sein wie sie?«

Ich schüttelte den Kopf.

Gisela ließ meine Hand los. Sie sah ernst aus. »Individualität wird leider viel zu wenig geschätzt. Die Welt wäre bunter und besser, wenn wir nicht alle in dem Zwang leben würden, so sein zu müssen wie Hinz und Kunz.«

Ich ließ mir das durch den Kopf gehen. Plötzlich fragte Gisela: »Warum hast du denn noch nie einen Mann gehabt?«

»Na, weil mich nie einer interessiert hat, den ich hätte haben können«, sagte ich und fegte mit der Hand beinahe meine Teetasse vom Tisch. »Wahrscheinlich hätte ich aber nicht mal die haben können, die mich nicht interessiert haben!«

»Das ist der größte Unsinn, den ich je gehört habe. Teddy«, Gisela beugte sich zu mir, »jetzt will ich dir mal was über Männer verraten. Wenn eine Frau es geschickt anstellt, dann bekommt sie jeden – und damit meine ich wirklich *jeden* – Heteromann ins Bett. Ausnahmen gibt's nicht. Auch nicht George Clooney.«

Ich grinste. George Clooney, das wäre was.

Indessen fuhr Gisela fort: »Und das nicht unbedingt, weil Männer notgeiler sind als Frauen. Aber einen Mann kannst du grundsätzlich immer bei seiner Eitelkeit packen. Du musst nur herausfinden, ob es ihm mehr schmeichelt, erobert zu werden oder selbst zu erobern. Also, Teddy, Folgendes: Wenn du noch Jungfrau bist, dann ist das erstens mal dein gutes Recht und zweitens«, sie machte eine kurze Pause, »bist du selbst dafür verantwortlich.«

Ertappt blickte ich hoch.

Gisela lächelte. »Und nur, dass ich das noch mal klarstelle: Ich finde es absolut prima, dass du nicht mit jedem Dahergelaufenen in die Kiste steigst. Ich finde es prima, wenn du für dich entschieden hast, dass du noch warten willst. Aber wenn du eigentlich nicht warten willst, dann liegt es allein in deiner Hand.«

Atemlos stieß ich hervor: »Wie krieg ich Sigi ins Bett? Soll ich ihn auch bei seiner Eitelkeit packen? Welcher Typ ist er?«

Gisela setzte ihre Tasse ab. »Sigi ist kein Eroberer. *Er* muss erobert werden. Doch du bist schon auf dem besten Weg dazu. Sei einfach weiter nett zu ihm. Sei du selbst, er mag dich ja. Du musst nur mehr Selbstvertrauen haben.«

Ich knirschte mit den Zähnen. »Ich weiß.«

Gisela nickte mir aufmunternd zu, dann sagte sie: »Und verrätst du mir jetzt noch, warum du dich dann doch nicht aus dem Fenster geschmissen hast?«

»Weil ich leben will«, antwortete ich. »Und weil ich nicht versäumen möchte, was an Schönem vielleicht noch kommen wird.«

Gisela nickte zufrieden und trank ihren Tee aus. »Das sind zwei hervorragende Gründe, Teddy. Vergiss sie nie.«

Ich spürte das Leben in mir. Langsam schien ich alles auf die Reihe zu bekommen. Morgen würde mein Date sein, Mama gab sich zurzeit handzahm, Tissi hatte auch kein leichteres Leben als ich und Vanessa mochte mich ganz ehrlich.

Nur eine Sache lag mir im Magen. Ich musste dem Zahnarzt bei der heutigen Fahrstunde unbedingt Grenzen setzen. Musste ihm sagen, dass es einen anderen Mann in meinem Leben gab. Dass es für ihn und mich keine gemeinsame Zukunft geben konnte.

Ich musste also das allererste Mal in meinem Leben einem Mann das Herz brechen.

Das stellte ich mir so vor:

Ich steige zum Zahnarzt ins Auto. Noch ehe ich mich wehren kann, küsst er mich mit einer Leidenschaft, die loderndstes Feuer entfacht, dessen Glut uns beide zu verbrennen droht. Ich laufe Gefahr, unter seinen Küssen zu ersticken, ihm selbst droht das Herz aus der Brust zu springen. »O Hubertus«, stöhne ich, »Hubertus, wie gern würde ich mich dir hingeben, für immer dein sein, doch –«, ich stocke. Wie soll ich es ihm nur sagen, wo ich doch weiß, wie sehr es ihn schmerzen wird? »Was?«, stößt er hervor. »Liebst du mich denn nicht?« Ich streichle sanft seine Wange und hauche behutsam: »Du wirst eine andere finden, eine, die besser zu dir passt.« – »Es gibt keine andere!« Ich drücke ihm einen letzten Kuss auf die Lippen und sage: »Es tut mir leid, Hubertus, doch ich liebe einen anderen Mann.« Er fasst sich an die Brust, unsere Tränen laufen im selben Rhythmus die Wangen hinunter, er sagt: »Dann gebe ich dich also frei, du Liebe meines Lebens.« Dann steigt er aus. Ich rutsche rüber auf den Fahrersitz und fahre mein neues Auto nach Hause.

Scheiße! Ich hatte ja ganz vergessen, dass ich den Peugeot auf mich anmelden musste. Himmelschimmel, wie sollte ich denn am Sonntag auf den Kahlenberg fahren, wo doch noch die Nummernschilder vom Zahnarzt draufgeschraubt waren?

Das musste ich irgendwie mit ihm regeln. Also ihm vielleicht nicht gleich von vornherein das Herz brechen, sondern ihn erst bitten, dass er mir das Auto diesen Sonntag ausnahmsweise so überließ.

O Mann, mir blieb auch nichts erspart.

Trotzdem war ich gespannt auf den Abend. Wie es wohl sein würde, mal keinen Korb zu erhalten, sondern einen zu geben?

Um Punkt sieben kletterte ich auf den Beifahrersitz. Der Zahnarzt sah mich nicht an, sondern starrte nur geradeaus durch die Windschutzscheibe. Das kam mir komisch vor.

»Hallo«, sagte ich weitaus koketter, als ich es vorgehabt hatte.

»Hallo«, sagte Strohmann. »Hallo, Teddy.«

Keine »liebste«? Kein Kuss? Kein Mr. Rochester? Verunsichert schnallte ich mich an und ließ mich schweigsam auf unseren Parkplatz auf der Höhenstraße kutschieren.

Schweigsam zumindest die ersten hundert Meter. Dann hielt ich es nicht mehr aus. Ich war so darauf eingestellt gewesen, die unerbittliche Herzensbrecherin zu spielen, dass seine plötzliche Distanz mich regelrecht enttäuschte.

»Hubertus«, sagte ich und war mir bewusst, dass ich ihn das erste Mal bei seinem Vornamen genannt hatte. »Hubertus, ist irgendetwas passiert?«

Stumm schüttelte er den Kopf, während er seinen Blick auf die Straße gerichtet hielt.

»Sie sind heute so … anders …«

»Ja, das bin ich.«

»Hat das … hab ich irgendwas falsch gemacht?«, fragte ich.

»Nein.«

Okay, das beruhigte mich fürs Erste.

Beim Üben saß er stocksteif neben mir und sah kommentarlos zu, wie ich den Motor abwürgte. Und dann noch mal. Und dann noch mal.

Genug war genug.

»Hubertus, bitte sagen Sie mir, was los ist. Ich bringe gar nichts zustande, wenn Sie so sind. Ist es wegen dem Auto? Wenn Sie es mir doch nicht geben wollen, dann ist das natürlich völlig in Ordnung.« Was konnte ich auch anderes sagen?

Doch der Zahnarzt sagte: »Sie können es gleich heute mitnehmen. Die Ummeldung können wir nächste Woche erledigen.«

Prima! Das war es ja, was ich gewollt hatte. Ich bekam

das Auto, und aus war es mit den nervigen Avancen vom Zahnarzt. Na super, dann konnte ich ja zufrieden sein. Alles hatte sich in Wohlgefallen aufgelöst.

Natürlich konnte ich trotzdem nicht lockerlassen.

»Gefalle ich Ihnen nicht mehr?«, fragte ich zaghaft und machte mich im Geheimen darauf gefasst, dass er mich auslachen und sagen würde, dass *ich* ihm doch bitte nie gefallen hätte.

»Teddy, ich bin einfach zur Vernunft gekommen und, ach, reden wir nicht mehr davon.«

»Vernunft ist blöd!«, rief ich empört. Ich wollte ihn nicht vernünftig, ich wollte ihn als Mr. Rochester. Ich wollte doch heute sein Herz brechen.

»Ich fahre Sie jetzt nach Hause, Teddy. Das Auto bleibt dann gleich bei Ihnen.«

Wir tauschten die Plätze, und er fuhr mich nach Hause. Mein Herz begann schneller zu klopfen, als er in der Seitengasse parkte. Doch er machte keinerlei Anstalten, unsittlich zu werden, also hatte der versteckte Parkplatz wohl nur den einen Zweck, meiner Mutter auszuweichen.

»Ich werde jetzt aussteigen«, erklärte er. »Wegen der Formalitäten werde ich nächste Woche Fräulein Hoffmann zu Ihnen ins Geschäft schicken, dann können Sie die Ummeldung vornehmen.«

Mir kam ein Gedanke. »Hat Vanessa, also das Fräulein Hoffmann, irgendetwas über mich gesagt, sind Sie deshalb böse auf mich?«

Er schüttelte den Kopf. »Nein, niemand hat etwas gesagt. Ich habe lediglich für mich entschieden, dass ich so nicht weitermachen kann.«

»Wie? Wie denn weitermachen? Oder nicht weitermachen? Womit?«

»Ich steige jetzt aus«, wiederholte er und hatte die Hand schon auf dem Türgriff. Nein! Ich konnte doch nicht zulassen, dass mein größter, mein einziger Verehrer plötzlich aus meinem Leben verschwand und ich mich fühlen musste, als wäre ich verlassen worden, dabei hatte doch *ich ihn* verlassen wollen.

»Nein!«, rief ich. »Bitte nicht!« Pack ihn bei seiner Eitelkeit, Teddy!

»Hubertus, ich bin noch Jungfrau.«

Sein Kopf schoss herum, endlich sah er mich an.

Ich schluckte und fuhr fort: »Und ich glaube, dass ich mich immer nur für Sie aufgehoben habe.«

»Ist das Ihr Ernst?«

Natürlich nicht, aber ich nickte. Und hoffte, dass er mir gleich eine Liebeserklärung machen würde, woraufhin ich ihm dann sanft und charmant einen Korb geben konnte. Auch wenn ich noch keine Ahnung hatte, wie ich das begründen könnte, wo ich ihn doch soeben geradezu angefleht hatte, mich zu entjungfern.

In der nächsten Sekunde lag sein Kopf auf meiner Brust beziehungsweise auf dem Miss Bombastic und so weiter.

Und dann begann er, heiße Küsse auf mein Zitronenshirt zu verteilen. Oh, oh – so, jetzt war es aber wieder gut, ich hatte gesehen, dass ich ihn noch rumkriegen würde, jetzt konnte er ruhig wieder aufhören. »Ähm, Hubertus ...«

Er hob den Kopf und legte seinen Zeigefinger an meine Lippen. »Oh Teddy, sagen Sie jetzt nichts. Kommen Sie mit zu mir!«

»Äh, ähm, meine Mutter wartet auf mich. Leider.«

»Dann morgen Abend. Um acht. Ich wohne direkt über

der Praxis. O Teddy, nicht nein sagen. Liebste Teddy, ich brauche Sie doch!«

»Also gut, morgen Abend dann.«

Er nahm mein Gesicht in beide Hände und versprach: »Das wird ein unvergesslicher Abend werden, Teddy.«

Da begann ich mich das erste Mal zu fürchten.

In meiner Wohnung angekommen, ließ ich mich erst mal aufs Sofa fallen. Morgen Abend würde ich den Zahnarzt besuchen. Und wenn ich all die Anzeichen und Anspielungen nicht vollkommen missdeutet hatte, dann wollte der Zahnarzt dort etwas ganz Bestimmtes mit mir machen. Was heißt missdeuten? Was heißt Anzeichen und Anspielungen? Hatte ich selbst nicht gerade zu ihm gesagt, dass ich mich nur für ihn aufgehoben hatte? Was hatte ich nur getan? Gisela hatte mich doch davor gewarnt, ihm falsche Hoffnungen zu machen. »Oh Gott«, stöhnte ich. Das Verlangen, auf der Stelle einen Schokoriegel zu verschlingen, war übermächtig. Doch dann dachte ich an morgen Früh, an mein Date mit dem Piraten. Alles andere musste beiseite geschoben werden. Alles andere war wurscht. Wurscht. Ich packte den Bikini aus, zwängte mich hinein und stellte mich vor den Spiegel. Sah ich lesbisch darin aus?

Vor allem sah ich wie eine Birne darin aus.

Und nachdem keine Motivationsstütze Gisela neben mir stand, wurde die Birne oben immer schmaler und unten immer breiter.

Ich versuchte es auf Zehenspitzen. Das war irgendwie besser. Auf Zehenspitzen und den Hintern nach hinten strecken, dann waren die Reiterhosen schmaler. Also, zumindest von vorne.

In dem Moment spürte ich etwas Nasses an meinem Bein und entdeckte ein dünnes Blutrinnsal, das aus der Bikinihose kam.

Natürlich. Morgen ging ich mit dem Piraten schwimmen, und tollerweise hatte ich rechtzeitig dafür meine Tage bekommen.

Plötzlich musste ich lachen. Trotzdem würde der morgige Tag der verdammt noch mal beste in meinem Leben werden!

Er musste einfach.

20

Samstagmorgen, sieben Uhr. Ich lag im Bett auf dem Rücken und wusste nicht, was weiter aufgerissen war, meine Augen oder mein Mund. In drei Stunden sollte ich mit dem Piraten im Schwimmbad sein.

In einem Bikini.

War ich komplett durchgeknallt?

Ich verfluchte mich und Gisela und den Piraten. Und den Zahnarzt gleich mit. Das kam ja auch noch dazu! Nach der ganzen Bikini-Strapaze wollte der mich am Abend noch entjungfern.

Ich wusste, dass alle anderen Mädchen das auch durchmachten. Aber ich war doppelt so alt wie ein Mädchen!

Er hatte eine weiße Hose an und dazu ein hellblaues Shirt. Ein schlankes Kind mit brauner Haut und schwarzem Zopf hing an seiner Hand. Obwohl der Pirat locker der Vater des Mädchens hätte sein können, sah er neben ihr etwas verloren aus und wirkte viel eher wie der Bruder als wie der Onkel. Ich atmete kräftig aus – na komm, hin mit dir, du Heldin, du schaffst es.

Zwei Minuten später stand ich noch immer zehn Meter hinter den beiden. Es war sicher das dreißigste Mal, das ich kräftig ausatmete, mittlerweile war ich knapp vorm Hyperventilieren. Da drehte das Mädchen sich um. Sie legte den Kopf schief und sah mich an. So als wüsste sie ganz genau, dass ich diejenige war. Ich winkte ihr zu. Ihr Mund öffnete sich zu einem Lächeln, so spontan wie nur Kinder es hinbekommen. Sie zog am Piraten. Ich atmete ein einunddreißigstes Mal aus und ging zu ihnen.

»Hallo«, sagte ich.

»Guten Tag, Frau Kis«, sagte der Pirat.

»Hallo«, sagte das Mädchen. »Bist du die Frau Kies?«

Ich beugte mich zu ihr. »Ja, aber es wäre schön, wenn du Teddy zu mir sagst.«

»Teddy?« Sie hielt sich die Hand vor den Mund und lachte. »Teddy so wie ein Teddybär?«

Ich nickte. »Ganz genau. Und wie heißt du?«

»Cheyenne.«

»Das ist ein sehr schöner Name.«

»Ich bin schon sechs.«

»Wow.«

»Frau Kis, ich danke Ihnen sehr, dass Sie gekommen sind.«

»Und ich danke Ihnen«, antwortete ich und ging voraus zur Warteschlange. Den Anfang hatten wir geschafft.

Es dauerte eine knappe Minute, bis ich die Katastrophe entdeckte. Vier Leute waren noch vor uns, als ich bemerkte, dass ich meine Geldbörse zu Hause vergessen hatte. Wie hatte das denn passieren können? Da bereitete ich mich tagelang wie eine Verrückte auf dieses Ereignis vor und dann vergaß ich das Allerwichtigste!

Niemand, niemand auf der Welt hätte mich dazu bringen können, den Piraten zu bitten, für mich mit zu bezahlen. Das war so peinlich. Unsagbar peinlich.

Nur noch zwei Leute vor uns. Ich spürte, wie sich Schweiß auf meiner Stirn sammelte, und war mir sicher, dass er aus reinem Blut bestand. O lieber Gott, wenn du mir aus dieser Situation hilfst, dann werde ich ein besserer Mensch. Ich werde alles tun, nur bitte, bitte, bitte, bitte … mein Blick fiel auf die Familie hinter uns und vor allem auf ihre Badetasche, die sie auf den Boden gestellt hatte. Obenauf lag eine schöne, dunkelblaue Geldbörse … natürlich war es geistige Umnachtung, aber bitte, nur aus Liebe. Aus Liebe und dem unkontrollierbaren Bedürfnis, um nichts in der Welt peinlich zu sein. Bevor ich wusste, was ich tat, hockte ich mich neben die Badetasche und nahm mit der Flinkheit eines Meisterdiebs die Geldbörse an mich.

Ich hielt die Luft an. In meinen Ohren rauschte es. Würde die wütende Menge sich auf mich stürzen? War die Polizei schon unterwegs? Klickten die Handschellen? Bis auf die zweitausend Schilling aus Mamas Wäschelade und das Weihnachtsbaumgeld hatte ich noch nie etwas gestohlen.

Das Diebesgut brannte wie Feuer in meiner Hand, als ich mich der Kasse näherte.

»Frau Kis, es ist mir eine Freude, Sie einladen zu dürfen.«

Schmallippig lächelte ich den Piraten an. Hätte er mir das nicht eine halbe Minute früher sagen können?

Mein Versuch, die Geldbörse unbemerkt in die Familientasche zurückzubefördern, misslang gründlich. Der Jüngste zeigte auf mich und rief: »Die hat was zu unseren Sachen geschmissen.«

Ich beugte mich zu ihm und versuchte, möglichst kinderlieb dreinzuschauen. »Das war ein Zaubertrick, Kleiner«, flüsterte ich.

Auf der Stelle baute sich das bärtige Oberhaupt vor mir auf. »Lassen Sie unseren Sohn in Ruhe!«

»Ich –«

»Frau Kis, ist alles in Ordnung?«

»Die hat meinen Sohn angequatscht!«

Am liebsten hätte ich diesem Dämlack von fürsorglichem Familienvater eins übergezogen. Ich hatte ihm doch nur das Diebesgut zurückgegeben!

»Komm, Cheyenne«, sagte ich, nahm das Mädchen bei der Hand und war heilfroh, kindliche Unterstützung an meiner Seite zu haben.

Kaum waren Cheyenne und ich in der Damenumkleide angekommen, raunte ich ihr verschwörerisch zu: »Sag mal, warum trägt dein Onkel eigentlich die …« Wenn du ihn wirklich liebst, dann lass ihn das mit der Augenklappe selbst erklären, mahnte Giselas Stimme in meinem Ohr. Cheyenne sah mich erwartungsvoll an. Ich seufzte: »Die weiße Hose?«

Cheyenne zuckte die Schultern. Dann zog sie sich ganz alleine um und legte ihr Kleid, ihre Unterhose und ihre Socken so sorgfältig zusammen, dass meine pedantische Mutter ihre Freude daran gehabt hätte. Ich schmiss mein Zeug irgendwie hinterher und tänzelte möglichst unauffällig in die Nähe des Ganzkörperspiegels.

Das sah nicht gut aus. Hatte ich wirklich so viel Cellulite? Hatte Gisela nicht gesagt, das würde nur an dem grellen Licht in der Boutique liegen? Himmel, beide Schenkeln zusammengenommen, mussten das an die dreißig Dellen sein. Was heißt Dellen, Löcher!

Okay, du darfst ihn einfach nie hinter dich lassen, konzentrier dich auf die Front. Schultern nach hinten, Bauch rein, Brust raus, oha, was war das? Ich kniff die Augen zusammen und beugte mich nach vorne. Mein Kopf knallte gegen den Spiegel.

»Was machst du denn da, Teddy?«, fragte Cheyenne.

»Ähm nichts, Cheyenne. Sei so lieb, ich muss nur ganz kurz in eine Kabine. Bitte setz dich so lange dahin, ja? Nicht weggehen.«

»Okay.«

Ich rannte in die nächste Kabine. Hier war es natürlich finster, Shit. Aufgeregt fuhr ich an meinem linken Oberschenkel entlang. Ja, da waren sie. Scheiße! Was war ich nur für eine Frau? Welche Frau auf dieser Welt ließ zwei volle Quadratzentimeter Schamhaar auf ihrem Oberschenkel stehen? Welche andere Frau hatte überhaupt Schamhaare auf dem Oberschenkel? Ich zerrte an der Badehose und zog sie so weit es ging nach links. Blödsinn. Ich versuchte mir die Haare auszurupfen, was zur Folge hatte, dass die Tränen in meine Augen traten und mir das knallige Rot meiner Haut sogar hier in der dunklen Kabine entgegenleuchtete. Ich hätte mich umbringen können.

»Teddy?«

»Ich komm schon!« Gab es nicht irgendwo einen Rasierer, den ich klauen konnte? Verdammt. Aber es half nichts, ich durfte ihn eben nicht direkt vor mich lassen. Und nicht hinter mich. Am besten, ich hielt mich die ganze Zeit über im Wasser auf. Und der Tampon? Ich lüpfte die Bikinihose. Kein blaues Band weit und breit zu sehen, kein Wunder, ich hatte den Tampon samt Band bis in meine Gebärmutter gestopft. Mindestens.

Ich wickelte mein Handtuch um die Hüften, das obere Ende so hoch, dass es bestimmt bescheuert aussah, aber wenigstens auch gleich mein Bauch davon bedeckt war. Dann wetzte ich zurück zum Schrank. »Tschuldige bitte, Cheyenne, ich hatte nur ein Problem mit meinem Bikini.«

»Was hast du denn für ein Problem mit deinem Bikini?«

»Hab den Verschluss nicht zugekriegt.« Stehlen und kleine Kinder belügen. Na bravo.

»Schau, ich hab einen Kitty-Kat-Badeanzug«, erklärte Cheyenne und stemmte die Hände in die Hüften.

»Ich seh's«, antwortete ich. »Er ist sehr süß. So, und jetzt komm, wir gehen deinen Onkel suchen.«

»Mein Onkel heißt Sigi.«

»Ich weiß.«

»Aber du hast Herr Nemeth zu ihm gesagt.«

»Naja, so heißt er eben auch. Sigi und Herr Nemeth.«

»Ich will, dass du Sigi zu ihm sagst.«

»Das will ich auch, Cheyenne, glaub mir, das will ich auch«, antwortete ich voller Inbrunst und wunderte mich selbst darüber, dass ich mich der kleinen Kitty Kat anvertraute.

Der Pirat erwartete uns vor der Tür. Er musste genauso schüchtern sein wie ich, denn seine Badehose reichte bis über die Knie. Meine Güte, wie dünn und sehnig seine Waden waren. Verstohlen betrachtete ich seinen nackten Oberkörper. Da war kein Gramm Fett drauf. Und kaum ein Muskel. Dafür erstaunlich viele Haare. Ich fand ihn schön.

Cheyenne wollte gleich ins Wasser.

»Gehen Sie nur rein mit ihr«, sagte ich. »Ich suche uns noch ein Plätzchen, dann komm ich nach.«

»Danke, Frau Kis.«

»Geben Sie mir Ihr Handtuch, dann leg ich es gleich dazu.«

»Ja, bitte.« Er räusperte sich. »Danke, Frau Kis.«

Ich seufzte leise. Wir würden *nie* »Sigi« und »Teddy« zueinander sagen.

So, wohin mit uns, das war die Frage. Die Schattenplätze unter den Bäumen waren natürlich samt und sonders belegt. In die Sonne durften wir aber auf keinen Fall, Sonnenlicht war absolut tödlich, wenn man Orangenhaut, Damenbart und Oberschenkelschamhaare zu verbergen hatte. Ich quetschte unsere drei Handtücher zwischen zwei Familien unter einen kümmerlichen Baum, der zumindest ein bisschen das grelle Licht dämmte. Cheyennes Schneewittchenhandtuch legte ich in die Mitte. Irgendwie wünschte ich mir, ich wäre das Kind.

Es waren eine Unmenge Leute im Schwimmbad. Die Luft war erfüllt von einem einzigen vergnügten Kreischen. Mussten die Leute alle nicht arbeiten? Wurscht Teddy, denk einfach nur an Carpe diem, an killen mit deinem smile und dass du heute veni, vidi, vici musst.

Ich smilte, zog mein Handtuch noch fester um Bauch und Hüften und machte mich auf den Weg zum Erlebnisbecken. Der Pirat stand bis zur Brust im Wasser und Cheyenne strampelte vor ihm herum. »Teddy«, rief sie.

»Hallo«, rief ich zurück. Beide sahen mich erwartungsvoll an. Ich rührte mich nicht von der Stelle.

»Komm rein, Teddy«, quietschte Cheyenne. »Das Wasser ist gar nicht kalt, wenn man drinnen ist.«

Ich nickte. Der Pirat sah mich noch immer an. Ich bewegte mich keinen Zentimeter.

»Bitte, kommen Sie doch, Frau Kis.«

Ich biss mir auf die Lippen. Kapierte der Mann nicht, dass ich unmöglich ins Wasser steigen konnte, solange er mich ansah? Dazu hätte ich ja das Handtuch runternehmen müssen.

»Teddy, koohoomm!«

Und der Pirat sah mich noch immer an. Konnte Cheyenne ihn nicht kurz ertränken, oder so?

Gottergeben knotete ich das Handtuch auf, so langsam

wie ich nur konnte. Zeit genug für den verfluchten Mann, sein Auge endlich woandershin zu richten. Der dachte aber gar nicht dran. Der schützende Schurz glitt an meinen Beinen hinab. Automatisch ging ich auf die Zehenspitzen und stemmte den Po nach hinten. Es gab so viele Dinge, die ich beachten musste. Beine verlängern, Hüften verkleinern und zusätzlich noch so unlesbisch wie nur möglich aussehen.

Mit dem Gesicht nach vorne, die linke Hand auf den linken Oberschenkel gepresst, stieg ich die Leiter hinab. Unter Aufsicht des Piraten. Das Wasser war saukalt, trotzdem enterte ich das Becken im Zeitraffer. »Haaa, das ist aber nicht so warm«, piepste ich.

»Du musst schwimmen, Teddy. Schau, so wie ich.«

Ich schwamm eine Runde um Cheyenne und den Piraten herum. Plötzlich musste ich lachen. Ich hüpfte vor den beiden auf und ab. Und nein, mein Bikini verrutschte nicht. Das Leben war so schön.

»Schau mal, Teddy, wie ich tauchen kann.«

Cheyenne hielt sich mit spitzen Fingern die Nase zu und tauchte unter. Sobald sie unter Wasser war, ließ sie ihre Nase los und ruderte mit den Händen herum. Der Pirat und ich lächelten uns an. Mama und Papa, voller Stolz auf ihren Spross. Im nächsten Moment war meine Badehose bei den Knien. Ich kreischte. Und ruderte auch gleich mit den Händen unter Wasser herum. Cheyenne tauchte wieder auf und kicherte wie von Sinnen. Ich drehte mich um und tat so, als würde ich außerhalb des Beckens jemanden suchen.

War das der Moment gewesen? Der Moment, in dem der Pirat mich das erste Mal nackt gesehen hatte? Konnte wahrscheinlich eh keinen besseren ersten Blick auf den

Körper geben als unter Wasser. Oder? Ich meine, Wasser schmeichelt doch. Gott, wie lange drehte ich den beiden nun schon den Rücken zu? Und nach wem hielt ich hier überhaupt Ausschau? Und warum war ich zweiunddreißig und machte mir über zwei Sekunden »unten ohne« Gedanken? Wurscht. Wurscht. Wurscht. Mit Schwung drehte ich mich um. Der Pirat und Cheyenne waren am anderen Ende des Bassins und völlig mit sich selbst beschäftigt. Wurscht.

Ich gab mir alle Mühe, mit besonders sportlichen Schwimmstößen zu ihnen zu gelangen. So sportlich wie Brustschwimmen halt ausschauen kann, wenn man den Kopf nicht eintauchen darf.

»Komm, Teddy, tauchen wir!«

»Geht leider nicht, Cheyenne. Die Brille.« Und die Wimperntusche. Und das Rouge. Und der Pickelabdeckstift.

Cheyenne zuckte mit den Schultern und schlug unter Wasser einen Purzelbaum. Hätte ich bloß ihr Selbstbewusstsein.

»Frau Kis«, der Pirat räusperte sich.

»Ja?«

Wieder ein Räuspern. »Nun ja, ich wollte nur sagen, dass ich es sehr schön finde, dass Sie heute gekommen sind. Ich habe Sie ja die ganze Woche nicht gesehen.«

Ich *wollte* ja kommen, ich *wollte*. Wie gern hätte ich das zu ihm gesagt. Und ihn in den Arm genommen. Und all die Menschen um uns herum woandershin verbannt. Zu Cheyenne unters Wasser.

»Ich, ähm, ich habe ein neues Auto bekommen und musste jetzt das Fahren mit Gangschaltung üben. Der Zahnarzt, kennen Sie ihn? Dr. Strohmann, er hat mir die ganze Woche Fahrstunden gegeben.«

»Ich verstehe.«

»Haben Sie einen Führerschein, Herr Nemeth?«

Der Pirat schüttelte den Kopf. »Dazu habe ich mir wohl nie die Zeit genommen.«

Cheyenne tauchte zwischen meinen Beinen durch, ich hielt meine Badehose fest. »Gisela hat mir erzählt, dass Sie mit ihr zusammen studiert haben.«

Jetzt nickte er.

Himmelschimmel, dass man ihm alles so aus der Nase ziehen musste! »Was haben Sie denn studiert, Herr Nemeth?«

»Nichts so richtig, fürchte ich. Anfangs Geschichte und Politikwissenschaften. Dann habe ich es mit Philosophie und Sinologie versucht. Und mit Ethnologie. Und dann mit Veterinärmedizin.«

»Oh. Das ist aber viel.«

»Alles nur sehr kurz. Ich habe nicht viel Bildung an der Universität erlangt.«

»Ich auch nicht«, versuchte ich einen Scherz, haha, ich war ja nie auf der Uni gewesen.

Doch er nickte nur. In dem Moment zog Cheyenne ihm die Badehose runter. Und wieder war ich es, die kreischte. Und hektisch war. Und sich anschließend intensiv nach jemandem außerhalb des Beckens umsah. So lange, bis Cheyenne mir mitteilte, dass wir drei jetzt auf ein Eis gingen.

Außerhalb des Wassers taten sich folgende drei Probleme auf:

Erstens: Cheyenne bibberte wie Espenlaub, ich musste ihr natürlich mein Handtuch abtreten.

Zweitens: Mein Bikini hatte im Wasser völlig die Form verloren, was eigentlich nicht sein konnte und was dem

Altweiberladen mächtig Ärger bescheren würde, aber im Moment war ich ein Walross, an dem oben und unten ein paar Algen hingen. Zu allem Unglück schien der Pirat, dieser Galant, sich in die absurde Vorstellung verbissen zu haben, dass er als Mann hinter uns Damen zu gehen hatte.

Drittens: mein Tampon. Das Chlorwasser musste ihn dermaßen aufgepumpt haben, dass er drückte und nach unten zog, und ich war mir sicher, dass er nicht mehr lange an Ort und Stelle bleiben würde.

»Ich müsste mal dringend …«

»Sie sind natürlich eingeladen, Frau Kis. Welches Eis haben Sie denn gern?«

»Ich, ähm, Magnum Double Caramel, aber ich müsste nur schnell …«

»Was hast du denn, Teddy?«

»Cheyenne, musst du nicht vielleicht aufs Klo vor dem Eis? Nein?«

»Nööö.«

»Okay dann … Ich bin gleich wieder da. Geht ruhig schon ohne mich.«

Den Blick auf die beiden gerichtet, eilte ich im Rückwärtsgang zu den Toiletten, die linke Hand auf meinem Oberschenkelschamhaar. Dabei trat ich einem Kleinkind auf den Fuß, doch ich hatte Glück, der Pirat hatte es nicht gesehen.

Im Klo genügte ein minimales Drücken, um den Tampon in die Muschel zu befördern.

So, und jetzt? Ich saß ohne Tampon im Schwimmbad fest. Und meine Badehose sah aus wie ein Stück Lauch. Keinesfalls geeignet, um größere Blutstürze aufzufangen. Und draußen warteten der Pirat und Cheyenne auf mich.

Mit einem Magnum Double Caramel. Jede Sekunde, die ich verpasste, war eine zu viel.

Ich riss ein paar Blätter von dem grauen einlagigen Klopapier ab, faltete sie zweimal und drehte das Ganze zu einer Rolle. Egal, ob es was bringen würde, allein dass das Reinschieben klappte, musste wohl schon als Erfolg verbucht werden. Das Gehen damit tat ein bisschen weh, doch wenigstens hatte ich dadurch die ständige Gewissheit, dass sich die Rolle noch am rechten Platz befand. Auf Zehenspitzen trippelte ich zu unserem Platz. Cheyenne und der Pirat aßen beide ein buntes Wassereis. Mein Magnum sah daneben etwas protzig aus.

»Onkel Sigi«, begann Cheyenne.

»Hmm?«

»Ich will, dass du zu Teddy ›Teddy‹ sagst. Und nicht ›Frau Kies‹.«

»Kis, heißt sie, Cheyenne. Kis.«

»Nö, du sollst Teddy sagen.«

Der Pirat räusperte sich.

Schnell sagte ich: »Ja bitte, sagen Sie doch ›Teddy‹ zu mir.«

Er räusperte sich noch einmal. »Ja, also dann, ich bin der Sigi.« Feierlich streckte er mir die Hand hin. Feierlich ergriff ich sie.

Cheyenne lachte laut. Und als sie fertig damit war, rief sie: »Ihr seid ja blöd.«

21

Das Gewicht der Badetasche schnitt in meine Schulter und auf den frisch erworbenen Sonnenbrand. Das machte nichts, doch was auf der Heimfahrt vom Schwimmbad hätte überhaupt etwas machen können? Ich war so glücklich, es hätte eigentlich keine Straßenbahn gebraucht, um mich nach Hause zu bringen, genauso gut hätte ich wieder mal fliegen können.

Alles war gut gegangen. Ich war jetzt per »Sigi« mit ihm und beim Abschied hatten wir drei ausgemacht, dass wir nächste Woche zusammen ins Kasperltheater gehen würden.

Als ich nach Hause kam, war es schon fast sechs. Höchste Zeit, um mich für die Verabredung mit dem Zahnarzt fertig zu machen. Zwei Rendezvous an einem Tag, das schrie schon faktisch nach einem Guinness-Rekord.

Was zog Frau an, wenn sie Mann abservieren wollte, ohne Mann damit großartig das Herz zu brechen, aber dennoch unverschämt gut dabei aussehen musste?

Tja, keine Ahnung, was Frau anziehen würde, ich jedenfalls entschied mich – auch aus Mangel an Alternativen – für das olivgrüne Sackkleid. Darin hatte ich immerhin an jenem denkwürdigen Abend vor acht Tagen mein erstes echtes Gespräch mit dem Piraten geführt. Über Gasgemische und so.

Jetzt stellte sich natürlich folgende Frage: Extra duschen und linken Oberschenkel rasieren, falls doch was passieren sollte heute Nacht? Oder aber alle nur erdenklichen Übel bestehen lassen, um sich so vor der eigenen, immerhin denkbaren Schwäche zu schützen? Denn so sehr ich auch den Piraten liebte und wusste, dass er derjenige sein musste, der mich – schrecklich poetisch ausgedrückt – in die Welt der Liebe einführte, konnte mir irgendjemand garantieren, dass ich den Zahnarzt nicht doch zumindest ein bisschen an die Wäsche ließ? Ein unrasierter Oberschenkel konnte das, jawohl.

Als ultimative Sicherheit, dass ich den Zahnarzt nicht unter meinen Rock schauen lassen würde, schlüpfte ich in ein kackbraunes Miederhöschen.

Das Gesicht schminkte ich mir dennoch besonders sorgfältig, was hieß: stark. Wenn ich ihm schon den Todesstoß versetzen musste, dann wollte ich ihm zumindest dabei gefallen. Das hatten wir uns beide verdient, fand ich. Es sollte schließlich ein unvergesslicher Abend werden.

Sobald mir diese Ankündigung wieder eingefallen war, ging sie mir nicht mehr aus dem Kopf. Ich dachte daran, als ich meine Wimpern tuschte, als ich Rouge auflegte und als ich mir die Lippen nachzog.

»Das wird ein unvergesslicher Abend werden, Teddy.« So hatte er es formuliert, oder? Das konnte vieles heißen. Viel Gutes zum Beispiel. Oder auch was Schlechtes.

Vielleicht Mord?

Ich starrte auf meine knallroten Lippen und schluckte. Hör auf mit dem Blödsinn, Teddy. Das kommt nur von der blöden *Jetzt*-Leserei. Denk sofort an was anderes. Doch ich konnte nicht. Hatte Gisela nicht auch gesagt, dass ich nicht zu ihm in die Wohnung gehen sollte? Ich sah es schon vor mir:

Der Zahnarzt, der mich erst mit Küssen, die ich natürlich doch über mich ergehen lasse, gefügig macht, bevor er mich schließlich ans Bett fesselt und beginnt, meine Zehen abzuschneiden. Und dann meine Finger. Er näht die Finger an die Füße und die Zehen an die Hände. Ich bin der Ohnmacht nahe, es wäre eine Gnade, endlich das Bewusstsein zu verlieren, doch das Adrenalin hält mich wach. Er weidet meine … Eingeweide aus … oder so ähnlich …

Mir war schlecht. Ich setzte mich auf den Badewannenrand und hätte am liebsten angefangen zu heulen. Nur eine absolut Wahnsinnige ging in der Nacht in die Wohnung eines fremden Mannes. Oder? Denn in Wahrheit war er doch genau das für mich. Ein Fremder. Vielleicht konnte ich ihn anrufen und den Treffpunkt ändern. Alles wäre besser, von mir aus auch ein Stundenhotel, nur bitte, bitte, irgendwas, wo wir zusammen gesehen wurden! Ich rannte ins Wohnzimmer, griff mir das Telefonbuch und blätterte fieberhaft in den Seiten. Da, Dr. Hubertus Strohmann. Ich fingerte an den Tasten herum und schaffte es beim vierten Mal, die richtige Nummer einzutippen.

»Strohmann?«

»Hallo, Hubertus.«

»Teddy! Sie sagen doch wohl nicht ab?«

»Nein, auf keinen Fall. Ich wollte nur fragen, ob wir uns nicht vielleicht in einem Lokal treffen wollen? Dann müssten Sie sich keine Umstände machen in Ihrer Wohnung.«

»Teddy, wo denken Sie hin? Ich habe den ganzen Tag in

der Küche gestanden, um Ihnen ein exquisites Mahl zuzubereiten. Sie müssen zu mir kommen!«

»Oh toll, ja dann, bis später.«

»Bis gleich, liebste Teddy.«

Ich klappte mein Handy zu und sank zu Boden. Ein exquisites Mahl. Das könnte auf Gift hindeuten oder auf Menschenfleisch. Fleisch von anderen Frauen, die er umgebracht hatte. Das machten zumindest die Serienmörder in der *Jetzt* so.

Es gab nur eine Möglichkeit, wie ich mich schützen konnte: ich musste jemandem erzählen, wo ich hinging. Ich wählte Giselas Nummer, doch da meldete sich gleich die Mailbox. Kurz überlegte ich, ob ich Vanessa anrufen sollte oder Be-De oder sogar Tissi, doch die Aussicht, einer von ihnen meine Paranoia zu gestehen, war nicht gerade prickelnd. Und warum sich mit Amateuren abgeben, wo es doch Profis gab? Mit zittrigen Fingern blätterte ich noch einmal im Telefonbuch und wählte schließlich eine Nummer.

»Polizeistation Döbling, Ewald Bauer am Apparat.«

»Grüß Gott, mein Name ist Kis.«

»Sprechen Sie lauter, ich versteh Sie kaum.«

»Mein Name ist Kis. Ich, ich wollte nur sagen, dass es sein kann, dass ich heute Nacht noch Hilfe benötige.«

»Haben Sie Eheprobleme, Frau Kis?«

»Nein, nein. Ich bin heute Abend bei einem Mann eingeladen, der ein, ähm, komisches Interesse an mir hat.«

»Ahaaaa.«

»Ja, also, wenn Sie ihn sehen würden, und dann mich sehen würden, dann würden Sie verstehen, warum sein Interesse komisch sein muss.«

»Ich sehe weder Sie noch ihn, Frau Kis«, Ewald Bauer

klang etwas gelangweilt, »also erklären Sie mir bitte in wenigen Worten die Situation.«

»Die Situation ist, dass er sehr erfolgreich und gutaussehend ist.«

»Bedenklich.« Irgendwie hatte Bauers Tonfall auf einmal was Ironisches.

»Ja, und ich bin jetzt nicht so der Typ Frau, dem Männer sonst nachlaufen.«

Bauer hüstelte. »Frau Kis, nur unter uns, und bitte, nicht falsch verstehen, verarschen Sie mich gerade?«

»Nein! Ich weiß ja, es klingt seltsam, aber was soll ich tun? Er *kann* gar kein Interesse an mir haben, verstehen Sie? Und trotzdem lockt er mich in seine Wohnung.«

»Und was soll ich in dieser Angelegenheit tun?«

»Ich wollte nur fragen, ob es momentan irgendwelche unaufgeklärten Morde in Wien gibt. Gibt es einen Serienmörder, der frei herumläuft?«

»Gnä' Frau«, sagte Bauer. »Unter uns, dieses Telefonat ist äußerst grotesk, um nicht zu sagen, fast schon verdächtig. Frau Kis, zwei Möglichkeiten: Entweder wir beenden das jetzt und tun so, als wäre nie was gewesen, oder aber Sie kommen hierher auf die Polizeiwache und machen eine Aussage. Und noch mal unter uns: Ich bin müde und um viertel Neun spielt Bayern gegen Liverpool. Ich denke also, dass wir beide kein Interesse daran haben, die Sache zu intensivieren.«

Jetzt heulte ich tatsächlich. »Ich will doch nur – dass Sie – wenn Sie hören, dass ich – tot bin, dass Sie dann – wissen, dass es der – Zahnarzt Dr. Stroh – mann war. Ok – ay?«

»Okay, Frau Kis, ist alles notiert.«

»Daaanke«, schluchzte ich und hörte am Knacken in

der Leitung, dass Ewald Bauer beschlossen hatte, das Gespräch zu beenden.

Ich sah in den Spiegel. Wimperntusche bis zum Kinn. Ich sah jetzt schon aus wie eine Leiche.

Um acht stand ich vor Strohmanns Haus und drückte auf die Klingel. Ich musste das heute durchziehen, um vor mir selbst nicht bis in alle Ewigkeit als kleines Mädchen dazustehen. Verdammt, ich war eine erwachsene Frau, die sich wehren konnte! Und außerdem hatte ich für alle Fälle eine Nagelfeile in mein braunes Miederhöschen gesteckt. Eine ganz spitze.

»Jaaa?«, kam seine Stimme aus der Gegensprechanlage.

Ich rief: »Teddy ist da«, und kam mir schrecklich blöd vor.

Ein lautes Summen ertönte, und ich konnte die Tür öffnen. Beklommen stieg ich die Treppe hoch. Er stand in der Wohnungstür und lächelte mich an.

»Hallo«, sagte ich. Rhetorisch eine Eins, wie immer.

Er sagte gar nichts, nahm nur meine Hand und zog mich in die Wohnung hinein. Dann schloss er die Tür und sicherte sie mit einem Riegel.

Ich saß in der Falle.

Gut, das war wahrscheinlich etwas übertrieben, schließlich war ich in der Lage, einen Riegel zu lösen und eine Tür zu öffnen. Außerdem lag der Duft von Knoblauch und Rosmarin in der Luft, was meine Laune erheblich hob. Wobei gewürztes Menschenfleisch womöglich auch ganz gut roch.

Der Zahnarzt sah besser aus denn je. Ganz in schwarz gekleidet, so wie Patrick Swayze in dieser einen Szene. Wo er tanzt.

Ich fühlte den kratzigen Stoff meines Sackkleids am Rücken und wünschte, ich hätte die Sache mit der Kleidung nicht so auf die leichte Schulter genommen. Aber echt, es hatte ja keiner wissen können, dass der Zahnarzt heute Abend *so* gut aussehen würde. Verlegen schlüpfte ich aus den Schuhen.

Der Zahnarzt betrachtete meine nackten Füße. Ich stellte die Zehen auf.

»Was ist denn?«, fragte ich unsicher.

»Ihre Füße, sie sind perfekt. Alles an Ihnen ist einfach so perfekt.« Sein Blick brannte auf meiner Haut. Brannte im positiven Sinn. Viel zu positiv. Ich liebte doch den Piraten. Trotzdem ließ ich es zu, dass der Zahnarzt die Hand auf meinen Hintern legte und mich an sich zog.

Im nächsten Moment küssten wir uns. Innig, wie man so schön sagt. Und bevor man mich deswegen verurteilt, ich hatte gute Gründe dafür – von Patrick Swayze einmal ganz abgesehen.

Wenn der Zahnarzt wirklich ein Mörder war, dann musste ich natürlich alles tun, um ihm so gut zu gefallen, dass er mich am Leben lassen wollte. Und wenn das hieß, dass ich mich von ihm begehrlich küssen lassen musste, so absolut schrecklich das auch war, dann hieß es das eben. Es war eine schauspielerische Höchstleistung, die da verlangt war, und ich meisterte sie so gekonnt, dass mein Körper von kleinen Elektroblitzen durchzuckt wurde, ganz so, als würde mir das Knutschen wirklich gefallen.

Mann, war ich gut. Und Mann, war er gut.

Plötzlich hob Strohmann mich hoch. Seine Wangen zitterten unter der Anstrengung, doch er schaffte es, mich bis ins Wohnzimmer zu tragen. Und mit »Wohnzimmer« meine ich einen mittelgroßen Kontinent. Die hintere Wand war so weit weg, dass ich sie mit bloßem Auge nicht erkennen konnte.

Der Zahnarzt legte mich auf einem walfischgroßen Sofa ab und säuselte: »Machen Sie es sich gemütlich, meine Liebe. Ich sehe nur kurz nach dem Essen.«

Ich nickte artig. In der Tür drehte er sich noch einmal um. »Was darf ich Ihnen zum Trinken bringen?«

»Alkohol«, antwortete ich.

Als er draußen war, stand ich auf und begann auf Zehenspitzen herumzuschleichen. Das alles sah doch ganz normal aus, oder? Vielleicht in seiner Größe und Wucht nicht allzu unbescheiden, aber übertrieben psychopathisch nun auch wieder nicht.

Der Zahnarzt schmetterte eine Melodie in der Küche, und ich merkte, dass meine Anspannung langsam nachließ. Ein Sprichwort fiel mir ein: »Wo man singt, da lass dich ruhig nieder, böse Menschen haben keine Lieder.« Ich ahnte, was Gisela dazu sagen würde, doch ich für meinen Teil wollte das in diesem Moment unbedingt glauben.

Wir aßen auf der Terrasse. Der Zahnarzt hatte an die fünfzehn verschiedene Platten aufgetragen, bei deren Anblick es mir die Sprache verschlug. Ich beging gleich mal den ersten Fauxpas, indem ich in eine Hummerzange biss. Die hatte so lecker knusprig ausgesehen.

Strohmann bangte sofort um meine Zähne.

Ich stopfte abwechselnd Spargel, Filetsteak und Käse in mich hinein und spülte mit Champagner nach. Ich konnte mich immer mehr mit dem Gedanken anfreunden, Zahnarztgattin zu werden.

Bis der Zahnarzt schließlich sagte: »Und jetzt, Teddy, möchte ich Ihnen jemand ganz Besonderen vorstellen.«

Ich hustete und sprühte eine Champagnerwolke aus dem

Mund. Nur äußerst widerwillig ließ ich mich in die Wohnung ziehen, schließlich war ich noch nicht mal beim Dessert angelangt. Und genug Alkohol hatte ich auch noch nicht intus, um jetzt schon Sex haben zu können.

Strohmann führte mich in den Flur und öffnete dort eine Tür.

Das Schlafzimmer. Ich schnappte nach Luft. Nicht weil es das Schlafzimmer war, darum war es ja die ganzen letzten Tage gegangen, wenn ich seine Andeutungen richtig verstanden hatte, sondern weil dieser Raum so vollkommen anders war, als ich ihn mir vorgestellt hatte. Dominiert wurde er von einem gewaltigen Himmelbett. Dem Bett gegenüber stand eine zierliche Schminkkommode. Ja, *Schminkkommode*. Doch der Zahnarzt entpuppte sich nicht etwa als Frau.

Sondern lediglich als Sohn.

»Das sind Mutters Möbel, liebste Teddy. Nach ihrem Tod bin ich hierhergezogen und habe ihre Sachen mitgenommen. Ich vermisse sie schrecklich.«

»Oje, das tut mir leid.«

Er nahm ein Foto von der Schminkkommode. »Das ist Mutter als junge Frau.«

Die Frau auf dem Foto war dick und hatte ein unglaublich verbissenes Gesicht.

»Hübsch«, meinte ich vage und gab dem Zahnarzt das Foto zurück.

Voller Zärtlichkeit blickte er mich an. »Ich weiß«, antwortete er. »Sie sehen genauso aus wie sie.«

Das Schöne war, dass dieser Schock gleich von einem viel größeren abgelöst wurde. Der Zahnarzt zog mich zum Bett und sagte feierlich:

»Wenn ich Ihnen jetzt, liebste Teddy, Mutter vorstellen dürfte.«

Ich schluckte und erwartete eine ausgestopfte Tote unter der Bettdecke. Doch Strohmann deutete auf das Nachtschränkchen und sagte: »Da ist Mutter.«

O Gott sei Dank, *o Gott sei Dank!* Nur eine Schatulle, in der bestimmt ihre Asche war. Es kostete mich einige Anstrengung, mir die Erleichterung nicht allzu sehr anmerken zu lassen.

»Kommen Sie, Teddy. Sie dürfen sie ansehen.«

Na gut, ich war zwar nicht unbedingt scharf drauf, in Totenasche rumzuwühlen, aber wenn ihm so viel daran lag, dann wollte ich nicht so sein.

Wir setzten uns auf Mutters gutes Bett. Der Zahnarzt klappte die Schatulle auf, ich blickte hinein.

Mutter – blickte zurück.

Ganz ehrlich, die eingelegten Litschis beim Chinesen um die Ecke sehen auch nicht anders aus.

Insofern eigentlich recht unverständlich, dass ich so ein Spektakel veranstaltete. Aber aufgrund irgend so einer komischen Abwehrreaktion rutschte mir die Hand aus und die Schatulle samt Mutters Augen flog in hohem Bogen zu Boden.

Der Zahnarzt kreischte, ich kreischte und Mutters Litschis rollten auf dem Parkett herum.

»Mutter! Mutter!« Strohmann hechtete hinunter, rutschte auf dem Boden herum und stieß eine Wehklage nach der anderen aus. Ich sprang ihm hinterher, robbte auf Knien durch den Raum und flehte um Hilfe von oben.

In dem Moment hörte ich ein schmatzendes Geräusch unter mir. Nein, bitte nicht! Bitte, bitte, nicht das!

Panisch hob ich mein Kleid. O mein Gott. Mein rechtes Knie hatte eines von Mutters Augen erlegt.

Das war mein Tod. Der Zahnarzt würde mich erwürgen. Mindestens. Mit spitzen Fingern nahm ich das arme Ding und besah es von allen Seiten. Vorne sah es tadellos aus, nur hinten fehlte die Hälfte.

Die Hälfte, die jetzt vermutlich auf mir pickte. Ich fand die Schatulle unter dem Bett und drückte das Auge mit der Iris nach oben hinein.

»Ich hab eins«, rief in dem Moment der Zahnarzt. »O Mutter! O liebste Mutter!«

»Und ich hab das andere gefunden«, sagte ich so natürlich wie möglich und brachte ihm die Schachtel.

»Es tut mir so leid«, flüsterte ich.

Der Zahnarzt schüttelte mit zitternden Lippen den Kopf und murmelte: »Jetzt noch frische Flüssigkeit.«

Er nahm eine Flasche aus der Kommode und träufelte deren Inhalt in die Schatulle. Mutters Augen fingen erst zu schwimmen, dann zu tanzen an. Bevor der Zahnarzt womöglich noch den Schaden entdeckte, legte ich die Hand auf den Deckel und schloss die Schatulle.

»Ich finde, sie hat heute schon genug durchgemacht«, sagte ich.

Strohmann sah mich an. Eine Träne lief über seine Wange.

»Es tut mir so leid«, wiederholte ich hilflos.

Er schüttelte wieder bloß den Kopf.

Ich räusperte mich. »Wie lange ist Ihre Mutter denn schon …«

»Vier Jahre.«

»Wow! Ich meine, schrecklich. Aber wow, dass sie noch so gut erhalten ist, äh, sind.«

»Formaldehyd. Ein befreundeter Pathologe, der auch so lieb war, mir Mutters Augen zu überlassen, versorgt mich damit.«

Ich versuchte zu lächeln. »Das ist wirklich großartig.«

Dem Zahnarzt lief wieder eine Träne über die Wange – und seine Unterlippe zitterte.

»Es tut mir so leid«, wiederholte ich flüsternd.

»Aber nein, liebste Teddy, es war ein Versehen. Mutter hat bestimmt Nachsicht. Doch während wir uns jetzt vereinen, möchte ich, dass Mutter zusieht. Ich möchte, dass sie sieht, wen ich mir ausgesucht habe.«

»Mmhm«, machte ich und sah, wie er den Deckel öffnete und einen liebevollen Blick hineinwarf.

Mir war schon alles egal, sollte er doch sehen, dass ich die eine Kugel beinahe zerquetscht hatte, dann würde er mich erwürgen oder aus dem Fenster schmeißen, jedenfalls war dann alles vorbei, und ich hatte endlich Ruhe.

Im nächsten Moment presste er meinen Kopf auf das Kissen und seine Zunge in meinen Mund. Okay, anscheinend hatte Mutter ihrem kleinen Schatz *nicht* gezeigt, was für einen Trampel er sich da ins Bett geholt hatte.

Hmm, so war das jetzt also. Mein erstes Mal.

Mit einem Mann, den ich für einen möglichen Serienmörder hielt, der in mir die Reinkarnation seiner Mutter sah, die wiederum als strenge Beobachterin beide Augen auf uns gerichtet hatte. Das waren die Schwachpunkte an der Situation.

Als positiv könnte man hingegen festhalten, dass der Zahnarzt mir gegenüber äußerst aufmerksam war, seine Mutter *tot* war und er halt noch immer so wahnsinnig gut aussah.

»O Teddy, ich liebe Sie, ich liebe Sie!«

Oh, na bitte, noch ein Bonus. Der erste Mann, der mir sagte, dass er mich liebte.

»Ich liebe Sie, Teddy.«

»Ja, ja«, sagte ich und überlegte weiter.

Mittlerweile fingerte Strohmann an meinem Miederhöschen herum. Natürlich, ein Mann, der seiner Mutter verfallen war, hatte kein Problem mit Altweiberwäsche.

»O Teddy, was ist denn das?«

Oder doch? Ich hob den Kopf und blickte nach unten. Der Zahnarzt hielt die Nagelfeile in der Hand. Plötzlich sah er wehleidig aus. Ich rappelte mich auf und zog mein Kleid bis über die Zehenspitzen.

»Hubertus«, begann ich.

»Ich mag keine Schmerzen. Können wir bitte die Feile weglassen?«

Jemanden abzuservieren war bei weitem nicht so aufregend, wie ich es mir vorgestellt hatte. Hubertus Strohmann verwandelte sich in Sekundenschnelle in das reinste Häufchen Elend und warf mir vor, ihn genauso verlassen zu wollen, wie Mutter es getan hatte.

Als ich ihm erklärte, dass ich *das* sicher nicht vorhatte, dass ich *sicher nicht* sterben und meine Augen in einer Schachtel haben wollte, wurde er fast böse.

Am Schluss fand ich eine Notlösung, wobei ich bescheiden feststellen muss, dass diese Notlösung fast schon ein Geniestreich war. Ich erzählte ihm von Tissi. Schwärmte ihm vor, wie schön herrisch sie sein konnte. Erzählte ihm von ihrem Beruf und davon, dass wir Schwestern uns durchaus ähnlich sahen. Wobei sie seiner Mutter sogar noch ein bisschen mehr glich als ich.

»Sie passt perfekt zu Ihnen«, sagte ich »Sie müssen sich nur an ein paar Regeln halten. Nennen Sie sie unbedingt

›Tira‹, nie irgendetwas anderes. Gehorchen Sie ihr unbedingt, seien Sie freundlich, und vor allem unterwürfig. Bewundern Sie sie für ihren beruflichen Erfolg, aber geben Sie sich furchtlos. Und zeigen Sie ihr nicht gleich zu Beginn … Mutter. Und sagen Sie nicht, dass wir, ähm, engen Kontakt hatten. Okay? Ich verspreche Ihnen, dass Sie Ihnen gefallen wird und Sie beide sehr glücklich miteinander sein werden.«

Und falls nicht, ist es mir auch egal, dachte ich, als ich die Stiegen hinunterhetzte, nachdem ich dem Zahnarzt noch einen Tipp gegeben hatte, wo er sie am besten »zufällig« treffen könnte. Alles Weitere überließ ich ihm. Beim Leben des Piraten schwor ich, nie, nie wieder in diese Wohnung zurückzukehren.

22

Als ich am Sonntag erwachte, war ich vollkommen gerädert. Doch ich hatte keine Angst. Das war neu.

Und dabei würde die Fahrt auf den Kahlenberg heute besonders unerfreulich werden. Nicht zuletzt weil ich nun doch kein neues Auto hatte. Erwartungsgemäß reagierte Mama darauf äußerst ungehalten.

»Wo ist das schwarze Auto?«

»Da ist was dazwischengekommen. Lange Geschichte, jedenfalls müssen wir das alte Auto nehmen.«

»Ich setze mich nicht noch einmal in dieses Wrack. Ich weigere mich!«

»Gut, Mama, dann fahre ich dich eben nicht. Du kannst ja ein Taxi nehmen.«

Wütend starrte sie mich an.

»Du hast es also wieder mal vermasselt«, knurrte sie und stieg ein.

Ich ging auf die andere Seite und ließ mich auf den Fahrersitz fallen. Der Motor sprang sofort an, ich war Superwoman.

»Was hat ihn denn vergrault?«, kam es von rechts. »Du hast dich ihm doch nicht völlig nackt gezeigt, oder?«

»*Ihn* hat nichts vergrault«, entgegnete ich. »Sondern mich.«

»Sag das noch mal!«

»*Mich* hat etwas vergr –«

»Um Gottes willen!« Mama schlug die Hände vor das Gesicht. »Hab ich dir nicht eingetrichtert, nicht allzu wählerisch zu sein? Tissi kann es sich erlauben, wählerisch zu sein. Du hingegen, du kannst es dir einfach nicht *erlauben,* wählerisch zu sein. Ich meine es gut mit dir, vergiss das nicht.«

Ich überfuhr eine rote Ampel. Unabsichtlich, ehrlich.

»Mama«, presste ich hervor. »Hör jetzt auf damit, sonst bau ich noch einen Unfall. Ich muss mich beim Fahren konzentrieren.«

»Du sollst dich nicht konzentrieren!«, kreischte Mama. »Du sollst einmal was in deinem Leben richtig machen!«

Ich sagte nichts.

Mama wütete weiter.

Ich sagte noch immer nichts, starrte nur stur auf die Straße und fuhr. Superwoman, wie sie leibte und lebte.

Mama schien sich gar nicht mehr einzukriegen. »Hast du mir zugehört? Hörst du mir *jetzt* zu? Wieso antwortest du nicht?«

In mir brodelte es, doch ich sagte noch immer nichts.

Ich schaffte es, zur Blockhütte zu fahren, ohne einen Wutanfall zu bekommen. Mama hingegen war vollkommen hysterisch. Als ich den Motor abstellte und mich zu ihr wandte, sah ihr Gesicht aus, als hätte die kleine Melli es aus Plastilin geformt. Völlig verzerrt.

Sie fuchtelte mit ihrem Zeigefinger vor meinem Gesicht herum: »Wir reden noch«, fauchte sie.

»Ja, das tun wir«, presste ich hervor.

Sie stieg aus, stapfte wütend auf die Hütte zu und verschwand darin. Sobald sie weg war, biss ich ins Lenkrad, so lange und fest, dass meine Bissspuren für immer überleben würden, selbst wenn das Auto schon längst verschrottet war. Danach ging es mir besser.

Mein Plan war simpel. Ich würde ein bisschen Zeit vergehen lassen und dann versuchen, in die Hütte zu gelangen. Sollte sie versperrt sein, dann würde ich direkt vor der Tür warten, bis Mama herauskam.

Es war ein seltsames Gefühl, auf einmal keine Angst mehr vor meiner Mutter zu haben. Die Erlebnisse der letzten Tage und die Tatsache, dass ich so viele neue Menschen in mein Leben gelassen hatte, hatten mich verändert. Die Angst selbst kam mir plötzlich unwirklich vor. Warum war ich immer so hörig gewesen? Was wäre denn großartig passiert, wenn ich mich einmal gewehrt hätte? Ganz einfach: nichts. Zumindest nichts Schlimmes. Sie hätte getobt, na gut, aber das tat sie doch ohnehin.

Eines aber war merkwürdig: Meine Vergangenheit hätte ich trotzdem nicht ändern wollen. An diesem Sonntag im Auto fühlte ich mich dermaßen stark und selbstbewusst, dass ich die letzten zweiunddreißig Jahre versöhnlich sehen konnte. Die hatten mich zu der gemacht, die ich war. Und ich mochte, wer ich neuerdings war.

Keine zehn Minuten später hätte ich allerdings vieles darum gegeben, *nicht* ich sein zu müssen.

Das war der Moment, als ich die Hüttentür öffnete.

Sie waren tatsächlich so unvorsichtig gewesen, die Tür nicht zu verschließen.

Es knarrte leise, als ich sie einen Spaltbreit öffnete. Ich zwängte mich hinein und stand in einem kleinen Vorraum, der vom nächsten Zimmer nur durch einen Perlenvorhang getrennt war.

In diesem Zimmer befand sich auf jeden Fall Mama. Ich

hörte ihre Stimme, wenn ich die Worte auch nicht verstehen konnte.

Waren das überhaupt Worte? Sie gab so komische Laute von sich, war das … das war doch nicht möglich … nein, das konnte doch nicht Sex sein. Oder?

Ich wurde panisch. Ich musste raus hier. Wer wollte schon seine eigene Mutter bei so was sehen? Außer dem Zahnarzt.

Doch dann blieb ich doch. Ich musste es jetzt einfach wissen. Komme, was wolle. Traumatisierter konnte ich wohl kaum noch werden.

Ich schlich zu den Perlenschnüren und blinzelte hindurch. Als Erstes sah ich Batman. Er lag auf dem Boden, den Kopf zwischen den Vorderpfoten, die Augen geschlossen. Neben ihm stand ein Holztisch, auf dem sein Herrchen thronte. Mit einer Videokamera in der Hand. Mein Blick flog hinüber zu dem Aufnahmeobjekt.

Mama!

Sie lag auf einem Diwan. Wobei es korrekt heißen müsste, sie *rekelte* sich darauf. In irgendwas Rotem, Winzigem, das wohl sexy sein sollte und jede Menge Altersflecken enthüllte.

Sie hatte beide Hände auf ihren Brüsten und nuschelte vor sich hin: »Oh Fränk, Fränk, ich vermisse dich … deine Hansa vermisst dich so, Fränk …« Dann steckte sie zwei Finger in den Mund und stöhnte laut auf.

Das war aber bei weitem nicht das Schockierendste. Das, was mich wirklich zutiefst empörte und mich alle Vorsicht vergessen ließ, das hing an der Wand.

Ohne nachzudenken schoss ich zwischen den Schnüren hindurch und schrie: »Ihr Diebe! Ihr hundsgemeinen Diebe!«

An der Wand hinter Mama und dem Diwan hing Frank Sinatras signierte Ukulele und zahlreiche Fotos von ihm, alle ebenfalls mit Autogramm, und auf dem größten stand: *For my dear friend Hansa.*

Hans-*a*! Da hatte tatsächlich jemand ein *a* dazugekritzelt.

Mama schrie auf. Der Wagenleithner fummelte hektisch an der Kamera herum und donnerte dann los: »Hab ich dir nicht verboten, den Trampel hierherzubringen?«

Mama verteidigte sich jammernd: »Ich hab sie nicht hergebracht, sie muss mir gefolgt sein!«

»Ach, halt doch die Klappe«, fuhr ich sie an.

»Thaddäa!«, tobte sie und richtete sich auf. Jetzt sah ich, was sie anhatte. Einen roten Body, der manches verhüllte, das Wichtigste aber freiließ. O Gott, das wollte ich alles gar nicht sehen, ich wandte den Kopf ab und schnappte nach Luft. Dann stürzte ich zur Ukulele und riss sie vom Haken.

»Halt!«, brüllte der Wagenleithner. »Die Sachen gehören mir, ich habe sie rechtmäßig erworben!«

»Ach ja?«, rief ich. »Den Kaufvertrag möchte ich aber sehen!«

Ich schnappte mir die Fotos, griff mir die beiden Schallplatten, die vor dem Diwan auf dem Boden lagen, und war bereit, die Sachen unter Einsatz meines Lebens zu verteidigen.

»Bädmän! Fass!« Ich zuckte zusammen. Batman blieb die Ruhe selbst. Er erhob sich im Zeitlupentempo und streckte sich erst einmal genüsslich, bevor er zu mir rüberkam.

»Fass!«, wiederholte sein Herrchen.

Batman riss das Maul auf.

Er gähnte. Dann schleckte er meine Hand ab. »Mein braver Schatz«, flüsterte ich.

»Ich lass dich einschläfern, Scheißköter!«, brüllte Wagenleithner. Batmans Ohren zuckten ein bisschen, dann schleckte er weiter.

Wagenleithner baute sich vor mir auf. Sein Gesicht war krebsrot, auf seiner Stirn pochte die dicke Ader. »Diese Sachen gehören mir«, wiederholte er keuchend. »Ich habe sie gewonnen.«

»Was?«

»Ja, du hast ganz richtig gehört, du Trampel. Dein Chef, dieser alte Narr, war ein Spieler, wusstest du das nicht? Er konnte nie aufhören. Hat sogar seinen öden Schuhladen auf die Karte gesetzt. Ich hab ihn gewonnen, was glaubst du, was er da geheult hat. Und weil ich so ein unendlich guter Mensch bin«, er sagte das völlig ohne Ironie, »hab ich gnädigerweise statt des Schuhladens die Sinatrasachen genommen.«

»Um damit Pornos zu machen?«

»Thaddäa«, mischte Mama sich jetzt ein. »Was für Worte nimmst du in den Mund?«

Ich schnappte nach Luft. »Ich? Du –«

Vornehm sagte sie: »Das ist Internetentertainment und hat überhaupt nichts mit Pornographie zu tun. Schließlich kann nicht jeder Dahergelaufene unsere Seite anschauen. Nur Stammkunden.«

Verzweifelt rief ich: »Was hat das mit dem armen Frank Sinatra zu tun?«

Der stolze Produzent wurde geschäftsmäßig: »Nicht, dass es viel Sinn hat, dir das zu erklären, aber bitte. Heutzutage, wo jede kleine Hausfrau sich vor ihrer Webcam auszieht, braucht man einen Aufhänger. Und du glaubst nicht, wie vielen Männern es gefällt, wenn sie glauben, dass sie sich an der Ex-Geliebten eines Stars aufgeilen können.«

»Die glauben euch das?«, entfuhr es mir.

»Wir haben jede Woche an die viertausend Zugriffe«, verkündete Mama stolz.

Wagenleithner griff nach der Ukulele. »Und jetzt her mit den Sachen, und dann hau ab, wir müssen weiter drehen. Unser Publikum wartet.«

»Nein«, rief ich. »Das sind die Sachen von Hans! Und *du,* Mama, wirst mir helfen, sie ins Auto zu bringen!«

»Thadd –«

»Sonst erzähl ich alles Tissi!«, spielte ich meinen größten Trumpf aus.

»Das wagst du nicht!«

»Das wirst du ja sehen. Und nicht nur ihr. Ich sage es auch deinen Nachbarn. Überhaupt allen in der Sieveringer Straße«, drohte ich an Wagenleithner gerichtet weiter.

»Ha, wer wird dir schon glauben!«, gab er zurück.

»Nicht nur mir wird man glauben«, verkündete ich. »Auch Hans' Tochter, dann Bonnie-Denise, dem Buchhändler von nebenan und dem Zahnarzt. Und der Assistentin vom Zahnarzt. Alle diese Menschen sind auf meiner Seite. Und dann noch mein Freund bei der Polizei, der Ewald Bauer. Soll ich ihn gleich anrufen?«

»Die Sachen gehören mir!«, beharrte Wagenleithner und stampfte mit dem Fuß auf. Doch er sah etwas verunsichert aus.

»Thaddäa, jetzt hör Mama mal ganz genau zu –«

»Wenn du mit mir mitfahren willst, Mama, dann komm jetzt!«, schnauzte ich sie an. Natürlich hätte ich sie einfach auf der Hütte zurücklassen können, doch selbst nach all dem, was geschehen war, konnte ich sie nicht einfach den Launen des Wagenleithners überlassen. Oder ihn ihren Launen.

Sie stand wie angewurzelt da. Dann holte sie erhobenen Hauptes ihre Kleidung hinter dem Diwan hervor und zog sich an.

»Wo ist das Foto, auf dem Hans mit drauf ist?«, fuhr ich den Wagenleithner an.

Dieser blinzelte listig aus seinen Schweinsäuglein. »Ich geb es dir, wenn du mir die anderen Sachen zurückgibst.«

»Geh scheißen! Du gibst es mir, sonst ruf ich Ewald Bauer von der Soko Porno an.«

»Ich hab nichts Unrechtes getan!« Ich glaubte ihm kein Wort, das war sicher nicht mit rechten Dingen zugegangen, da mochte er jetzt rumgreinen, wie er wollte.

»Wo?«, blaffte ich ihn an und kam mir fast so selbstsicher vor wie Tissi.

Er nahm das Foto aus der Tischlade und ließ es vor mir auf den Boden fallen. »Ersticken sollst du dran, Teufelsbrut.«

Ich bückte mich, mit all den Sachen auf dem Arm, und klemmte das Foto zwischen zwei Fingerspitzen. »Hast du das gehört, Mama? Er hat dich Teufel genannt.« Ich drehte mich noch ein letztes Mal um. »Komm, Batman. Komm mit mir.«

Wagenleithner knurrte. Batman trabte mir nach.

Die Heimfahrt war reizend. Hans' Andenken lagerten im Kofferraum, Mama zeterte auf dem Beifahrersitz, Batman hechelte auf dem Rücksitz, und der Fiat, der ja wirklich nur noch diese eine Fahrt zu meistern hatte, stotterte um sein Leben.

»Ich hab das alles nur für dich und deine Schwester getan. Um euch den Lebensstandard zu bieten, den ihr verdient.«

»Mama, du hast mir noch nie Geld zugesteckt oder mich sonstwie gesponsert. Seit ich siebzehn bin, verdiene ich mein eigenes Geld.«

»Pfui, du undankbares Kind! Und all die Jahre davor? Was glaubst denn du, was ich für Schulden gemacht habe, um meine beiden Mädchen durchzufüttern? Diese Schulden wollen ja erst bezahlt sein!«

»Und seit sechs Jahren fahr ich dich da rauf, damit du Hansa spielen kannst?«

»Nein!« Mama klang empört. »Hansa existiert erst seit drei Jahren. Als Allererste gab es Grace, die Geliebte von Bing Crosby, dann Jessica, die Geliebte von Dean Martin und erst dann kam Hansa.« Sie seufzte und schloss bedauernd: »Der Name ›Hansa‹ war natürlich etwas schwierig.«

»Und hattet ihr von den anderen auch Originalsachen?«

»Nein, so was ist ja nicht nötig. Man bastelt sich das alles selbst. Aber natürlich wirkte mit den echten Frank-Sinatra-Sachen alles viel realer.« Verträumt fügte sie hinzu: »Manchmal war es fast so, als wäre ich tatsächlich seine Geliebte gewesen.«

Na, dann konnte ich mir ja *fast* vorstellen, dass ich seine Tochter war.

»Du wirst Tissi doch nichts davon erzählen, oder?«

Als ob ich scharf darauf wäre, mit Tissi über Mamas verborgene Talente zu sprechen! Ich verdrehte die Augen. Dann fragte ich: »Warum ist dir so wichtig, dass sie nichts davon erfährt? Warum durfte sie nicht einmal von unseren gemeinsamen Fahrten auf den Kahlenberg erfahren?«

Meine Mutter sah mich an, als hätte ich sie gefragt, ob man bei Regen nass wird. »Ja, was glaubst du denn, Thaddäa? Weil sie natürlich sofort nachgeforscht und herausgefunden hätte, was ich auf der Hütte mache. Sie hat einen wachen Geist, deine Schwester, weißt du?«

»Den hab ich auch«, sagte ich ärgerlich. »Ich bin nur nicht ganz so neugierig wie sie.«

»Und du bist toleranter«, fügte Mama hinzu. »Ja, das bist du.«

Bevor ich Zeit hatte, mich über dieses Zugeständnis zu wundern, gab der Fiat endgültig seinen Geist auf.

Am Fuße des Kahlenbergs blieb er stehen und ließ sich nicht mehr starten. Ich rief den Pannendienst an, der versprach, so schnell es ging, jemanden zu schicken. In einer bis drei Stunden wäre Hilfe da. Na bravo.

Als ich das Handy zuklappte, fuhr ein Polizeiwagen heran und stellte sich vor uns. Doppelbravo.

Ein Beamter in mittleren Jahren mit Bürstenschnauzer stieg aus und kam auf den Fiat zu. Ich kurbelte das Fenster runter.

»Sie parken mitten auf der Straße. Und das ohne Warnblinkanlage«, stellte er fest und schnalzte mit der Zunge. Gleich viermal hintereinander.

»Ähm, ja, tut mir leid, aber mein Wagen hat den Geist aufgegeben. Nichts funktioniert mehr. Ich hab grade den Abschleppdienst angerufen.«

Er schnalzte zwei weitere Male mit der Zunge, dann streckte er die Hand aus. »Führerschein und Wagenpapiere, bitte.«

Mit zittrigen Fingern kramte ich den Zulassungsschein hervor. »Hier. Den Führerschein hab ich leider zu Hause vergessen.«

»Vergessen, so so. Und das Warndreieck, hamma das auch vergessen?«

»Nein, das hab ich hinten.« Ich stieg aus und sperrte den Kofferraum auf. Ich musste mich durch eine ganze Menge Sinatrasachen kramen, um das Warndreieck zu finden.

Und fand es schließlich doch nicht, verdammt.

»Kein Führerschein, kein Warndreieck, eine Schrottkiste von einem Wagen«, fasste der Polizist zusammen.

Wurscht, Teddy, alles egal. Ist eh schon alles wurscht.

»Sind das Originalautogramme vom Frank Sinatra?«, fragte er plötzlich.

Ich nickte.

»Ich bin ein großer Fan.« Er zwinkerte mir vielsagend zu.

Langsam griff ich in den Kofferraum und zog ein Foto mit Unterschrift hervor. Der Sinatrafan schüttelte den Kopf. »Netter Versuch. Wenn, dann will ich die kleine Gitarre.« Er zeigte auf die Ukulele.

»Sicher nicht«, gab ich zurück.

»Dann eine von den Schallplatten. *Und* das Foto.«

Unglaublich, diese Gier heutzutage. Ich gab ihm die Sachen, und er ging zum Polizeiauto zurück.

»Was hast du dich so lange mit dem abgegeben?«, meckerte Mama, als ich wieder neben ihr saß. »Völlig umsonst. Der hatte einen Ehering am Finger.«

Das Dumme an so einem Automatikauto ist, dass man es nicht normal abschleppen lassen kann. Hat irgendwas mit dem Getriebe zu tun oder so. Jedenfalls musste so ein Riesenanhänger kommen, der meinen Fiat hinten drauf nahm, während Mama, Batman und ich mit dem ganzen Sinatrazeug auf dem Schoß neben dem Fahrer saßen.

Mama thronte zwischen dem Fahrer und mir und hatte

anscheinend Lust auf einen Plausch. »Ich war die Geliebte von Frank Sinatra«, erzählte sie launig.

»Und ich bin der Kaiser von China«, lautete die gebrummte Antwort von links.

»Tatsächlich?« Mama klang nicht sonderlich beeindruckt. »Und wo sind Ihre Schlitzaugen?«

»Mama!«

»Die Chinesen haben ja ein großes Problem«, fuhr meine Mutter fort. »Sie sehen aus wie die Japaner. Und das schmeckt ihnen nicht. Das schmeckt ihnen gar nicht. Darum der Vietnamkrieg. Erst gestern habe ich in der *Jetzt* gelesen …«

Ich hatte gar nicht gewusst, dass ich so gut auf der Ukulele war. Und so laut. Ich malträtierte die Saiten, so heftig ich nur konnte. Mama versuchte mich zu überbrüllen: »Jedenfalls hat unsere Regierung den Klimawandel extra für die ganzen Ausländer gemacht. Damit es bei uns so heiß wird wie bei denen und sie dann in noch größeren Scharen zu uns strömen. Die ganzen Neger, die Schlitzaugen, die Kopftücher …«

»Stopp!«, brüllte ich, und wäre es nicht Frankies Ukulele gewesen, dann hätte ich sie Mama über den Kopf gezogen.

Sie sah mich verdattert an. Der Fahrer bremste mit quietschenden Reifen und fuhr an den Straßenrand.

In der nächsten Sekunde standen Mama, Batman und ich auf der Wiese und starrten dem Abschleppwagen nach, der immer kleiner und kleiner wurde.

Mama warf theatralisch die Hände Richtung Himmel. »Jetzt haben wir den Schlamassel. Und alles nur wegen dir und deiner Unbeherrschtheit.«

Ich stellte mich vor sie hin und sah ihr direkt in die Augen. »So geht das nicht weiter, Mama, es wird jetzt ein paar Änderungen geben.«

Sie machte den Mund auf, doch ich kam ihr zuvor. »Erstens wirst du dich respektvoll mir gegenüber verhalten. Zweitens werde ich dir jeden Tag eine Zeitung kaufen, so dass du nie wieder die *Jetzt* lesen musst. Und drittens wirst du mir nicht mehr nachspionieren. Nie wieder. Ist das klar?«

»Thaddäa! Was …«

»Ach ja«, unterbrach ich sie. »Ein Viertens gibt es auch noch. Ich fahre dich nie wieder irgendwohin. Ich hab übrigens gar keinen Führerschein.«

»Dann kauf dir einen!«

»Mama«, sagte ich langsam. »Das sind meine Bedingungen. Wenn du dich nicht daran halten kannst, dann kann ich dich nicht mehr besuchen kommen.«

Meine Mutter kniff die Augen zusammen. »Ich will die Zeitung pünktlich jeden Tag um acht Uhr auf dem Tisch haben.« Sie fuchtelte mit dem Zeigefinger vor meiner Nase herum. »Das ist *meine* Bedingung.«

Durchaus flexibel, meine Mutter.

23

Gemeinsam mit Batman ging ich die Stiegen zu meiner Wohnung hoch. Dort angekommen, marschierten wir ins Schlafzimmer, wo ich die Sinatrasachen auf dem Bett deponierte. Batman hechtete hinterher. Er sank auf meinem Kopfkissen nieder und schloss sofort die Augen.

»Was für ein Tag, hmm?« Ich streichelte sein wolliges Fell und fragte ihn: »Und? Könntest du dir vorstellen, hier einzuziehen? Dein Herrchen wird zwar sicher Probleme machen, aber notfalls besteche ich ihn mit einer Sinatraplatte.« Ich seufzte. »Oder im Notfall sogar mit der Ukulele. Der Hans wäre sicher einverstanden damit. Er hätte dich sehr gemocht, das weiß ich.«

Ich ging in die Küche und durchstöberte Kühlschrank und Tiefkühltruhe nach geeignetem Batmanessen. Also, verhungern würde er schon mal nicht, bis es Montag war und ich richtiges Hundefutter kaufen konnte. Ich warf drei gefrorene Koteletts in die Mikrowelle und füllte Wasser in eine Schüssel. Dann rief ich Bonnie-Denise auf dem Handy an. Es läutete fünfmal, bis sie abhob.

»Teddy, du bist ein Engel, dass du am Sonntagnachmittag anrufst.«

»Hm?«

»Jetzt hatte ich wenigstens eine Ausrede, das Krankenzimmer zu verlassen.«

»Oh.«

Be-De schnaubte. »Stell dir vor, die konnten meinem Schwiegermonster den Tumor supertoll entfernen. Ganz stolz sind sie drauf. Ihre Chancen, uns alle zu überleben, stehen bestens.«

»Mist«, sagte ich als anständige Freundin. »Aber schau mal, die Zwillinge sind sicher froh, wenn sie ihre Oma noch länger haben, oder?«

»Kann sein. Aber wer fragt nach mir? Meine Bedürfnisse sind anscheinend allen wurscht. Naja, auch wurscht.«

Wurscht. Auf einmal war das Wort nicht mehr so schön. Auf einmal fand ich, dass eben *nicht* alles wurscht war. Auf einmal fand ich, dass alles wichtig war. Das ganze Leben war wichtig. *Unser aller* Leben.

»Hey, Bonnie-Denise, hör mir mal zu. Weißt du, was ich heute gefunden hab? Hans' Sinatrasachen!«

»Was?« Jetzt wachte sie auf. »Das gibt's ja gar nicht! Wo denn?«

Ich musste plötzlich lachen. »O Gott, das ist eine lange Geschichte. Übrigens, der Hund vom Wagenleithner ist jetzt bei mir. Ich werde ihn behalten«, fügte ich stolz hinzu.

»Wie kommt das denn?«

»Die gleiche lange Geschichte. Jedenfalls hab ich mir gedacht, dass wir die Sinatrasachen morgen aufhängen könnten. Im *Schuh-Bi-Dubi-Du*. Oder glaubst du, Nancy wird dagegen sein?«

»Und wenn schon!« Jetzt lachte Be-De. »Dann verpass ich ihr eins in ihren Hintern.«

Kaum hatte ich aufgelegt, rief Tissi mich an.

Ich holte Luft und versuchte mich zu wappnen. »Hallo, Tira.«

»Hallo, kleine Schwester«, flötete es aus dem Telefon.

»Hallo, große Schwester«, antwortete ich zögerlich.

»Ich hab jemanden kennengelernt«, flötete es weiter.

»Was du nicht sagst. Wer ist denn der Glückliche?«

»Dr. Hubertus Strohmann. Ich hätte fast gesagt, du kannst dir nicht vorstellen, was für ein sagenhafter Mann er ist, aber das stimmt ja gar nicht, schließlich kennst du ihn.«

Mein Gewissen begann sich zu regen. Ein kleines bisschen.

Tissi seufzte. »Ich konnte natürlich nicht glauben, dass das der Mann sein sollte, der in dich verliebt war. Und Hubertus hat das Ganze auch gleich aufgeklärt. Natürlich warst *du* in *ihn* verliebt, und er hatte Mitleid mit dir. Er hat so ein gutes Herz, nicht wahr?«

»Er ist der Beste«, stimmte ich voll Inbrunst zu. Was sollte ich mit einem Gewissen bei einer Schwester wie Tissi?

»Du, übrigens«, fuhr ich fort, »ähm, hat er noch was von dem Auto gesagt?«

»Ach das. Das kannst du haben, er will es so. Es hat anscheinend seiner Mutter gehört.«

Ich schluckte. Ach deshalb. Oje, ich sah es schon vor mir:

Ich – wundersam erschlankt – fahre in dem schwarzen Peugeot von meiner gemeinsamen Wohnung mit dem Piraten ins Schuh-Bi. Der Zahnarzt blickt aus seinem Fenster und wird beim Anblick seiner wiederauferstandenen Mutter in ihrem alten Auto unglaublich erregt. Die Wiederauferstan-

dene – wundersam erschlankt – steigt aus dem Wagen. Es ist bei Gott die schönste Frau, die er je gesehen hat. Die Leidenschaft übermannt ihn, er dreht sich zu seiner frisch angetrauten Tissi um und fällt über sie her. Tissi ist beglückt.

»Willst du die Karre jetzt haben, oder nicht?«, unterbrach sie den Traum in dem Moment.

»Natürlich will ich«, antwortete ich.

Schließlich würden wir alle was davon haben. Abschließend fügte ich hinzu: »Ach ja, ich habe seit heute einen Hund.«

Worauf meine Schwester großzügig erwiderte: »Macht ja nichts.«

Als Nächstes rief ich Gisela an.

»Ich habe einen Hund, Gisela.«

»Teufel, ein Hund passt zu dir. Find ich super. Wie heißt er denn?«

»Batman«, sagte ich und beobachtete mein schwarzes Schaf dabei, wie es aus seiner neuen Wasserschüssel schlabberte.

»Dann schnapp dir deinen Batman und geh mit ihm an die frische Luft. Wäre doch eine Supergelegenheit, Sigi auf einen Spaziergang einzuladen.«

»Aber wie soll ich das anstellen?«

»Es gibt nur einen Weg. Ruf ihn an und sag, du willst ihn sehen.«

Ich seufzte tief. »Wenn ich mich nur trauen würde.«

»Teddy, alles, was wir wirklich wollen, ist mit dem Risiko verbunden zu scheitern. Aber wenn wir nicht bereit sind, dieses Wagnis einzugehen, dann haben wir schon verloren.«

»Wer nicht wagt, der nicht gewinnt«, zitierte ich und kam mir ergreifend tiefsinnig dabei vor.

»Lass die Sprüche, du Traumfrau, und ruf ihn einfach an.«

24

Drei Anmerkungen zu *Mut:*

Erstens: Dass ich zwei Stunden später neben dem Piraten saß, zeigte, dass ich den Mut gehabt hatte, ihn anzurufen.

Zweitens: Dass es ausgerechnet das *Einrahmen* war, in dem wir saßen, zeigte wiederum, dass ich nicht den Mut gehabt hatte, seinen wahnwitzigen Treffpunktvorschlag abzulehnen – hätte ja sein können, dass er sich sonst nicht mit mir getroffen hätte.

Drittens: Dass es *jedoch* ausgerechnet das *Einrahmen* war, in dem wir saßen, zeigte wiederum, *wie viel* Mut in mir steckte. Noch dazu, wo es erst drei Uhr nachmittags war, der Laden dementsprechend leer und der einzige Anwesende außer dem Barkeeper, dem Piraten und mir der Bodybuilder war, der mich eine Woche zuvor rausgeschmissen hatte.

Oh, und eine vierte Anmerkung gab es auch noch: Ich würde mir *Mut antrinken.*

»Einen Long Island Ice Tea, bitte.«

»Ich nehme das Gleiche wie die Dame.«

Batman hatte seinen Kopf unter meinem Barhocker abgelegt. »Er wirkt überaus friedliebend«, stellte der Pirat fest, und ich nickte eifrig. Danach saßen wir stumm und steif nebeneinander, bis ich ins Erdnussschälchen fasste und dort auf die Finger des Piraten traf. Wie von der Tarantel gestochen, zuckten wir beide zurück. Cheyenne hatte noch untertrieben, wir waren nicht nur blöd, wir waren die zwei größten Spinner aller Zeiten.

Die Drinks kamen. Als der Pirat sein Glas hob, um mir zuzuprosten, hatte ich schon die Hälfte von meinem ausgetrunken. Umso enthusiastischer übernahm ich den Trinkspruch: »Auf uns.«

Danach nahm ich drei, vier winzige Schlucke – mehr pro forma – und platzte dann heraus: »Ich bin nicht lesbisch.«

Der Pirat wandte schnell den Blick ab und starrte in sein Glas.

»Wehe«, begann ich, »wehe, Sie fangen jetzt an, mir irgendwelche Predigten darüber zu halten, dass ich zu mir selbst stehen muss. Das mag zwar stimmen, doch lesbisch bin ich nicht. Ich steh auf Männer. Verstanden? Ich steh auf so was, was *Sie* sind!« Okay, verdammt, vielleicht doch ein bisschen zu viel Alkohol in dem Ice Tea.

Aber wenigstens sah er mich jetzt an.

»Ich weiß ja, dass Sie nicht lesbisch sind«, sagte er dann.

»Was?«, rief ich, ließ die Kinnlade Richtung Boden fallen und befürchtete, dass ich nie wieder imstande wäre, den Mund zu schließen.

»Gisela«, stieß ich hervor.

Der Pirat winkte ab. »Nein, nein, Gisela weiß davon nichts. Sie denkt natürlich, dass Sie lesbisch sind. Wenn ich auch nicht genau weiß, warum Sie sie in dem Glauben gelassen haben.«

Automatisch wollte ich mich rechtfertigen, doch da fiel mir ein, dass es wohl eher *er* war, der *mir* eine Erklärung schuldete.

»Warum haben Sie Gisela auf mich angesetzt?«, bohrte ich nach.

Mit hängenden Schultern saß er auf dem Barhocker. Seinen Drink hatte er bis aufs Zuprosten überhaupt noch nicht angerührt. Am liebsten hätte ich ihm ja den ganzen Inhalt intravenös verabreicht. Wenn er betrunken war, würde ich ihn sicher rumkriegen.

Doch der Pirat hatte sein eigenes Tempo. Und während ich dasaß und wartete, erinnerte ich mich daran, dass ich sein Tempo ja eigentlich mochte. Und wenn diese Sache zwischen uns etwas werden sollte, dann musste ich mich eben verdammt noch mal daran gewöhnen.

Ich nahm einen großen Schluck durch den Strohhalm.

Da endlich sprach er: »Ich kann es Ihnen nicht sagen. Eher würde ich die Augenklappe ablegen.«

»Dann tun Sie das doch endlich«, flehte ich.

Erschrocken fuhr er zurück. »Nein.«

»Gut, dann sagen Sie mir, warum Sie Gisela gesagt haben, dass ich lesbisch bin.«

Er schüttelte den Kopf.

»Dann runter mit der Klappe!«

»Ich kann nicht!«

»Sie können!«

»Nein!«

Da sprang ich auf. »Ach verdammt noch mal, dann will ich Ihnen mal was sagen: Ich mag Sie. Ich mag Sie so sehr, dass ich vier Monate lang jeden Abend zu Ihnen gekommen bin und mir ein Buch gekauft habe. In meiner Wohnung, die wirklich nicht sehr groß ist, stapeln sich die Bücher! So sehr mag ich Sie. Ich mag Sie so sehr, dass ich versucht habe, innerhalb einer Woche zu einer Frau zu werden, die es verdienen würde, an Ihrer Seite zu sein.

Ich mag Sie so sehr, dass ich vier Tage lang Extremsport betrieben habe, um eine halbwegs anständige Figur zu bekommen. Ich mag Sie so sehr, dass ich gestern Nacht beinahe, ach, verdammt, vergessen Sie's! Jedenfalls mag ich Sie bei weitem genug, dass ich es restlos akzeptieren würde, wenn Sie sich mir nie ohne Augenklappe zeigten. Sie sollten aber wissen, dass es nichts, gar nichts geben könnte, was sich unter der Klappe verbirgt, das irgendetwas an meinen Gefühlen für Sie ändern könnte. *So sehr mag ich Sie*!«

»Flammende Rede, Lady«, bemerkte Bodybuilder anerkennend. Oder auch verarschend.

Völlig egal, das Einzige, was zählte, war der Pirat, der bei meinen letzten Worten aufgestanden war und sich mit einem Ruck die Augenklappe vom Kopf gerissen hatte.

Lieber Himmel. In meinem ganzen Leben hatte ich so etwas nicht gesehen.

Es war das schönste Gesicht, das der liebe Gott je gemeißelt hatte.

»Uhh, das ist übel«, hörte ich den Barkeeper sagen.

Bodybuilder verzog das Gesicht und klopfte dem Piraten auf die Schulter: »Kopf hoch, Junge, du hast ja noch die Augenklappe.«

Ich konnte mich gar nicht satt sehen an ihm.

»Ich habe ja gewusst, dass Sie entsetzt sein würden.«

Ich fasste mir ans Herz. »Entsetzt? Sie meinen – ich, ich versuche nur zu verstehen, warum Sie diese Klappe tragen. Ist es – damit die Leute Sie nicht nur auf Ihr Aussehen reduzieren?«

Er ließ den Kopf sinken. »Naja, als Kind bin ich ziemlich verspottet worden –«

»Ich auch«, rief ich begeistert. »Aber Moment mal, warum Sie?«

»Na, deswegen eben.«

»Wegen Ihrer Schönheit?«

Er hob den Kopf, seine Stirn war gerunzelt. »Wie können Sie mich so verspotten?«

Jetzt verstand ich gar nichts mehr. Belämmert schüttelte ich den Kopf.

Verzweifelt rief er: »Sehen Sie es denn gar nicht?«

»Ja, was denn, um Himmels willen?«

»Na, mein linkes Auge. Oder auch das rechte. Je nachdem.«

Ich wollte es ja sehen. Ich bemühte mich, es zu sehen. Ich streckte den Kopf nach vorne und rückte meine Brille zurecht. Jetzt sah er noch schöner aus als zuvor. Da würde Tissi mit ihrem Zahnarzt ziemlich abstinken daneben.

In dem Moment sagte der Pirat: »Mein linkes Auge ist doch viel weiter unten als das rechte.«

Ich kniff die Augen zusammen, um schärfer sehen zu können, doch mir blieb nichts anderes übrig, als wieder den Kopf zu schütteln.

Da endlich lächelte der Pirat. Er sagte: »Ich habe Gisela angerufen und behauptet, dass Sie lesbisch sind, weil ...«

»Ja?«

Der Pirat atmete tief ein, dann legte er los: »Weil ich alles an Ihnen mag. Ich mag Ihre Begeisterung, Ihr Mitgefühl, Ihre Spontaneität. Ich mag es, wie Sie mich ansehen, und ich mag, wie Sie aussehen.«

Am liebsten hätte ich mich versteckt, so sehr musste ich plötzlich grinsen. Ich spürte, wie ich knallrot anlief und mir die Tränen in die Augen traten. Bitte nicht heulen, bitte nicht!

»Ich mag *Sie*«, sagte der Pirat. »Ich mag Sie so sehr, dass ich vier Monate lang jeden Abend auf Ihren Besuch gewartet habe. Ich mag Sie so sehr, dass ich jedes Buch, das Sie bei mir gekauft haben, am nächsten Tag nachgekauft habe, um es zur gleichen Zeit lesen zu können wie Sie. Ich mag Sie so sehr, dass ich mich nicht getraut habe, Sie um eine Verabredung zu bitten. Ich mag Sie so sehr, dass ich behauptet habe, dass Sie lesbisch sind, damit Gisela dazukommt, weil ich gehofft habe, dass sie uns auf irgendeine Weise zusammenbringen könnte. Ich mag Sie so sehr, dass ich Cheyenne eingeredet habe, dass sie unbedingt ins Kasperltheater gehen möchte, nur damit ich wieder etwas mit Ihnen unternehmen kann.«

»Kasperltheater ist cool«, bestätigte Bodybuilder.

»Das Coolste auf der ganzen Welt«, flüsterte ich und wartete auf meinen Kuss.

»Darf ich jetzt die Klappe wieder aufsetzen?«, fragte der Pirat vorsichtig.

»Ja«, riefen Barkeeper und Bodybuilder wie aus einem Mund.

»Ja«, stimmte ich ihnen zu. »Du kannst machen, was du willst.«

Da zog er mich an sich. Und als unsere Lippen sich berührten, da wusste ich, dass dieser Kuss der erste richtige in meinem Leben war.

»Moment mal«, mischte Barkeeper sich ein. »Was ist jetzt mit der Augenklappe? Du wolltest sie doch aufsetzen. Puh, das ist ja nicht mit anzusehen.«

Der Pirat und ich küssten uns weiter. Bodybuilder sagte – und ich glaube, dass Rührung in seiner Stimme lag – »Fuck, das muss wahre Liebe sein.«

Ich zog meinen Kopf zurück und strich mir verlegen

die Haare hinter die Ohren. Der Pirat räusperte sich und setzte seine Augenklappe auf.

»Yeah«, machte Barkeeper.

Mit einem großen Schluck trank ich meinen Ice Tea aus und fragte, einfach, weil ich jetzt irgendetwas sagen musste:

»Was war denn jetzt mit der Buttersäure in den Siebzigern?«

Sigi blinzelte aus seinem linken Auge.

»Die Geschichte, die du in der U-Bahn-Station vorige Woche begonnen hast«, half ich ihm auf die Sprünge, während ich in Wahrheit an nichts anderes denken konnte als an unseren Kuss.

»Ach so, ja, also in den Siebzigern wurden die U-Bahn-Schächte mit einem Putzmittel gereinigt, das auf Buttersäure basierte. Naja, das war nicht so klug.«

Ich nickte. Nicht das ich großartig mitbekommen hätte, um was es gerade ging, aber das war auch egal. Alles war egal. Aber nicht wurscht! Zumindest nicht das ganze Leben.

»Gehen wir?«, fragte der Pirat schüchtern.

»Ja, verdammt«, rief ich und nahm seine Hand.

Wir standen vor dem *Einrahmen*. Batman, der Pirat und ich. Wäre es nur nach mir gegangen, dann hätten wir längst auf der anderen Straßenseite in der Piratenwohnung sein können. Doch er hatte eben sein eigenes Tempo. Wogegen ich momentan auch gar nichts einzuwenden hatte, schließlich sagte er gerade zu mir: »Ich hätte nie gedacht, dass so eine wunderschöne Frau wie du sich für mich interessieren könnte.«

Wie ich reagierte, war klar. Ich senkte den Kopf so

schnell ich nur konnte, damit er nicht auf die Idee kam, noch einmal genauer hinzusehen.

»So eine wunderschöne Frau.«

Plötzlich dämmerte mir etwas. Er war komplett blind in Bezug auf mich! Mit brennenden Wangen hob ich den Kopf. Bodybuilder hatte recht gehabt. Fuck, das musste Liebe sein.

Ich sah in sein leuchtendes linkes Auge und stellte mir unsere Zukunft vor.

Er in seinem Bücherladen. Ich – wundersam erschlankt – daneben im Schuh-Bi …

Moment mal! Wenn er vor Liebe blind war, dann brauchte ich ja gar nicht zu erschlanken. Dann brauchte ich nur dafür zu sorgen, dass seine Liebe niemals endete. Und so wohl, wie ich mich heute in meiner Haut fühlte, passte doch eigentlich alles. *Ich* passte. Mit all meinen Dellen und Polstern.

»Können wir bitte was essen gehen?«, hörte ich mich im nächsten Moment inständig flehen.

»Aber natürlich.« Er küsste mich auf die Nase und legte den Arm um mich.

Und während wir uns zu dritt auf den Weg zu einem Italiener machten, summte der Pirat »Fly me to the moon« und ich stellte mir unsere nahe Zukunft vor:

Der Pirat und ich gemeinsam an einer reich gedeckten Tafel. Er erzählt von seinen Büchern, während ich alles durcheinander esse, was mir Spaß macht. Nudeln, Fleisch, Fisch, Schokolade, Baguette, noch mehr Fleisch, Unmengen von Kuchen, Kokoskuchen, Mohnkuchen, Nusstorte – nein, keine Nusstorte –, noch mehr Schokolade, noch mehr, noch mehr. Wir sitzen zwischen all den Zahnärzten und Tissis dieser Welt, die sich nicht vorstellen können, wie glücklich wir sind. Batman hockt daneben, den Kopf auf meinem Schoß. Und oben im Himmel, da thront Hans auf einer Wolke neben Frank Sinatra, der nur für uns sein »Strangers in the night« singt.

Ja, so stellte ich mir unsere Zukunft vor.